Le chirurgien de Bondi Beach

*

La tendre escale d'un prince

EMILY FORBES

Le chirurgien de Bondi Beach

Traduction française de
MARIE-JOSÉ LAMORLETTE

BLANCHE

HARLEQUIN

Collection : Blanche

Titre original :
MARRIAGE REUNION IN THE ER

HARPERCOLLINS FRANCE
83-85, boulevard Vincent-Auriol, 75646 PARIS CEDEX 13
Service Lectrices — Tél. : 01 45 82 47 47 - www.harlequin.fr
ISBN 978-2-2804-8420-6 — ISSN 0223-5056

Composé et édité par HarperCollins France.
Imprimé en février 2023 par CPI Black Print (Barcelone)
en utilisant 100% d'électricité renouvelable.
Dépôt légal : mars 2023.

FSC
www.fsc.org
MIXTE
Papier issu de sources responsables
FSC® C159065

Pour limiter l'empreinte environnementale de ses livres, HarperCollins France s'engage à n'utiliser que du papier fabriqué à partir de bois provenant de forêts gérées durablement et de manière responsable.

1.

Lily parcourut du regard la chambre presque vide, les murs nus et les draps entassés au milieu du matelas. Les affaires de Daisy avaient été mises dans des cartons qui seraient emportés chez son fiancé, à l'autre bout de Bondi Beach. Et pour la première fois depuis deux ans, elle allait se retrouver seule dans sa maison.

Elle n'avait pas pris le temps de penser à ce qu'elle ressentirait, mais la vue de la pièce débarrassée de toute trace de sa petite sœur marquait la fin d'une ère. Une fin à laquelle elle n'était pas préparée. Elle n'avait jamais vécu sans compagnie, sous ce toit. Elle était heureuse pour Daisy, bien sûr, sa sœur avait trouvé son homme idéal et prenait le départ d'une nouvelle vie, mais la chambre désertée avait quelque chose de si définitif. De si solitaire.

Lily et Daisy avaient toutes les deux fait leurs choix, des choix aux conséquences très différentes, et pour Lily cela signifiait qu'elle devrait s'habituer à vivre seule.

Elle était adulte, se rappela-t-elle, elle pourrait y arriver. Elle devrait se réjouir à l'idée d'avoir toute une maison pour elle, ce qu'elle n'avait jamais connu, mais elle s'inquiétait que cela ne lui plaise pas.

Elle avait grandi en partageant une chambre avec une autre sœur, Poppy. Jusqu'à ses dix-huit ans, quand elle était partie étudier la médecine à Sydney, elles avaient tout mis en commun, leur cadre de vie, leurs habits et leurs rêves. Dans sa résidence universitaire, elle avait encore partagé la vie de dizaines d'autres étudiants. Elle n'en était partie que pour se marier.

Enfant, elle avait rêvé d'avoir une chambre à elle, un espace personnel. Elle devrait être impatiente d'entamer ce nouveau chapitre, mais elle était très consciente du vide que le départ de Daisy allait laisser dans sa vie. Un vide qu'elle avait comblé en s'occupant de son frère et de ses sœurs. Mais tous trois se frayaient leur propre chemin dans le monde, maintenant ; ils n'avaient plus besoin d'elle, et elle ignorait comment elle allait remplir ce vide sans personne à materner.

En tant qu'aînée des quatre Carlson, elle avait toujours veillé sur les plus jeunes. Leurs parents ne s'étaient jamais intéressés à leurs enfants, alors Lily avait endossé ce rôle. Elle devrait être contente de ne plus avoir à penser qu'à elle, contente d'entamer ce nouveau virage, mais elle sentait déjà le poids de la perte et de ses décisions passées la tirer vers le bas.

Elle espérait qu'il n'allait pas l'écraser.

Trop de temps passé seule allait lui laisser trop de loisir pour penser, et elle savait déjà vers qui son esprit la conduirait.

Vers Otto.

— C'est tout ?

La voix du fiancé de Daisy interrompit ses pensées, et elle détourna son attention du passé pour la ramener sur ce qui se passait autour d'elle. Daisy hocha la tête.

— Et cette boîte ? demanda Ajay en désignant un carton blanc et plat qui restait sur l'étagère du haut de la penderie.

— Elle n'est pas à moi, répondit Daisy, tandis que le cœur de Lily manquait un battement.

Elle n'avait pas regardé dans cette boîte depuis des années, mais elle savait exactement ce qu'elle contenait.

Daisy se releva et se mit à fourrer ses draps dans un grand sac, pendant qu'Ajay s'emparait du dernier carton. Il attendit qu'elle le regarde et puisse lire sur ses lèvres pour déclarer :

— Je porte ça à la voiture et je t'y attendrai, si tu es prête à partir.

Daisy opina de nouveau de la tête et se tourna vers Lily.

— Tu es sûre de ne pas vouloir venir dîner chez nous ?

— J'en suis sûre, répondit Lily.

Elle savait que la maison allait lui paraître vide, mais elle ne voulait pas faire intrusion dans la vie de sa sœur, qui s'embarquait dans une nouvelle aventure avec son fiancé et le fils de ce dernier, Niki. Elle trouverait quelque chose pour se changer les idées et occuper son esprit, afin de pouvoir ignorer sa solitude trop tranquille.

Elle afficha un sourire de façade pour étreindre les fiancés et leur fit au revoir de la main. Puis elle retourna dans la chambre de Daisy pour refaire le lit, se disant qu'ainsi la pièce paraîtrait moins triste.

Elle alla à la penderie pour y prendre des draps propres, mais son attention fut attirée par la fameuse boîte blanche qui semblait la provoquer. Elle tendit la main pour refermer la porte coulissante et oublier le carton, mais à la place elle se retrouva en train de le descendre de l'étagère.

Elle s'assit sur le lit et souleva le couvercle.

Elle passa la main sur le papier de soie qui enveloppait le contenu. Il craqua sous ses doigts, la mettant au défi de l'écarter.

Elle savait que c'était la dernière chose qu'elle devrait faire, alors que ses nerfs étaient déjà tendus à craquer et que la solitude était comme un démon qui la guettait, caché dans les ombres. Néanmoins, elle n'eut pas la force de résister.

Elle souleva le papier de soie et caressa l'étoffe qui se cachait dessous, sentant les délicates petites fleurs en tissu éparpillées sur le satin d'un blanc de lait. Malgré la chaleur de la fin d'été, il restait frais au toucher.

Elle savait qu'elle devrait résister à la tentation. Qu'elle devrait refermer la boîte et la ranger. Le passé était le passé, on ne pouvait pas revenir en arrière.

Mais ses mains n'écoutaient pas. Elle glissa les doigts sous les fines bretelles de la robe et la sortit de la boîte. Puis elle se leva, tenant les brides à hauteur de ses épaules, et la jupe tomba jusqu'au sol. Elle alla se placer face au miroir, la robe devant elle.

Le satin lisse frôla ses jambes nues, cachant son short. Elle ne voulait pas être tentée de l'essayer. Elle savait qu'elle lui irait encore, mais elle n'avait pas l'intention de la porter de nouveau. L'anxiété, les repas sautés et un peu de surf à l'occasion lui avaient permis de conserver son poids et sa silhouette. Elle était la même que la dernière et la seule fois où elle avait porté cette robe. Pour son mariage, il y avait près de cinq ans.

Elle prit une grande inspiration et ferma les yeux tandis que les souvenirs affluaient.

Otto et elle étaient mariés depuis presque cinq ans, mais cela faisait deux ans qu'elle ne l'avait pas vu, deux ans qu'elle l'avait quitté, et au fil du temps leurs conversations s'étaient réduites à des discussions à propos de la maison, de leur travail respectif à l'autre bout du monde et du temps qu'il faisait.

Elle pouvait mettre leur manque de communication sur le compte du décalage horaire ou de leur vie très occupée mais, si elle était honnête, elle savait qu'elle avait évité de prendre le téléphone pour essayer d'échapper au passé, et à la raison pour laquelle elle était partie. Elle n'avait jamais imaginé que leur relation se détériorerait à ce point. Qu'est-ce que cela impliquait pour leur avenir ? Et avaient-ils même un avenir ?

Elle avait pensé qu'Otto viendrait la chercher mais, quand il ne l'avait pas fait, elle s'était mise peu à peu à réinventer sa vie en solo. Cela n'avait pas été son intention, au départ, mais à présent il semblait bien que ce soit la seule façon d'aller de l'avant. Elle avait évité Otto, évité les conversations pénibles, évité de parler de leur perte. Elle savait qu'il était trop douloureux pour elle d'aborder ce sujet, mais elle ignorait si Otto redoutait cette conversation autant qu'elle ou s'il était juste indifférent à sa peine, à sa tristesse.

Otto était quelqu'un d'optimiste. Il regardait le bon côté de la vie, cherchait toujours le positif, était toujours de bonne humeur. Son attitude avait toujours été de dire : « Pourquoi s'inquiéter des choses qu'on ne peut pas changer ? » Et il choisissait de concentrer son énergie sur ce qu'il était à même de contrôler.

Il avait toujours été beaucoup plus insouciant qu'elle, qui était plus sérieuse. Sa personnalité avait été un bon repoussoir pour la sienne. Jusqu'au jour où leurs différences s'étaient heurtées au lieu de se compléter.

Jusqu'au jour où les rêves de Lily d'une vie parfaite, d'enfants et d'une famille à elle s'étaient écroulés.

Elle n'était pas pessimiste de nature, mais son côté positif avait pris un coup rude. Elle avait été dévastée, mais Otto ne l'avait pas compris. Son mantra était : « Ce qui est fait est fait, il faut aller de l'avant, mettre ça derrière soi. » Sa vie ne s'était pas arrêtée, ses objectifs n'avaient pas vacillé. Il avait continué à tailler son chemin, insistant sur le fait qu'ils dépasseraient leur perte. Mais Lily n'en avait pas été capable. Et une perte avait conduit à une autre.

Elle n'avait pas pu gérer le manque de soutien d'Otto. Elle ne s'était pas sentie épaulée, s'était sentie incomprise et très malheureuse. Et alors elle était partie.

Elle avait tout perdu.

Elle ouvrit les yeux et tourna le dos au miroir, ne voulant pas regarder la robe. C'était un symbole d'un avenir qu'elle n'avait plus.

Elle avait appris à compartimenter ses souvenirs. Elle les avait bloqués. C'était la seule façon dont elle avait pu continuer, jour après jour. Elle avait voulu parler à Otto, mais ils n'avaient quasiment pas passé de temps ensemble après l'incident. Non, elle devait l'appeler par son nom – l'agression. Cela remontait à deux ans, mais elle n'avait toujours pas pardonné à Otto de ne pas avoir tenu parole. S'il était rentré chez eux comme il l'aurait dû, elle n'aurait pas été agressée et ils n'auraient pas perdu leur bébé.

Elle était enceinte de plus de cinq mois, à l'époque. Elle avait surmonté les nausées matinales, le mal du pays et une immense fatigue tout en prenant un nouveau poste. Elle avait atteint le point où elle appréciait sa grossesse et était excitée par l'avenir. Elle savait qu'Otto était moins enthousiaste, cette grossesse n'avait pas été prévue et l'avait pris de court, mais elle était certaine qu'il changerait d'avis une fois qu'il tiendrait son enfant dans ses bras. Elle était ravie de sentir bouger le bébé. Elle restait éveillée la nuit, gênée mais heureuse, rêvant à la vie qu'ils auraient, à leur famille à trois, et elle était convaincue que tout irait bien, comme elle se le représentait.

Et puis tout s'était effondré.

Elle savait que ce n'était pas entièrement la faute d'Otto. La personne à accuser était l'homme qui l'avait agressée, lui avait donné un coup de poing dans le ventre, lui avait volé son sac et l'avait laissée étendue par terre. Mais si Otto n'avait pas changé ses plans, s'il avait quitté le travail quand il était censé le faire, elle n'aurait pas été au mauvais endroit au mauvais moment. Elle n'aurait pas perdu leur bébé.

La colère s'était mêlée à sa tristesse, et elle s'était sentie lésée, à la dérive et seule. Déboussolée et bouleversée, elle avait fui Londres, laissant Otto et leur mariage derrière elle. Au bout de deux ans, elle avait appris à mettre le passé de côté pour pouvoir affronter chaque jour. Elle n'avait pas oublié ce qui était arrivé, mais elle apprenait à vivre avec.

Pardonner était une autre histoire. Elle savait que c'était important, mais c'était quelque chose avec quoi elle s'était débattue. Un jour, peut-être, elle parviendrait à pardonner, sinon à oublier.

Elle soupira. Elle n'avait pas souhaité renoncer à ses rêves, à l'idée du mariage et d'une famille, mais il était temps qu'elle affronte la réalité. Son mariage était terminé.

Elle n'avait pas à abandonner complètement son rêve d'une famille, mais le temps était venu d'admettre que son rêve serait différent, qu'il devrait l'être. Elle pourrait avoir une famille, mais ce ne serait pas avec Otto.

Elle voulait toujours cette vie parfaite et, alors qu'elle ne pouvait pas changer le passé, cela ne voulait pas dire qu'elle devait renoncer à son avenir.

Elle plia la robe de mariée et la remit dans la boîte, la recouvrant du papier de soie. Un bref instant, elle se demanda si ses sœurs souhaiteraient l'emprunter. Elles étaient toutes les deux fiancées, mais est-ce que cela ne porterait pas malheur d'emprunter la robe d'un mariage qui n'avait pas duré ?

Techniquement, Otto et elle étaient toujours mariés, mais son mariage et sa vie étaient dans les limbes.

Il était temps de regarder les choses en face – Otto n'allait pas revenir.

Tout au fond d'elle, elle avait toujours attendu qu'il vienne la chercher et elle n'avait cessé de repousser dans sa tête la date butoir. Elle lui avait trouvé des excuses : il était très occupé, travaillant et étudiant pour son internat ; ils vivaient chacun à l'autre bout du monde, et la pandémie mondiale avait rendu quasiment impossibles les déplacements entre Londres et l'Australie. Mais le stage post-doctoral d'Otto devait se terminer ce mois-ci, les voyages internationaux avaient repris et il ne donnait toujours pas signe de vie.

Elle se demanda quels étaient ses plans. Il le lui aurait sûrement dit, s'il avait prévu de revenir en Australie ? Il avait des racines italiennes du côté de sa mère et pouvait décider de rester en Europe. Le fait qu'il n'ait rien dit l'amenait à penser qu'il s'était installé en Angleterre, qu'il avait renoncé à eux. À elle.

S'il ne revenait pas, elle avait deux options. Soit elle pouvait aller le rejoindre, soit elle pouvait continuer sans lui.

Elle aimait toujours Otto. Elle n'avait jamais cessé de l'aimer. Mais elle lui en avait voulu de ne pas l'avoir protégée. Il avait promis de s'occuper d'elle, elle s'était fiée à lui, mais il l'avait laissée tomber.

Elle savait qu'elle n'était pas exempte de blâme, non plus. Elle n'avait pas su protéger leur enfant, et ce constat avait été difficile à accepter ; il avait contribué à créer la situation dans laquelle elle se trouvait maintenant. Elle s'était enfuie. Elle n'avait pas été capable de voir Otto chaque jour. Il lui rappelait ses rêves brisés. Ils auraient dû pouvoir s'aider mutuellement, mais à la place Lily avait senti une fracture béante entre ses émotions et celles de son mari, entre ses besoins, ses sentiments, ses espoirs, ses rêves et les siens.

Elle n'avait pas pu non plus se contraindre à retourner à Londres, à rejoindre Otto. Elle bataillait encore pour comprendre comment leur conte de fées avait pu tourner aussi mal. Les deux dernières années les avaient vus s'éloigner de plus en plus l'un de l'autre, et elle avait maintenant l'impression qu'il ne restait plus rien. Comme ils vivaient chacun à l'autre bout du monde, elle savait que leurs problèmes étaient insurmontables.

Devrait-elle retourner à Londres maintenant ? Donner une chance à leur mariage ?

Sans s'en rendre compte, elle secoua la tête. Depuis le jour où elle avait annoncé sa grossesse inattendue, il était clair qu'ils n'étaient pas sur la même longueur d'onde et rien n'avait changé. Si Otto voulait une famille maintenant, il le lui aurait dit. Si elle était prête à attendre, elle le lui aurait dit aussi. C'était aussi simple que ça.

Il lui avait fallu un certain temps pour assumer la perte de leur premier bébé, mais elle n'avait jamais vacillé dans sa certitude qu'elle voulait être mère. Cette grossesse non programmée lui avait seulement donné envie que cela arrive plus tôt, et non plus tard. Et maintenant que son frère et ses sœurs s'installaient dans la vie, elle avait la sensation que son horloge biologique s'emballait. Otto avait cessé depuis longtemps de l'interroger sur ses plans, mais ce qu'elle voulait était clair dans son cœur, sinon dans sa tête : elle voulait une famille. Point final.

Elle devait aller de l'avant.

Elle ne pouvait pas revenir en arrière.

Elle ne pouvait envisager de retourner à l'endroit où tout était allé de travers.

Elle avait failli envers Otto, mais il avait failli envers elle aussi. Il l'avait laissée tomber, il avait perdu sa confiance et elle ignorait s'il pourrait la retrouver un jour. Ou même s'il le souhaitait.

Elle s'était demandé s'ils pourraient un jour résoudre leurs problèmes, mais plus le temps passait, plus cela paraissait improbable.

Dans sa tête, elle savait qu'il était trop tard pour leur mariage. S'ils étaient destinés à être ensemble, ils auraient sûrement retrouvé le chemin jusqu'à l'autre, maintenant.

Que restait-il comme combat à mener ? À quoi était-il plus facile de renoncer ? À Otto, ou à ses rêves d'avoir une famille ? Qu'est-ce qui était le plus important ?

Son cœur lui faisait mal, mais elle connaissait la réponse. Il était temps pour elle d'aller de l'avant.

Elle referma la boîte et la remit sur l'étagère, reléguant sa robe de mariée dans le passé, sa décision enfin prise mais pas aisément. Puis elle regarda l'heure. C'était le milieu de la matinée à Londres. Otto et elle devaient avoir une discussion, mais elle ne pouvait pas l'appeler maintenant. Il serait au travail et, même s'il répondait, elle ne saurait pas quoi lui dire. Elle avait besoin de se préparer.

Elle remettrait la chose au lendemain. Quelle différence ferait un jour, au bout de deux ans ? Elle mettrait ce délai à profit pour prendre quelques notes, pour mettre de l'ordre dans ses pensées, pour peaufiner ses arguments.

Il y avait beaucoup de choses à régler, mais il commençait à apparaître qu'il vaudrait mieux prendre un nouveau départ. Elle avait attendu assez longtemps.

Elle essuya une larme sur sa joue du revers de la main et ferma la porte de la chambre. Il était temps d'imiter Otto et de faire quelque chose dans le domaine qu'elle contrôlait.

Otto fut réveillé par le steward qui lui servait son petit déjeuner, et par la voix du commandant de bord qui annonçait qu'ils étaient à l'heure pour leur arrivée à Sydney. Il étira ses épaules, ajusta son siège et essaya de ne pas penser à la somme qu'il avait payée pour cette place en classe affaires. Il avait bien dormi, la dépense en avait valu la peine, et il pouvait se le permettre. Certes, il aurait pu faire d'autres choses avec cet argent, mais le billet était payé, ce qui était fait était fait, et il n'allait pas se sentir coupable pour ce supplément de luxe et de confort.

Il avait été élevé pour travailler dur. On lui avait appris à économiser, à ne pas vivre au-dessus de ses moyens et à se montrer charitable. L'argent n'avait rien de frivole. Il avait eu une éducation religieuse, sans excès, mais ses frères et lui avaient été habitués à se soucier des autres.

Sa mère les avait toujours obligés à donner leur propre argent à la quête. Elle était morte quand il avait treize ans, mais il continuait à être généreux pour honorer sa mémoire. Elle lui manquait encore, mais les choses étaient ce qu'elles étaient. Il avait appris à ne pas souhaiter qu'elles soient différentes, à ne pas se préoccuper de ce qu'il ne pouvait pas changer. Cet état d'esprit lui était venu en réaction à la mort de sa mère, comme un mécanisme de défense. Il ne s'intéressait qu'à ce qu'il pouvait contrôler. Ou arranger.

Il secoua sa serviette et s'attaqua à son repas. Voler en classe affaires était un luxe, mais il refusait de faire peser plus de culpabilité sur sa conscience. Il en avait déjà assez comme ça.

Il avait travaillé sans relâche les deux dernières années et il avait besoin de faire une pause. Et si la seule pause possible était un vol long-courrier entre Londres et l'Australie, cela devrait faire l'affaire. Travailler dur avait été un choix, un moyen délibéré pour lutter contre la solitude. Lorsqu'il s'était retrouvé avec du temps à revendre – ce qu'il n'avait pas souhaité –, il avait empli ces heures par les études et le travail, se portant volontaire pour des gardes supplémentaires, offrant de travailler toutes les vacances, y compris à Noël.

Se tenir occupé avait rempli ses objectifs. Cela ne lui avait pas laissé le temps de penser à autre chose qu'à la médecine. Mais il était arrivé à un croisement, et il lui fallait faire le point sur sa vie, définir ce qu'il voulait faire par la suite.

Il aurait pu rester à Londres, on lui avait offert un poste sur place, mais on lui en avait également proposé un au Bondi General Hospital, à Sydney, pour remplacer un chirurgien qui partait à la retraite. Recevoir une invitation au mariage de sa belle-sœur avait fini de le convaincre, et il avait fixé la date de son départ. Mais même sans cela, lorsqu'il soupesait ses options, il savait qu'il n'avait qu'un choix possible. Il fallait qu'il rentre chez lui. Une chose devait avoir la priorité sur tout le reste.

Son mariage.

En présumant qu'il en avait toujours un.

Il n'avait pas vu sa femme depuis près de deux ans. Durant les sept cent huit derniers jours, Lily et lui n'avaient eu un mariage que de nom. Ils n'avaient partagé que des appels téléphoniques, après qu'elle avait fait ses bagages et quitté leur appartement londonien.

Il n'avait pas essayé de l'empêcher de partir. Elle lui avait dit qu'elle avait besoin de s'en aller, et il l'avait crue. Mais il n'avait jamais eu l'intention de la laisser partir pour de bon.

Vivre à l'autre bout du monde pendant une pandémie n'était pas idéal. Le décalage horaire et leurs emplois du temps chargés n'avaient pas contribué à rendre les choses plus faciles. Leurs conversations téléphoniques avaient été brèves, superficielles et jamais particulièrement satisfaisantes. Puis elles étaient devenues de plus en plus courtes, de moins en moins fréquentes et de moins en moins consistantes.

Maintenant, il n'avait aucune idée de ce que Lily pensait. Au début où ils étaient mariés, ils passaient des heures à parler de leurs espoirs et de leurs rêves, mais tout cela avait changé après son départ. Ils n'évoquaient jamais leurs sentiments au téléphone, et il ne savait pas très bien ce qu'elle éprouvait vis-à-vis de lui, de leur mariage, de leur passé ou de leur avenir. Le passage du temps avait-il guéri ses blessures ? La perte de leur bébé l'avait profondément affectée. Ce n'était pas quelque chose dont ils parlaient beaucoup, mais il savait que le coup avait été dur, pour elle. Aurait-il dû l'encourager à lui en parler ?

S'il ne l'avait pas fait, c'était parce qu'il ne voulait pas la bouleverser et voir les accusations dans ses yeux. Il s'était senti coupable. Ses actions l'avaient placée dans une situation vulnérable. Ce n'était pas lui qui lui avait fait du mal physiquement, mais les blessures émotionnelles avaient marqué Lily tout aussi durement et il se sentait encore fautif.

Le temps aurait-il cicatrisé ces blessures ? Lui aurait-elle pardonné ? Serait-elle heureuse de le voir ?

Il s'était senti si confiant quand il avait fait des plans pour revenir en Australie. Il voyait déjà à quoi son avenir ressemblerait. Mais tandis que l'avion survolait le continent australien, il avait commencé à se demander s'il ne s'était pas trompé.

Il n'était pas sûr de croire que l'absence renforçait les sentiments. Ceux qu'il éprouvait pour Lily n'avaient pas changé en deux ans, ils avaient toujours été très forts. Il lui était resté fidèle, il lui avait fait une promesse le jour de leur mariage cinq ans auparavant et c'était un serment qu'il avait l'intention de tenir. Mais il ne savait pas si Lily aurait fait la même chose. Leur séparation l'avait-elle changée ? Il y avait peut-être une date limite à l'absence.

Il n'avait pas été capable de la réparer deux ans plus tôt. Elle avait été brisée, et il n'avait pas su comment la remettre d'aplomb. Après avoir perdu le bébé, il y avait tant de choses dont ils n'avaient jamais parlé. Où en étaient-ils, maintenant ?

Deux ans, c'était long. Trop long ? La perte de leur enfant les avait séparés en les déchirant. Avaient-ils les outils nécessaires pour restaurer leur relation ? Lily voulait-elle encore de lui ?

Il ne lui avait pas dit qu'il revenait, et il savait pourquoi. Il avait eu peur qu'elle ne lui dise que ce n'était pas la peine.

Sa nervosité s'accrut tandis que l'on débarrassait son plateau et que l'arrivée devenait imminente. Il se demandait quelle sorte d'accueil il allait recevoir. Lily serait-elle contente de le voir ?

Il sentit que la descente commençait et il regarda la ville par le hublot tandis que l'avion s'approchait de l'aéroport. C'était une splendide journée d'été, le port étincelait sous les rayons du soleil et le célèbre pont s'étirait au-dessus de la mer, s'incurvant contre le ciel bleu.

Il était de retour.

2.

— Lily, une ambulance arrive. Temps estimé : trois minutes. Un cycliste homme, heurté par une voiture. Pouvez-vous le prendre ?

Lily hocha la tête tandis que Julie, l'infirmière chargée de l'orientation des patients, s'éloignait en trombe. Elle traitait un enfant victime d'un coup de chaleur. Il était déshydraté et avait vomi, mais heureusement sa température n'était pas trop élevée. Elle acheva de mettre les perfusions en place et demanda calmement à l'infirmière présente de rester avec le petit patient. Elle ôta ses gants et sa blouse pour les changer contre des propres. Les urgences du Bondi General Hospital tournaient à plein, et elle savait qu'il fallait jongler avec les priorités. L'école avait repris après les vacances d'été, mais la vague de chaleur de février continuait à envoyer les gens en masse sur les plages et, quand quelque chose n'allait pas, ils venaient aux urgences.

La première pensée de Lily fut de se demander comment quelqu'un éprouvait le besoin de faire du vélo quand le thermomètre frôlait les 40 °C.

L'ambulance arriva. Elle reconnut l'homme qui sortit de l'arrière de la voiture, un collègue de sa sœur Poppy.

— Bonjour, Alex. Qu'est-ce qu'on a ? demanda-t-elle alors qu'il faisait glisser la civière.

— Cycliste homme de cinquante-deux ans, blessures multiples. Fractures du membre supérieur droit, fractures des côtes, abrasions, lacérations. Tension à 8, pouls à 90. Il perd et reprend connaissance. 8 sur l'échelle du coma.

Vu la gravité des blessures du patient, Lily se dit tout de suite qu'il allait avoir besoin d'autres compétences que les siennes.

— Il va nous falloir un chirurgien traumatologue, dit-elle à

Julie, tandis qu'Alex et elle poussaient le blessé vers une salle de traitement.

On le transféra sur un lit, et l'équipe des urgences se mit aussitôt au travail. Lily gardait un œil sur ses constantes vitales tout en faisant le point sur ses blessures. Sa tension avait encore baissé, et elle se demandait s'il n'avait pas des blessures internes, avec hémorragie.

Elle commanda du sang, puis elle prit une torche pour vérifier la réaction de ses pupilles à la lumière. Les yeux de l'homme restèrent fermés quand elle continua son examen, et il ne réagit pas aux stimuli verbaux. Finalement, elle serra très fort le bout d'un de ses doigts et fut soulagée de voir ses paupières papillonner. La porte s'ouvrit à ce moment-là.

— Bon, que quelqu'un me mette au courant.

Cette voix résonnant derrière elle lui était si familière ! Elle lui donna la chair de poule et la fit retenir son souffle. C'était idiot, elle savait que cela ne pouvait pas être Otto. Ses oreilles lui jouaient des tours, voilà tout. Mais lorsqu'elle regarda le chirurgien par-dessus son épaule, elle faillit laisser tomber sa torche.

Son mari se tenait sur le seuil.

— Otto !

Lily sentit le sang se retirer de sa tête, et le visage d'Otto se brouilla devant ses yeux. Elle tendit une main vers le lit pour se soutenir, tandis que ses jambes menaçaient de fléchir sous elle.

— Bonjour, Lily.

Les yeux exorbités, elle avait le cerveau en déroute. Il essayait vainement d'analyser ce qu'elle voyait. Son mari, qui pour autant qu'elle le sache se trouvait à l'autre bout du monde, était bel et bien debout devant elle.

Elle crispa les paupières, s'éclaircissant l'esprit, s'attendant à moitié à ce que, lorsqu'elle les rouvrirait, il ait disparu. Mais non, il était toujours là, dans son service d'urgences.

Elle ouvrit la bouche, voulant demander ce qu'il faisait là, mais elle avait perdu l'usage de la parole.

— Vous tous, voici le Dr Rodgers, notre nouveau chirurgien traumatologue, annonça Julie, debout à côté d'Otto.

Lily referma sa mâchoire d'un coup sec, attendant que son monde se stabilise, espérant que la surveillante ne demanderait pas comment ils se connaissaient. Mais heureusement l'heure n'était pas aux bavardages, ils avaient un patient critique à soigner.

Elle recouvrit un peu ses esprits, et s'entendit résumer la situation du blessé et le bilan des premiers examens qui avaient été faits. La tête lui tournait, et tout en parlant elle essayait de comprendre ce qui se passait. Mais elle dut être à peu près plausible, car personne ne la corrigea.

Otto se tenait à côté d'elle. Elle percevait la chaleur qui émanait de son corps, et qui lui picotait la peau. Elle avait envie de le regarder, toujours incapable de croire ce qu'elle voyait, mais elle garda les yeux rivés sur le patient, sachant qu'elle perdrait probablement ses moyens si elle les tournait dans sa direction.

— Il était à 8 sur l'échelle du coma, dit-elle en regardant une infirmière ôter des graviers du bras du blessé.

Elle se concentra sur ces petits mouvements, ignorant le fait que son mari – un mari séparé, ou absent, elle ne savait comment l'appeler – était toujours près d'elle.

— La tension continue à baisser. Je crains des blessures internes. Il devra passer des scanners.

— Lily ! s'écria l'infirmière en face d'elle en levant la tête.

Le fait d'enlever les graviers avait dégagé une plaie qui saignait à présent abondamment.

— Déchirure de l'artère brachiale. J'ai besoin d'un garrot et d'une salle d'op. Tout de suite ! tonna Otto alors que les moniteurs se mettaient à biper.

Lily attrapa un garrot et le serra autour du bras du blessé pendant qu'une infirmière appelait différents blocs.

— Vous pouvez utiliser le bloc 3, dit-elle en raccrochant.

Lily vérifia que le garrot avait arrêté l'hémorragie avant de relever les côtés du lit. Otto avait déjà débloqué les freins et se tenait à la tête, prêt à pousser.

— Allons-y, dit-il. Lily, gardez un œil sur ce bras et assurez-vous que le garrot tient.

Il était déjà en route, s'attendant manifestement à ce qu'elle l'accompagne. Elle sentit une bouffée d'adrénaline l'envahir tandis qu'elle courait à côté du lit, en direction des ascenseurs. Une infirmière leur tenait la porte ouverte. Ils firent entrer leur patient dans la cabine. Lily se pressa contre la paroi et appuya sur le bouton. La porte se referma, et soudain il n'y eut plus qu'elle, Otto et le blessé inconscient.

Otto s'était faufilé à côté d'elle, et elle se glissa dans le coin, mettant autant de distance que possible entre eux. Elle agrippa les montants du lit pour se stabiliser, tout en le regardant fixement.

Elle ne pouvait pas croire qu'il soit de retour.

Elle ne pouvait pas croire qu'il ne lui ait rien dit.

Elle se sentait prise en embuscade. Et si elle avait retenu quelque chose de son enfance chaotique, c'était qu'elle faisait mieux face quand elle y était préparée. Dans son travail, elle l'était toujours. Mais pas ce jour-là. L'arrivée d'Otto l'avait prise par surprise et, alors qu'elle pensait à sa subite apparition, le choc qui avait été le sien se changea en colère. Comment avait-il osé ne pas la prévenir ?

Elle allait le semoncer quand l'ascenseur s'arrêta. Les blocs opératoires étaient seulement un étage au-dessus des urgences, et la brève ascension avait évité à Otto une tirade bien sentie.

Lorsque la porte s'ouvrit, il tendit la main vers le montant du lit et la posa sur celle de Lily. L'intense chaleur de ce contact la brûla, lui marquant la peau au fer rouge. Elle retira vivement ses doigts tandis que l'équipe chirurgicale sortait le lit de l'ascenseur et emmenait le patient. Otto les suivit en donnant des instructions, sans même regarder Lily avant de disparaître, la laissant seule.

Tout s'était passé si vite ! Se retrouver seule dans le couloir la déconcerta. Elle s'adossa un moment contre le mur, cherchant à voir clair dans ses sentiments et à recouvrer son équilibre. Elle était abasourdie, emplie de confusion et contrariée.

Le retour d'Otto l'avait complètement prise de court, et le fait qu'il ne se soit pas soucié de l'avertir renforçait son opinion, à savoir qu'elle avait raison de vouloir aller de l'avant sans lui. Il ne lui avait montré aucune considération. Il n'avait pas pris de temps pour elle. Et à l'instant, il ne lui avait même pas jeté un coup d'œil.

Elle ignorait totalement pourquoi il était revenu ou ce que signifiait son retour, mais elle avait l'intention de s'en tenir à son plan. Elle ne pouvait pas laisser sa réapparition la déstabiliser. Elle avait besoin de quelqu'un qui la soutiendrait dans les moments difficiles. Elle le méritait.

Elle retourna aux urgences et saisit son téléphone dans le bureau des infirmières. Elle devait prendre les choses en main et mettre son plan en place. Ses doigts tremblèrent lorsqu'elle tapa le message.

Il faut qu'on parle.

C'était court, froid et cela ne ressemblait pas du tout à ce qu'elle ressentait, mais elle devait contrôler ses émotions. Elle avait pris une décision.

Elle appuya sur « Envoyer ».

Otto ouvrit en grand le robinet de la douche et laissa l'eau lui picoter la peau. Il fit rouler ses épaules et sentit la tension de la journée et la fatigue du décalage horaire quitter son corps. Ses débuts dans son nouveau rôle avaient été stressants.

Sa première journée officielle s'était passée comme prévu sur le plan professionnel, mais pas émotionnel. Après deux ans de séparation, il avait eu l'intention de voir Lily en privé avant de prendre ses fonctions. Il l'avait appelée la veille quand il avait atterri, mais n'avait eu que sa messagerie. Il avait supposé qu'elle travaillait et laissé un simple message disant qu'il rappellerait. Puis le décalage horaire avait eu raison de lui.

La voir à l'hôpital ce jour-là l'avait déstabilisé. Il ne s'était pas préparé mentalement à la possibilité de tomber sur elle au travail. Un oubli stupide, il le savait maintenant. Elle était médecin urgentiste, il était traumatologue, il était hautement probable qu'ils se croisent, mais il n'avait pas vraiment envisagé ce scénario. Dans sa tête, il s'était imaginé comment ils se retrouveraient, et ce n'était pas ainsi. Cela l'avait démonté. Et manifestement, cela avait perturbé Lily.

Il ferma les yeux et offrit son visage au jet en pensant au texto qu'elle lui avait envoyé dans l'après-midi.

Il faut qu'on parle.

C'était bref, difficile à déchiffrer. Cela paraissait sec, mais peut-être avait-elle été pressée. De toute façon, il avait toujours du mal à percevoir le ton d'un texto, surtout sans émojis et sans indices. La seule chose sur laquelle il pouvait s'appuyer, c'était la réaction de Lily en le voyant. Choc. Stupeur. On pouvait s'y attendre, vu les circonstances, mais ce n'était pas un début idéal à la réunion qu'il prévoyait. Il lui devait des excuses pour avoir surgi ainsi de nulle part. Toutefois, il ne l'appellerait pas. Il avait besoin de la voir.

Il se rendit dans les boutiques de l'hôpital, acheta deux ou trois choses, et héla un taxi.

Le trajet le fit passer le long de Bondi Beach. Le soleil de fin d'après-midi donnait à l'océan le même bleu que les yeux de Lily, et le sable doré de la plage avait la couleur de ses cheveux. Il avait baissé la vitre, et l'odeur des frangipaniers, dans l'air, lui rappela son parfum. S'il fermait les yeux, il pouvait prendre la brise chaude pour son souffle doux sur sa peau, quand elle était blottie contre lui. Même après deux ans, il pouvait se remémorer instantanément le poids de sa tête sur son épaule tandis qu'ils étaient allongés dans leur lit, nus, sa longue chevelure étalée sur son torse, ses doigts fins reposant sur sa cuisse.

À Londres, il avait presque pu ignorer l'absence de Lily. Ils n'y avaient pas vécu assez longtemps pour se créer une histoire de moments partagés ici ou là, et son souvenir ne surgissait pas à chaque coin de rue. Mais à Sydney, tout la lui rappelait. La plage, leur café préféré, leur pub, le cinéma où ils avaient vu leur premier film ensemble. Le passé était partout, mais qu'en était-il de l'avenir ?

Il soupira tandis que le chauffeur le déposait devant la maison de Moore Street. Sa maison.

Il avait les clés dans sa poche, mais l'habitation ne lui semblait plus être la sienne, ou même la leur. Il se sentait comme un étranger. C'était chez Lily, maintenant.

Il s'avança sur le perron et prit plusieurs grandes inspirations pour calmer ses nerfs avant d'appuyer sur la sonnette.

Le bruit de la sonnette fit sursauter Lily. Elle avait les nerfs à vif depuis qu'elle était rentrée. Non, depuis qu'Otto était apparu à l'hôpital. Elle n'avait pas réussi à comprendre ce qu'il faisait là et pourquoi il ne lui avait pas dit qu'il revenait. Elle n'avait pas réussi non plus à définir ses propres sentiments face à son retour. Elle avait tant de questions, mais pas de réponses.

Elle avait fui l'hôpital dès que son service s'était terminé, voulant mettre de la distance entre eux, souhaitant avoir du temps pour s'éclaircir les idées. Mais ses pensées n'avaient fait que tourner en boucle.

On sonna une seconde fois, et elle se rendit dans l'entrée. Elle inspira à fond, essayant de calmer ses nerfs, un sixième sens lui disant qu'Otto se tenait devant sa porte. Elle aurait aimé avoir plus de temps pour se ressaisir, mais elle savait qu'elle devait l'affronter à un moment ou à un autre.

Elle tourna la poignée et, même si elle s'y était préparée mentalement, à la vue d'Otto debout sur le perron son cœur s'emballa.

— Bonsoir, Lil.

Il se pencha vers elle, et elle paniqua. Allait-il l'embrasser ? Elle n'en était pas sûre, mais elle savait qu'elle n'était pas prête pour ça. Elle était suffisamment tourneboulée. Elle tourna la tête, et ses lèvres effleurèrent sa joue.

Il avait une bonne odeur fraîche, comme s'il sortait d'une douche, et elle pouvait sentir la chaleur de son corps. Elle recula. Son self-control n'avait jamais été bon à proximité de lui, et elle avait besoin de le tenir à distance. Elle avait enfin trouvé le courage de soulever avec lui un sujet de conversation délicat, pensant qu'il était à des milliers de kilomètres, et elle ne pouvait pas baisser sa garde maintenant.

Elle put voir la confusion dans ses yeux bruns, parce qu'elle avait évité son baiser, mais il ne lui posa pas de questions. Elle avait ardemment désiré son attention deux ans plus tôt, elle aurait voulu qu'il reconnaisse sa douleur, leur perte, qu'il partage sa peine et qu'il la réconforte, mais il l'avait ignorée. Le fait qu'il se soit jeté dans son travail et qu'il l'ait laissée gérer son chagrin, à l'époque, associé au mélange de choc et de colère qu'elle éprouvait, la fit réagir instinctivement. Elle se cacha derrière la porte, se protégeant de son affection et de son attention, et le parcourut du regard, le jaugeant, cherchant à voir ce qui avait changé dans son apparence.

Il portait un polo à manches courtes qui moulait son torse et exposait ses bras. Des bras musclés qu'elle avait toujours adorés et qui paraissaient toujours aussi forts. Son teint, pourtant mat, semblait indiquer qu'il n'avait pas beaucoup pris le soleil, dernièrement ; il était plus pâle que dans son souvenir, mais elle savait qu'il bronzerait vite durant l'été australien. Il était toujours svelte.

Il avait trente-quatre ans, quatre ans de plus qu'elle, et elle remarqua un peu de gris semé dans ses cheveux bruns. Il n'y en avait pas beaucoup, mais c'était nouveau. Pas de quoi le rendre moins séduisant, même si cela montrait le passage du temps. En dépit des années écoulées, il avait toujours belle allure et restait le plus bel homme qu'elle avait jamais vu.

— Que fais-tu ici ? demanda-t-elle.

— Tu disais que tu voulais parler. Puis-je entrer ?

Il l'observait, la tête légèrement inclinée sur le côté, ses yeux sombres interrogateurs. La rue était tranquille, mais Lily se doutait qu'il n'avait pas fait tout ce chemin pour s'entretenir avec elle sur le pas de la porte. Elle opina du chef et recula.

— Je te croyais toujours à Londres, dit-elle tandis que son rythme cardiaque revenait peu à peu à la normale. Quand es-tu rentré ?

— Hier.

— *Hier ?* Pourquoi ne m'as-tu pas prévenue ?

Elle eut l'impression d'être en pilotage automatique alors qu'elle se tournait pour longer le couloir jusqu'à la salle de séjour, qui ouvrait sur la cuisine. Elle n'avait pas besoin de donner des indications à Otto, il connaissait la maison mieux qu'elle. Elle avait été à lui avant qu'ils se rencontrent et se marient.

— Je voulais le faire. Je t'ai appelée après avoir atterri. Tu n'as pas eu mon message ?

— Si, mais tu ne disais pas que tu étais revenu. Tu m'as tendu un guet-apens à l'hôpital.

— Je voulais te faire la surprise.

Mission accomplie, pensa-t-elle en se laissant choir sur le canapé.

— Puis-je porter ça à la cuisine ? demanda-t-il, et elle remarqua alors qu'il tenait un bouquet de lis et une bouteille de vin.

Elle faillit fondre en larmes. Une partie d'elle avait envie de lui tomber dans les bras, de le laisser apaiser son âme, mais il n'avait jamais su faire. C'était une des raisons pour lesquelles elle avait quitté Londres. Otto, l'homme qui voulait toujours tout réparer, n'avait pas pu la réparer, elle. Elle était encore fragile. Elle ne pouvait nier qu'elle était toujours attirée physiquement par lui, cela n'avait pas changé, mais il avait été incapable de répondre à ses besoins émotionnels.

Elle inspira et contint ses larmes. Elle ne pouvait pas s'écrouler maintenant. Elle avait eu un plan avant qu'il sonne, et elle ne devait pas changer de cap, même si elle n'avait pas prévu d'avoir cette conversation en face à face. Elle trouvait déjà déstabilisant le fait de l'avoir dans la même pièce qu'elle. Cela rendait la situation très réelle et beaucoup plus personnelle qu'un appel en vidéo. Il n'allait pas être aussi facile pour elle de garder la tête froide alors qu'il était là en chair et en os. Qu'elle pouvait le voir en entier, le toucher, sentir son after-shave.

Elle était en état de choc, mais elle parvint à se ressaisir. Elle secoua la tête pour éclaircir ses pensées.

— Je ne m'attendais pas à partager une bouteille de vin, dit-elle. Ou à recevoir des fleurs.

— Je ne voulais pas arriver les mains vides.

Elle ne pouvait se rappeler la dernière fois où il lui avait acheté des fleurs. Elle ne voulait pas refuser ses cadeaux, mais elle n'avait pas envie qu'il lui en fasse, non plus. Dans son esprit, cela compliquait les choses et du coup sa réponse fut plus sèche que prévu.

— Je ne m'attendais pas à te voir arriver ici.

— Tu disais que tu voulais parler, répéta-t-il. J'ai supposé que tu voulais le faire en privé. Cet endroit m'a paru être le meilleur.

Elle était presque certaine que la conversation qu'il envisageait était très différente de celle qu'elle prévoyait. Elle ne comptait pas se remémorer le passé en partageant une bouteille de vin. Leurs chemins avaient divergé depuis longtemps. Elle avait un plan pour son avenir.

— Laisse-moi poser ça, dit-il en montrant la bouteille et les fleurs.

Le cœur de Lily s'emballait de nouveau, et ses mains tremblaient. Le voir apparaître chez elle lui causait un choc, mais elle ne devait pas se laisser distraire par sa présence. Il fallait qu'elle se souvienne de son plan. Elle avait prévu d'aller de l'avant dans sa vie.

Voir son frère et ses sœurs trouver l'amour lui avait fait réaliser qu'elle menait une existence solitaire. Elle avait mis sa vie personnelle sur pause depuis deux ans. Elle n'en blâmait pas Otto, ils y étaient pour quelque chose tous les deux, mais il était temps pour elle de définir ses objectifs et de s'y tenir.

Qu'Otto soit revenu en Australie n'était pas suffisant. Il aurait fallu qu'ils soient sur la même longueur d'onde, et elle soupçonnait qu'ils étaient maintenant très éloignés l'un de l'autre. En deux ans, ils n'avaient pas parlé de ce qui se passerait ensuite, et elle ne pouvait se fier à lui pour lui donner ce qu'elle voulait. S'il désirait fonder une famille, il le lui aurait dit. Et s'il ne le voulait pas, alors elle avait besoin de divorcer.

Il était temps pour elle de renoncer à lui. Au désir d'avoir ses enfants. C'était un rêve qu'elle caressait depuis la première fois où ils étaient sortis ensemble. Raison pour laquelle elle avait tenu si longtemps. Et il était difficile de s'en détacher, encore plus maintenant qu'il était de retour. Mais elle devrait faire une croix dessus si elle voulait avoir une chance de devenir mère. Il lui fallait quelqu'un qui la soutienne, et elle n'était pas sûre de pouvoir se fier à Otto, sur ce point.

Elle avait besoin de trouver quelqu'un qui veuille marcher à côté d'elle sur le chemin de son avenir, et qui soit heureux de le faire.

Peu importait qu'Otto soit là en personne, se dit-elle lorsqu'il revint de la cuisine, les mains vides. Cela ne changeait rien. Il n'était peut-être que provisoirement de retour, et il se pouvait qu'il soit venu lui demander de divorcer. Elle devait rester ferme et résolue.

— Je voulais te parler d'un divorce, lâcha-t-elle dès qu'il franchit la porte.

Elle ne savait pas comment le lui annoncer en douceur. Elle s'inquiétait que sa présence ne la fasse hésiter et qu'il ne la fasse changer d'avis. Elle devait rester forte. Elle avait pris sa décision.

Le sang d'Otto se glaça dans ses veines, et il aurait juré que son cœur manquait un battement, sinon plusieurs. Il n'avait pas été sûr de l'accueil qu'il recevrait en arrivant chez Lily, et il ne savait pas très bien non plus de quoi ils allaient parler, mais ce qui était certain, c'était qu'il ne s'était pas attendu à ce qu'elle aborde tout de suite le sujet du divorce.

Ses paroles lui firent l'effet d'un coup de poing en plein visage. Il était complètement sonné.

Il savait qu'ils avaient des choses à régler. Après deux ans de séparation, il n'était pas assez sot pour penser qu'ils pouvaient se comporter comme si rien ne s'était passé. Alors bien sûr, du travail les attendait, mais un divorce ? Il s'était engagé pour la vie avec Lily lorsqu'ils avaient échangé leurs promesses de mariage. Elle aussi. On ne laissait pas tomber un tel engagement au pied levé. Certes, elle pouvait alléguer que deux ans n'en faisaient pas une décision au pied levé, mais il y avait de nombreux facteurs en jeu et le divorce n'était pas une option. Pas dans son esprit.

Il posa une main sur le dos du canapé pour se stabiliser. Une chance qu'il n'ait plus tenu la bouteille de vin, pensa-t-il, sinon il l'aurait à coup sûr laissée tomber en entendant la bombe délivrée par Lily.

Il bataillait pour respirer, et des points noirs dansaient devant ses yeux. Il lui fallut un moment pour se forcer à inspirer de l'air, pour combattre le sentiment de terreur qui le submergeait. Il n'avait pas essayé de la retenir lorsqu'elle l'avait quitté – il aurait peut-être dû le faire, mais il savait qu'elle avait besoin de sa famille autour d'elle. Il n'avait pas été capable de la réparer, de lui donner ce qu'il lui fallait. Tout ce qu'il avait pu faire avait été de la laisser partir. Mais pas pour toujours. Il avait supposé qu'elle reviendrait à lui. Cela avait peut-être été une erreur. En tout cas, il n'allait pas céder sans se battre, maintenant. Il y avait forcément quelque chose qu'il pouvait faire.

Il se força à bouger et se laissa choir sur le canapé en face de Lily, de l'autre côté de la table basse.

— Tu veux divorcer ?

Elle hocha la tête.

— Quand l'as-tu décidé ?

Elle haussa les épaules.

— Qu'est-ce que cela signifie ? demanda-t-il.

— J'y pense depuis un moment. En me demandant ce que nous faisons ensemble. À quoi ça rime de rester mariés.

Elle ne croisait pas son regard, et il savait qu'il y avait autre chose. Quelque chose qu'elle ne lui disait pas.

— Comment ça, à quoi ça rime ? Le mariage est un engagement. Nous nous sommes engagés l'un envers l'autre. On ne s'en délie pas tout simplement, et tu ne peux pas prendre une décision unilatérale.

Il savait qu'ils avaient des problèmes à résoudre, mais il n'aurait jamais, au grand jamais, pensé que ces problèmes les conduiraient à cela. Elle était sa femme. Il l'aimait et n'allait pas renoncer à elle sans rien faire. Il fallait qu'il arrange ça.

— Ce n'est pas ce que je fais, se défendit-elle. Je pense que nous devrions en parler, c'est pour cela que je t'ai laissé un message, mais à mon avis un divorce fait sens.

Il ne pouvait être moins d'accord.

— Je voudrais bien savoir comment !

Elle fronçait les sourcils, il y avait un petit pli entre ses yeux bleus.

— Ce ne peut pas être une surprise totale. Nous ne vivons plus ensemble depuis deux ans.

— Parce que tu m'as quitté !

— Tu n'as pas essayé de me retenir.

Quand Lily lui avait dit qu'elle voulait rentrer en Australie, il n'avait pas discuté, en effet. Il travaillait et étudiait avec frénésie, et elle passait beaucoup de temps toute seule. Il s'était dit qu'elle avait besoin d'une coupure et avait été heureux qu'elle parte, ne voyant pas comment l'aider autrement. Mais il avait pensé qu'elle reviendrait. Et puis il y avait eu la pandémie. Il savait qu'elle aurait pu rentrer quand même, elle avait un visa de travail, mais elle ne l'avait pas fait.

Et il n'avait pas été en mesure de venir la retrouver. Jusqu'à maintenant.

— Je pensais que tu avais envie de rentrer ici.

— Ce n'était pas ce que je désirais, mais je ne pouvais pas rester à Londres. J'avais besoin de revenir chez moi.

Otto réalisait maintenant que chacun d'eux avait attendu que l'autre revienne, et apparemment Lily s'était lassée d'attendre.

Mais il était là, à présent. Et il y avait une chose dont il était certain.

— Je ne suis pas venu de l'autre bout du monde pour obtenir un divorce.

— Je ne savais pas que tu allais revenir.

Il avait été stupide de ne pas lui dire qu'il rentrait, certes, mais elle lui avait aussi réservé une surprise de son cru.

— Puis-je te demander pourquoi tu as décidé maintenant que tu voulais divorcer ? Pourquoi pas il y a six mois ? Il y a un an ?

Il ne pouvait y avoir qu'une raison à cela, se dit-il soudain, son estomac se retournant.

— Tu as rencontré quelqu'un ?

Elle secoua la tête.

— Non.

Dieu merci, pensa-t-il tandis qu'un peu d'espoir lui revenait.

Dès l'instant où il avait posé les yeux sur Lily, il avait su qu'il voulait la connaître mieux. Et dès leur premier rendez-vous, il avait su qu'il voulait l'épouser. Cela signifiait passer le reste de sa vie avec elle, mais sur les cinq ans de leur mariage ils en avaient passé deux séparés. Était-ce trop long ? Ou s'agissait-il d'un cas où le temps guérissait les blessures ? Il ne connaissait pas la réponse, mais il la trouverait.

Son plus grand regret était de ne pas avoir su comment aider Lily. Il aimait arranger les choses, mais il n'avait pas été capable de le faire pour elle. Il s'était senti perdu, impuissant. Ses blessures physiques avaient guéri, mais ses blessures émotionnelles avaient été plus difficiles à traiter. Et il n'avait fait que les accroître par ses actions. Alors, pour atténuer sa culpabilité quant au rôle qu'il avait joué, il l'avait laissée partir.

Maintenant il était nerveux, incertain, et c'était une sensation désagréable. Il cherchait toujours à voir les côtés positifs d'une situation. Il avait appris que l'on pouvait trouver quelque chose de bon même lors d'une mauvaise journée. Et il ne craignait pas de relever un défi, mais il avait l'impression d'être trois pas derrière Lily, ce qui était à son désavantage. Toutefois, il refusait de renoncer. Il ne céderait pas. Il savait qu'il se battrait pour elle mais, si elle n'était pas prête à baisser les armes, il ne voyait pas ce qu'il pourrait faire.

— Le fait que je sois revenu change-t-il les choses ? demanda-t-il.

— Je ne sais pas.

Elle jouait avec son alliance, la faisant tourner autour de son doigt. Ce geste attira l'attention d'Otto et lui remonta le moral. Elle n'avait pas ôté ses bagues, c'était sûrement bon signe ?

Il tendit la main et passa son pouce sur l'anneau en or, à son annulaire.

— Tu portes toujours ton alliance, dit-il.

Le cœur de Lily bondit, et son souffle se coinça dans sa gorge. Elle résista à l'envie de fermer les yeux, de nouer les doigts autour de sa main, de l'attirer à elle.

Le contact de son pouce sur sa peau lui fit grimper le pouls.

Elle savait que la légende selon laquelle une artère reliait directement son annulaire gauche à son cœur n'était pas vraie, mais elle en avait bel et bien l'impression. Elle n'avait pas compté se sentir toujours aussi connectée à lui, et sa réaction physique la prit de court. D'un point de vue émotionnel, elle était encore fragile, elle brûlait encore de l'entendre reconnaître sa douleur, mais elle ne pouvait nier qu'une étroite connexion subsistait entre eux. Une connexion qui n'avait pas été brisée.

C'était une des raisons pour lesquelles elle portait encore son alliance. Elle faisait partie d'elle, de ses rêves. Enlever ses bagues serait la dernière étape, le point de non-retour, et elle n'était pas prête à franchir ce pas avant qu'ils ne soient divorcés. Conservait-elle encore l'espoir qu'ils puissent arranger les choses ? Avait-elle peur ? Était-elle terrifiée ?

Elle n'avait jamais eu envie de les ôter et, en un sens, les porter à son doigt la gardait en sécurité. Bien qu'elle ait été séparée d'Otto par des océans et par le temps, elle ne s'était pas du tout intéressée à d'autres hommes, et le fait qu'elle paraisse mariée décourageait ceux qui s'approchaient. Elle soupçonnait que cela n'annonçait rien de bon pour trouver un nouveau partenaire, mais elle prendrait les choses une par une. Et la première étape était d'obtenir le divorce. Elle savait que, tant qu'elle serait légalement mariée à Otto, elle ne pourrait pas aller de l'avant. Cela ne lui semblerait pas correct.

— Nous sommes encore mariés, dit-elle en dégageant sa main et en couvrant ses bagues.

La pensée de les enlever l'effrayait un peu. Elle devrait rejoindre le marché des rencontres amoureuses. Elle n'y avait pas vraiment réfléchi. Dans sa tête, elle allait de son mariage avec Otto au fait d'avoir des enfants, mais elle ne s'était pas demandé *comment* elle trouverait quelqu'un avec qui faire ces bébés. Depuis qu'elle avait rencontré Otto, elle n'avait jamais regardé un autre homme. Son attirance pour lui avait été immédiate et totale, et chaque cellule de son corps se souvenait encore de lui. Comme au premier jour.

Elle était en dernière année de médecine. Il était chef de

service adjoint. Elle l'avait remarqué dès qu'elle était entrée dans l'unité de soins intensifs. Il se tenait à côté du spécialiste. Il avait capturé son attention, et voilà.

Leurs regards s'étaient croisés, mais elle n'avait pas pu continuer à le regarder et elle avait détourné les yeux, se forçant à se concentrer sur le patient. Seulement elle n'avait pas entendu un mot de ce qui se disait dans la salle. Elle avait tout le temps senti les yeux d'Otto fixés sur elle.

Il était grand, brun et beau, il respirait l'assurance, mais ce n'était pas tout, loin de là. Il n'avait pas feint de ne pas la regarder, mais son attention ne l'avait pas mise mal à l'aise. Elle avait l'habitude d'être remarquée. Elle était grande, blonde, athlétique et elle savait qu'on la trouvait jolie, mais elle n'avait pas confiance en elle et ne cherchait pas à être courtisée. D'ordinaire, elle essayait de passer inaperçue. Mais Otto l'attirait. Elle avait le sentiment qu'ils étaient censés se rencontrer, que leurs chemins étaient destinés à se croiser. L'impression que leurs âmes communiquaient, aussi stupide que cela puisse paraître, était trop forte pour l'ignorer. Et elle n'en avait pas envie. À la fin de la ronde, elle avait concocté une question à poser à Otto, en s'assurant qu'il devrait lui répondre. Il lui avait offert d'étudier quelques cas avec elle, ils avaient discuté et ri, il l'avait invitée à prendre un verre après le travail et ils ne s'étaient plus quittés.

Il était drôle, mignon et sûr de lui. Il savait ce qu'il voulait, et elle trouvait cela séduisant. Cela la changeait de la communauté hippie dans laquelle elle avait grandi, où les gens se contentaient de vivre au jour le jour. Elle n'était pas faite comme ça et elle avait souvent l'impression d'être la seule à avoir des buts. Elle en avait un, surtout : quitter Byron Bay où vivaient ses parents.

Elle avait beaucoup étudié pour cela, et à dix-huit ans elle avait été acceptée à la faculté de médecine de Sydney. Elle n'avait pas regardé en arrière.

Elle avait une vocation pour la médecine. Quand elle avait quinze ans, sa petite sœur Willow était morte des oreillons. Willow était la vraie jumelle de Daisy, la plus jeune des cinq enfants

Carlson ; et, si les parents de Lily avaient cru aux vaccins, elle serait encore avec eux aujourd'hui, probablement.

Daisy avait elle aussi contracté les oreillons et en était restée sourde. Tout cela avait conforté Lily dans son ambition de devenir médecin. Elle voulait sauver des vies et éviter à d'autres familles de vivre ce qu'ils avaient traversé.

Étudier la médecine était devenu son unique but. Elle n'avait eu aucun plan pour sa vie après l'obtention de son diplôme. Elle s'était dit qu'elle verrait bien après.

Mais Otto, lui, savait exactement ce qu'il voulait. Dans la vie. Dans sa carrière. Et il avait su quand il avait rencontré Lily qu'elle était la femme de sa vie. Ce fait lui avait donné confiance en elle. Elle avait été dopée par son adoration, sa conviction qu'ils étaient faits pour être ensemble. Elle avait été transportée par sa foi en eux, sa certitude que tout était possible à partir du moment où ils étaient ensemble.

Et, ensemble, ils avaient un plan.

Jusqu'à ce que ce plan tourne mal et qu'elle fuie l'Angleterre, seule.

Mais maintenant Otto était de retour. Sans prévenir, sans donner de raison. Elle avait besoin de savoir ce qu'il pensait. Il lui fallait des réponses.

— Pourquoi es-tu ici ? demanda-t-elle. À Sydney.

— Il était temps pour moi de rentrer. J'avais fini mon stage post-doctorat, et on m'offrait un poste ici.

Aucune mention d'elle, sa femme. Il n'était pas revenu pour elle, se dit-elle. Pour eux.

Il n'y avait plus « d'eux ».

— Je prends le poste de Leo Atwill, poursuivit-il. Tu sais qu'il part à la retraite ?

Elle hocha la tête. Cela avait été rapide, pour raisons de santé. Mais les paroles d'Otto lui faisaient l'effet d'un coup de couteau dans son cœur déjà saignant.

— Tu es revenu à cause de ce poste ? Pas pour moi ?

Elle ne put s'empêcher de poser la question, même si elle se détesta pour cela.

— Tu faisais partie de ma décision, bien sûr.

— Mais tu n'en as même pas discuté avec moi ?

Quelle importance avait-elle, s'il ne se souciait même pas de lui parler de ses plans ?

— Tout s'est passé très vite. Il était inespéré qu'un poste se libère à Bondi General. J'ai pensé que ce serait bien de travailler ensemble. Tu ne sembles pas d'accord ? demanda-t-il, voyant l'incertitude dans les yeux de Lily.

Elle n'avait jamais travaillé avec Otto. Elle se fourvoyait si elle pensait qu'elle pourrait collaborer avec lui régulièrement sans être rattrapée par les souvenirs. Et même pas par ça. Sa réaction à son contact, plus tôt, n'avait rien eu à voir avec des souvenirs et tout à voir avec l'alchimie qui les liait. Rien en elle ne l'avait oublié, ni sa tête, ni son cœur, ni ses hormones. Comment allait-elle s'en sortir ?

Elle devrait trouver un moyen de le faire.

Et rapidement. Sinon, il lui faudrait chercher un autre poste, et elle ne voulait pas quitter Bondi General. Elle adorait son travail. Elle aimait être près de chez elle, près de la plage, et travailler avec de bons amis, sans mentionner ses sœurs. Elle ne laisserait pas l'arrivée d'Otto la pousser vers la sortie, mais il était peu probable qu'il bouge, lui. Il venait d'arriver.

Il fallait qu'elle trouve une solution.

— Travailler ensemble pourrait rendre les choses embarrassantes quand nous serons divorcés, dit-elle.

— Je ne veux pas d'un divorce.

— Nous ne vivons plus ensemble depuis deux ans. Les tribunaux m'accorderaient un divorce au motif que nous avons été séparés plus de douze mois.

— Tu t'es déjà renseignée ? demanda-t-il, l'air chagriné.

— Non, mais je sais par des amies comment cela fonctionne.

— Nous ne sommes pas séparés officiellement, observa-t-il.

Il ferma les yeux et renversa la tête en arrière, se passant les mains dans les cheveux. Il poussa un gros soupir et rouvrit les paupières, la regardant.

— Tu dois te rendre compte que cela est aussi soudain qu'inattendu, pour moi. Tu m'as pris complètement par surprise.

— J'ai ressenti la même chose quand tu as débarqué à l'hôpital, aujourd'hui.

— Je n'avais pas l'intention de t'imposer mon retour de cette façon. Je voulais te voir avant de commencer mon travail. Je voulais que nous ayons d'abord une conversation privée, mais cela ne s'est pas passé ainsi et j'en suis désolé. Écoute, l'implora-t-il, je me rends bien compte que nous n'allons pas résoudre cette question ce soir, mais crois-tu que tu pourrais te retenir de prendre des décisions dans l'immédiat ?

— Que suggères-tu ?

— Ne fais rien. Ne demande pas le divorce avant que nous ayons eu une chance de nous entretenir correctement. Je suis victime du décalage horaire et pas mal ébranlé, pour être honnête. J'ai besoin d'un peu de temps.

Elle fronça les sourcils.

— Combien de temps ?

— Peux-tu m'accorder trois mois ?

— Trois mois !

Elle s'attendait à quelques jours, mais des mois !

— Qu'est-ce que trois mois de plus changeront ?

— Cela nous donnera le temps de voir comment nous nous sentons. De voir si nous pouvons arranger les choses.

Otto pensait *toujours* qu'il pouvait tout arranger.

— Tout ne peut pas être arrangé, rétorqua-t-elle. Certaines choses sont trop cassées.

Elle se sentait cassée, elle.

— Je ne sais pas si je peux t'accorder des mois.

— Au nom du ciel, pourquoi pas ? Quand nous nous sommes mariés, tu m'as promis une vie entière. Tu peux sûrement me laisser trois mois de plus.

Lily prit une grande inspiration, tout en essayant de garder le contrôle de ses émotions. C'était vrai, elle avait fait des promesses qu'elle avait eu l'intention de tenir, mais les choses avaient pris un tour qu'elle n'avait pas prévu.

— C'était avant, dit-elle.

— Avant quoi ? demanda-t-il comme s'il ne savait pas, comme s'il ne pouvait pas le deviner.

Elle sentit les vieilles blessures se remettre à béer.

— Avant que nous perdions notre bébé.

— Lily, si je pouvais remonter le temps et changer cela, je le ferais. Tu sais que je le ferais.

— Tu crois ? Je n'ai aucune idée de ce que tu ferais, maintenant. Pas après ça. Tu ne voulais pas d'enfants, à l'époque. Tu n'as jamais voulu ce bébé.

— Ce n'est pas vrai.

— Je veux une famille, poursuivit-elle sans lui laisser une chance d'exposer son point de vue. C'est pourquoi j'ai besoin de divorcer. Je ne peux pas avoir une famille toute seule. J'ai besoin de prendre un nouveau départ.

— Tu n'en as pas besoin. Je suis là.

Oserait-elle croire qu'ils pouvaient remettre leur mariage sur pied ? Elle savait qu'ils avaient des choses à régler mais, s'il était partant pour fonder une famille, serait-elle prête à travailler sur leur relation ? Pouvait-elle être réparée ? Elle n'en était pas sûre mais, s'il était disposé à avoir des enfants, elle savait qu'elle serait prête à négocier sa position. Cela ne voulait pas dire qu'ils n'avaient pas d'autres problèmes à résoudre – elle ignorait toujours si elle pourrait compter sur lui pour l'épauler dans le cas où quelque chose irait de travers –, mais ce serait un bon départ.

— Tu veux des enfants ? demanda-t-elle. Maintenant ?

Il hésita, et elle sut quelle était la réponse.

— Nous étions convenus d'attendre que tu aies trente-deux ans, dit-il. Que nous ayons établi nos carrières.

— J'ai changé d'avis.

Elle se rendait compte qu'elle avait fait bouger les bornes, mais c'était seulement après sa fausse couche. Cet événement avait modifié son état d'esprit.

— Pourquoi ?

Elle avait mis ses rêves de côté ces deux dernières années, mais à présent ils revenaient en force.

— J'ai un trou dans le cœur, et le seul moyen de le boucher, pour moi, est d'avoir une famille à moi.

— Lily, je t'en prie, ne peux-tu nous laisser une chance ? Ne peux-tu *me* laisser une autre chance ?

— Je ne sais pas.

Quelque chose manquait à sa vie, et elle avait besoin de combler ce manque. C'était à elle de le faire.

Toute sa vie, elle avait eu des responsabilités à assumer. En tant qu'aînée, elle s'était occupée de son frère et de ses sœurs. Personne ne l'avait jamais secondée. Elle avait toujours compté sur elle-même. Lorsqu'elle avait rencontré Otto, elle avait cru avoir enfin trouvé quelqu'un qui prendrait soin d'elle, mais il l'avait laissée tomber. C'était à elle de déterminer son avenir.

— J'ai besoin d'arranger ça, dit-elle.

— Tu ne veux pas me laisser t'aider ? Il doit y avoir quelque chose que je peux faire ? Dis-moi. Si nous essayions une thérapie conjugale, par exemple ?

— Quelle différence cela ferait-il ?

— Je ne sais pas, admit Otto. Mais je ne vais pas renoncer comme ça. S'il te plaît, Lily, ne jette pas notre mariage aux orties. Trois mois et voir un conseiller conjugal, c'est tout ce que je demande. Ensuite, si tu veux toujours le divorce, je te l'accorderai.

Lily savait qu'elle ne devrait pas céder. Elle était terrifiée qu'Otto ne lui brise de nouveau le cœur, mais il n'était pas aussi facile qu'elle l'avait cru de renoncer à lui. Pas alors qu'il était assis en face d'elle, plaidant pour une autre chance. Pas alors qu'elle pouvait voir son visage, entendre sa voix et tendre la main pour le toucher.

Maintenant que le moment était venu de trancher, elle était réticente à tout envoyer promener. À l'envoyer promener, lui. Malgré tout ce qui s'était passé, elle savait qu'elle l'aimait toujours. Peut-être, peut-être, s'il l'aimait encore aussi, pourrait-elle le convaincre qu'ajouter des enfants à leur vie était la prochaine étape qu'ils devraient franchir.

Elle hocha la tête. Elle savait qu'elle risquait tout, mais elle était aussi convaincue que son cœur se briserait quoi qu'elle fasse.

La question était : voulait-elle avoir le cœur brisé maintenant, ou dans trois mois ?

Elle ferma les paupières. Elle ne voulait pas voir la douleur dans les yeux sombres d'Otto, elle savait que c'était un reflet de la sienne. Elle ne voulait pas avoir le cœur brisé maintenant, ce qui signifiait qu'elle n'avait qu'une option – donner ce qu'il voulait à Otto.

— D'accord. Trois mois, accepta-t-elle en croisant les doigts.

Elle espérait que la récompense potentielle, avoir une famille à elle, valait la peine de risquer de souffrir.

— Et la thérapie conjugale ?

— Je vais y réfléchir, répondit-elle en se donnant un peu de temps.

Elle n'avait pas envie de discuter de son mariage avec un étranger ou une étrangère. Elle n'avait pas envie de parler de ses manquements d'épouse, car elle savait, malgré les blâmes qu'elle mettait sur le dos d'Otto, qu'elle en avait sa part aussi.

Était-elle prête à s'ouvrir à cela ?

3.

Lily était de nouveau seule.

Otto était retourné à son hôtel, ce qui lui posait un problème. Cette maison était la sienne, après tout. Peut-être devrait-elle offrir de la lui laisser ? Il devrait pouvoir habiter chez lui, mais elle savait qu'elle ne pourrait pas y rester avec lui.

Elle avait du mal à garder ses pensées en ordre. Normalement elle était concentrée, capable de compartimenter les choses, mais l'arrivée d'Otto l'avait plongée dans la confusion. Son esprit était brouillé, et elle passait du coq à l'âne. Sa tête lui disait une chose mais, lorsqu'elle le voyait, qu'il lui souriait ou lui touchait la main, son cœur lui en soufflait une autre.

Non, pas son cœur. Juste ses hormones. Elles s'habitueraient assez vite à sa présence, se dit-elle en coupant un citron et en déposant les tranches dans une carafe d'eau. Elle la porta sous le porche de derrière et la posa sur la table en attendant ses sœurs. Après le départ d'Otto, la maison lui avait paru trop vide et elle les avait invitées avec son frère. Jet était occupé, mais Poppy et Daisy étaient en route. Elle avait besoin de leur compagnie – elle craignait qu'en restant seule elle soit tentée d'appeler Otto pour lui demander de revenir.

Poppy avait offert de prendre un repas à emporter chez Lao Lao, le restaurant familial de la fiancée de Jet, et Lily avait accepté avec plaisir. Il était agréable d'avoir quelqu'un qui s'occupe d'elle, pour changer.

— Alors, je suppose que tu vas nous dire qu'Otto est de retour ? dit Poppy en prenant un beignet aux crevettes.

Elle ne regarda pas Lily, mais celle-ci vit le coup d'œil qu'elle échangeait avec Daisy et comprit que ses nouvelles n'allaient pas être un scoop.

— Vous le savez ? demanda-t-elle en s'assurant que Daisy pouvait lire sur ses lèvres.

— Ajay m'a dit qu'il l'avait rencontré au travail, déclara cette dernière.

— Il a su qui il était ?

Lily s'avisa qu'elle avait été stupide de croire qu'elle pourrait garder secrète sa relation avec Otto. Les potins allaient bon train à l'hôpital, et avec la majorité de sa famille reliée d'une façon ou d'une autre à Bondi General sa situation maritale était vouée à être découverte tôt ou tard.

— Il savait que ton mari est un chirurgien nommé Otto…, commença Daisy.

— Et il avait peut-être entendu dire qu'Otto revenait, compléta Poppy.

— Comment ? demanda Lily en fronçant les sourcils.

Elle n'avait même pas été au courant, et Ajay, le fiancé de Daisy qui travaillait aux urgences avec elle, n'avait aucune raison d'en savoir plus qu'elle.

— J'ai un aveu à faire, ajouta Poppy. Ryder et moi l'avons invité à notre mariage.

— Quoi ? Pourquoi ?

— Il fait partie de la famille. Je ne voulais pas l'exclure.

— Nos parents en font partie aussi, mais tu ne les invites pas.

Lily savait que Ryder avait insisté pour que Poppy invite leur père et leur mère, craignant qu'elle ait des regrets plus tard, mais Poppy était resté de marbre.

— Je voulais qu'Otto soit là. Je pensais que tu serais contente de le voir.

— Il m'a dit qu'il revenait pour prendre un poste à Bondi General. Il n'a pas parlé de votre mariage.

— Il n'est pas rentré à cause de nous. Il devait rentrer de toute façon. Notre mariage lui a simplement imposé une date.

— Pourquoi ne m'as-tu pas dit que tu l'avais invité ?

— J'ai supposé qu'il te le dirait.

— Eh bien, non, il ne me l'a pas dit.

— Tu n'es pas contente qu'il soit de retour ? demanda Daisy dans la langue des signes.

— Je l'aurais peut-être été il y a un an, répondit Lily de la même façon.

Tous les Carlson avaient appris ce langage quand Daisy avait perdu l'audition.

— Qu'est-ce que ça veut dire ? insista celle-ci.

— Je me sens un peu déboussolée par tout ça, pour être honnête, reconnut Lily.

Un an plus tôt, son horloge biologique ne se faisait pas entendre aussi fort que maintenant. À présent, elle l'obsédait. Un an plus tôt, elle pensait qu'elle aurait pu regarder Otto sans remarquer le passage du temps, sans ressentir l'absence d'enfants. Mais le temps filait pour elle, et elle ignorait si elle obtiendrait ce qu'elle voulait d'Otto. Elle n'aurait su dire s'il était prêt à se plier à ses délais. Perdait-elle de précieuses semaines en acceptant cette thérapie ? En lui accordant ces trois mois ?

— Je ne sais pas quoi penser, reprit-elle. Ni que dire, ni que faire. Je ne l'attendais pas et je ne suis pas préparée à cette situation.

Elle réalisa en le disant que c'était l'un des principaux facteurs de son agitation. Elle détestait être prise de court. Otto aurait dû le savoir, et elle était un peu irritée qu'il l'ait mise devant le fait accompli en arrivant sans s'être annoncé.

— Comment va-t-il ? s'enquit Daisy qui se préoccupait toujours des autres.

Lily haussa les épaules.

— Bien.

Otto était un optimiste impénitent. Les choses avaient toujours bien tourné pour lui, en général, alors pourquoi ne serait-il pas positif ? Même après son annonce, elle était certaine que pour lui il s'agissait juste d'un « bug », d'un problème à résoudre, et qu'il parviendrait à le régler. Elle n'en était pas aussi sûre. Mais ses sœurs ignoraient quelle grenade elle avait lâchée sur Otto quand il était arrivé chez elle. Elle devait le leur dire.

— Tu as peut-être simplement besoin d'un peu de temps pour t'ajuster à son retour, suggéra Poppy.

— Peut-être, mais je venais juste de prendre une grande décision et, maintenant qu'il est là, cela chamboule mes plans.

— Quelle sorte de grande décision ?

— Je lui ai dit que je veux divorcer.

— Quoi ? Pourquoi ?

— Tu ne peux pas divorcer de lui. Il est ton homme.

— Mais s'il n'est pas fait pour moi ?

— Que veux-tu dire ? demanda Daisy.

— Je sais que vous pensez qu'il y a une personne pour chacun de nous, mais il doit y en avoir plus d'une, argumenta Lily. Plein de gens trouvent l'amour une seconde fois.

Ajay, le fiancé de Daisy, en était le parfait exemple. Il avait été marié avant de perdre sa femme, mais il était retombé amoureux de Daisy.

— Et si je n'ai pas choisi la bonne personne, pour commencer ?

— Non, dit Daisy en secouant la tête. Je t'ai vue avec Otto, nous t'avons tous vue. Et dans la famille, on ne tombe amoureux qu'une fois. J'ai décidé que c'était un trait de caractère des Carlson. Je vous regarde, Otto et toi, et je vois la même chose.

Lily n'en était pas aussi sûre. Elle pensait autrefois qu'Otto et elle étaient destinés l'un à l'autre, mais les choses avaient changé. Pourtant, si Daisy avait raison ? Si Otto était le seul homme qui lui convienne ? Si elle ne trouvait jamais le bonheur avec quelqu'un d'autre ? Elle gâcherait son avenir.

Mais elle ne le saurait jamais si elle n'essayait pas.

— Nous avons été séparés près de deux ans, dit-elle. Je ne peux pas perdre plus de temps.

— C'est ton mariage ! Tu ne perds pas de temps.

Lily se dit qu'elle pouvait être l'exception à la règle de Daisy, après tout. Otto et elle s'étaient mariés rapidement, ils s'étaient fréquentés en coup de vent, puis ils avaient passé presque la moitié de leur vie conjugale en étant séparés. Elle n'avait rien à quoi comparer leur relation. Comment pouvait-elle savoir s'il était l'homme qu'il lui fallait, le seul homme pour elle ?

Et d'abord, comment en étaient-ils arrivés là ?

— Pouvez-vous me dire ce qui vous a amenés ici aujourd'hui ?

Lily était perchée au bord du canapé dans le bureau de la thérapeute, très raide, et elle avait l'impression qu'elle pourrait détaler vers la porte à tout moment.

C'était le fiancé de Poppy, qui était psychologue, qui leur avait recommandé cette conseillère conjugale. Lily avait accepté de faire cette thérapie en sachant qu'elle aurait conseillé la même chose à ses frère et sœurs ou à ses amis, et qu'elle devait bien ça à Otto. Elle espérait simplement que ce n'était pas une perte de temps. Elle ne pensait pas que ces séances régleraient leurs problèmes, mais elles leur permettraient peut-être de tourner la page de leur relation.

Elle regarda autour d'elle, essayant de calmer ses nerfs. L'endroit était décoré dans des tons neutres, avec des plantes en pot pour adoucir l'ambiance et des rideaux diaphanes devant la fenêtre ouverte. La thérapeute avait installé un petit canapé à trois places en face de son fauteuil, et un autre fauteuil à la droite du canapé. L'ensemble ressemblait à un salon et visait manifestement à détendre les gens, mais malgré cela Lily était à cran et elle percevait également la tension d'Otto. Mais alors qu'elle était figée, il était agité. Il s'était assis sur le canapé à côté d'elle, elle ne savait pas pourquoi. Par habitude, pour donner le change, ou parce qu'il souhaitait vraiment être près d'elle ?

Elle ramena son attention sur la conseillère, Helen. Qu'avait-elle demandé ? Pourquoi ils étaient là ?

Lily avait su qu'on leur poserait cette question, mais elle se trouva soudain prise de court. Elle était nerveuse, anxieuse, elle avait la langue liée. Elle réfléchit à sa réponse. Aurait-elle tort de commencer par : « Je veux divorcer » ?

Était-ce toujours ce qu'elle voulait ? Elle avait accepté de donner trois mois à Otto. Peut-être cela sonnerait-il mieux si elle disait qu'elle voulait prendre un nouveau départ. Mais n'était-ce pas trop ambigu ? Voulait-elle prendre un nouveau départ avec Otto, ou avec quelqu'un d'autre ?

Elle soupira. Un nouveau départ avec Otto n'était pas possible. Pas après tout ce qui s'était passé. Recommencer avec un autre serait moins douloureux. Elle ne pouvait regarder Otto sans se rappeler ce qu'elle avait perdu.

— Otto ? Lily ? J'ai besoin de savoir pourquoi vous êtes ici aujourd'hui, répéta Helen.

Lily tressaillit. Elle était là parce que Otto lui avait demandé de venir. Parce qu'elle lui avait dit qu'elle voulait divorcer. Elle se devait d'être honnête, pour elle-même et pour Otto.

Otto et Helen la regardaient, attendant qu'elle parle. Pourquoi devait-elle commencer ?

— Je veux divorcer, dit-elle.

Elle avait voulu paraître très sûre d'elle, mais sa bouche était sèche et sa voix dépassa à peine un murmure. Son avenir sans Otto avait été tellement plus facile à imaginer quand il était à l'autre bout du monde. C'était beaucoup plus dur alors qu'il était assis à côté d'elle.

— Et moi pas, déclara Otto.

Lily ne put s'empêcher de remarquer combien il était déterminé.

— J'ai l'habitude de voir des couples dont les points de vue divergent, c'est mon travail, et j'apprécie que vous ayez pris le temps de venir me consulter, répondit Helen. Afin que je puisse comprendre votre situation, pouvez-vous me dire ce que vous espérez obtenir par cette thérapie ? Je vous donnerai des sujets de réflexion, des sujets de discussion, mais je ne pourrai pas vous fournir les réponses. C'est à vous deux de déterminer où vous voulez aller à partir d'ici. Si je peux commencer par vous, Lily, vous avez dit que vous voulez divorcer.

Lily hocha la tête.

— Je suis une conseillère conjugale, pas une avocate spécialisée dans les divorces. Pourquoi avez-vous choisi de venir demander conseil ?

— Otto me l'a demandé.

— Pourquoi avez-vous accepté de venir ?

Lily réfléchit. C'était un moyen de dissiper sa culpabilité pour son rôle dans cette situation. Elle avait blâmé Otto, mais c'était elle qui était partie. S'en aller lui avait permis d'éviter de reconnaître son rôle dans le drame qu'ils avaient traversé. Et elle l'évitait toujours. C'était pourquoi elle avait accepté de venir : il était plus facile de se faire conseiller que de s'excuser de ses actes. Était-il aussi plus facile de demander le divorce que de demander pardon ?

Sans doute.

— Si vous avez déjà décidé que vous voulez divorcer, je suppose que sauver votre mariage ne vous intéresse pas ? demanda Helen comme Lily ne répondait pas. Qu'attendez-vous de moi ?

Voulait-elle sauver son mariage ? Elle aurait dit oui deux ans ou même un an plus tôt, mais maintenant elle trouvait que leurs chemins s'étaient trop écartés. Elle voulait des bébés. Otto n'en voulait pas. C'était aussi simple que ça.

— J'ai pensé que vous pourriez peut-être nous aider à mieux communiquer.

— Cela a posé un problème ?

Lily fit signe que oui.

— Apparemment, nous avons du mal à discuter des choses importantes. Comme un divorce. Si Otto et moi ne sommes pas d'accord sur le fait qu'un divorce est la meilleure solution pour nous, cela augure d'une discussion difficile. J'ai pensé que vous pourriez peut-être nous aider à nous parler. Je ne veux pas me battre. Je ne veux pas couper les cheveux en quatre. Je veux simplement aller de l'avant dans ma vie. Je me suis dit qu'une thérapie pourrait peut-être nous aider à tourner la page.

Elle sentit Otto se tendre à côté d'elle. Elle n'avait pas besoin de le regarder pour percevoir sa réaction. Tous ses nerfs étaient encore reliés à lui. Ils étaient connectés physiquement. C'était sur le plan émotionnel qu'ils divergeaient.

— Otto ? demanda Helen. Pourquoi avez-vous choisi de suivre une thérapie ?

— Certainement pas pour nous aider à divorcer. Au contraire. J'espérais que cela nous aiderait à trouver le moyen de continuer, ensemble.

— Vous comprenez que ce ne sera peut-être pas possible ?

— Oui.

— Parlez-moi de votre situation. Depuis combien de temps êtes-vous mariés ?

— Presque cinq ans. Ce n'est pas rien, n'est-ce pas, Lil ?

Il la regarda, ses yeux brun sombre et implorants. Elle ne put soutenir son regard. Elle voyait sa douleur, elle la ressentait aussi, mais cela ne changeait rien. Le voir lui rappelait tout ce qu'ils avaient perdu, et elle ne pouvait se fier à lui pour ne pas lui briser de nouveau le cœur. Lors de leur mariage, ils avaient promis de se soutenir mais, quand les choses s'étaient gâtées, cela les avait déchirés.

Elle se tourna vers Helen.

— Mais Otto a vécu à Londres ces deux dernières années. Nous étions séparés.

— C'était ta décision, Lily.

— Otto, coupa la conseillère, laissez parler Lily. Vous aurez votre tour.

— Il ne m'a même pas dit qu'il revenait, reprit Lily. C'est un exemple de notre manque de communication. Auparavant, nous savions nous parler.

— Qu'est-ce qui a changé ?

— Lily a cessé de parler, répondit Otto en la regardant. Tu m'as évincé. Tu ne me disais pas ce que tu ressentais.

— J'éprouvais la même chose tous les jours, j'étais seule avec ma tristesse, seule avec mon chagrin, seule avec ma perte.

— C'était *notre* perte, Lily.

Otto s'adressa à Helen.

— Nous avons perdu un bébé à vingt et une semaines. C'est alors que les choses ont changé.

La conseillère se tut un instant, puis demanda :

— Voulez-vous parler de votre perte, Lily ?

Elle secoua la tête. Son chagrin était encore trop à vif pour le partager avec un tiers. C'était entre elle et Otto.

Elle savait que la thérapeute aurait du mal à l'aider si elle n'était pas prête à se décharger un peu de son bagage émotionnel, mais de toute façon elle ne s'attendait pas vraiment à ce que la thérapie la soulage. Si elle pouvait apprendre comment trouver le pardon, ce serait un début.

Helen les observait, ce qui la rendait nerveuse. Que cherchait-elle ? Que voyait-elle ?

— Vous étiez ensemble à Londres ?

Lily acquiesça.

— Mais vous êtes revenue seule ?

— Il y a près de deux ans.

— Pourquoi l'avez-vous fait ?

— J'avais besoin de choses que je ne pouvais pas trouver à Londres.

— Comme quoi ?

— Du réconfort. De la compagnie.

— Mais Otto était là.

— Physiquement, oui, mais pas émotionnellement. Nous ne communiquions pas. Je ne connaissais presque personne, et après notre perte je me suis sentie encore plus seule. À la dérive. J'avais besoin de retrouver ma famille et l'océan. J'avais besoin de le voir, d'être dedans. De voir le soleil, aussi, de le sentir sur ma peau. Je suis chez moi, ici. J'avais besoin de revenir chez moi.

— Aviez-vous l'intention de retourner à Londres ?

— Je ne sais pas.

Elle avait été si pressée de partir, qu'elle n'avait pas réfléchi à ce qui se passerait après. À la durée de son absence. Elle n'avait pas vraiment compté ne pas rentrer en Angleterre, mais elle ne l'avait pas fait non plus. Il y avait trop de souvenirs douloureux, à Londres.

— Vous disiez qu'Otto et vous aviez l'habitude de vous parler ?

Lily hocha la tête.

— Êtes-vous d'accord, Otto ?

— Oui.

— Je vais vous donner quelques devoirs à faire. Vous souvenez-vous de votre première sortie ensemble ?

— Oui, répondirent-ils en même temps.

Lily sentait qu'Otto la regardait, mais elle ne voulait pas

croiser son regard. Elle ne voulait pas partager ce moment. Il lui fallait bloquer ces souvenirs si elle voulait aller de l'avant.

— Où étiez-vous allés ?

— Prendre un verre dans un bar proche de l'hôpital où nous nous étions rencontrés, répondit Otto.

— Bien. Je veux que vous sortiez ensemble. Que vous vous parliez comme si vous veniez de vous rencontrer. Que vous appreniez de nouveau à vous connaître. Que vous vous écoutiez. Que vous mettiez de côté tout ce qui s'est passé, juste pour un moment.

— Quel est le but ? demanda Lily.

— C'est un exercice d'écoute. Je ne veux pas que vous parliez de choses importantes, sources de débats ou de discussions. Je veux que vous discutiez de choses simples, que vous soyez à l'écoute de l'autre, que vous vous intéressiez à ce qu'il dit. Sans conflits, sans programme. Parlez de ce que vous faites durant votre temps libre, de vos hobbies, des films que vous aimez, de vos endroits favoris. Pensez à tout ce que vous aviez envie de savoir sur l'autre quand vous vous êtes rencontrés.

Helen marqua une pause, avant de reprendre :

— Il faut que vous ouvriez les lignes de communication, mais en choisissant un sujet neutre. Quelque chose qui n'est pas associé à votre relation, qui n'est pas à vif, qui ne vous conduira pas à juger les sentiments de l'autre. Vous pourrez passer ensuite à ces grandes discussions quand vous sentirez que vous pouvez vous fier à l'autre, à son honnêteté. Quand vous saurez que vous pouvez écouter sans juger. Quand vous pourrez écouter sans présumer de ce que l'autre ressent. Je veux que vous repreniez au début. Pensez-vous que vous pouvez le faire ?

Lily hocha la tête. Elle voulait bien essayer. On ne lui avait jamais donné un devoir qu'elle n'avait pas fini. Et si elle acceptait la thérapie, elle devait en accepter aussi le déroulement.

— Il y a un bar de l'autre côté de la rue, dit Otto alors qu'ils quittaient le bureau de Helen. On y va ?

— Tu veux faire ça maintenant ?

— Pourquoi pas ?

Lily pouvait penser à tout un tas de raisons pour ne pas le faire tout de suite. Elle préférait en particulier avoir le temps de se préparer mentalement à l'exercice. Elle voulait pouvoir trouver des sujets de conversation anodins, ainsi qu'un terrain neutre. Un bar à vin n'était pas ce qu'elle avait à l'esprit.

— Tu veux aller dans un bar ? Ce n'est pas un rendez-vous. C'est un exercice.

— Cela ne veut pas dire que nous ne pouvons pas y prendre du plaisir et nous amuser. Tu te rappelles comment t'amuser, n'est-ce pas ?

Elle fut trop embarrassée pour admettre qu'elle ne s'en souvenait peut-être pas. Otto était toujours celui qui mettait de la gaieté dans leur relation. Elle était beaucoup plus sérieuse. Sa vie avant de le rencontrer n'avait pas été très amusante, et sa vie sans lui ne l'avait pas été du tout. Mais elle n'allait pas le lui dire.

— Allez, viens, laisse-moi t'offrir un verre.

Il lui décocha un grand sourire et lui tendit la main. Elle sentit sa résistance céder. Elle devrait raffermir sa volonté si elle voulait mettre son plan à exécution. Elle ne pouvait se permettre de laisser Otto revenir dans sa vie. Il y avait trop en jeu.

Mais elle avait accepté de faire ce « devoir », alors elle traversa la rue en ignorant sa main tendue. Il ne sembla pas s'en offusquer. Elle pouvait dire à sa mine qu'il prenait son acceptation comme une victoire pour lui. Elle le laisserait avoir celle-ci, mais la bataille était loin d'être finie.

Il y avait un petit patio à l'arrière du bar, et Otto leur trouva une table pour deux sous la tonnelle. C'était une soirée très agréable pour boire dehors, elle était chaude et tranquille. Il lui passa une carte des boissons.

— Qu'est-ce que je peux t'offrir ?

— Un gin tonic, merci.

— Aimerais-tu manger quelque chose ?

Elle fit signe que non. Cela prendrait plus de temps, et il lui serait plus difficile de s'échapper, ensuite. Une boisson suffirait.

— Par où allons-nous commencer ? demanda Otto en revenant du bar avec leurs verres.

— Je ne sais pas, tout cela paraît si futile.

— Quoi ?

— Devoir s'asseoir ici et bavarder. Je sais déjà tout de toi.

— C'est un exercice, Lily. Veux-tu retourner voir Helen et lui dire que tu ne l'as pas fait ?

— Non.

— Nous avons deux ans à rattraper. Je ne sais pas vraiment ce que tu as fait, pendant ce temps, à part que tu es devenue tante. Jet m'a dit qu'il est papa.

— Tu as parlé à Jet ?

— Nous sommes restés en contact.

Lily savait qu'Otto avait parlé à Poppy, mais elle ignorait qu'il était « resté en contact » avec ses proches. Toutefois, il s'était toujours bien entendu avec sa famille. Sa volonté de se lier avec son frère et ses sœurs était l'une des nombreuses choses qu'elle avait trouvées séduisantes chez lui, et apparemment cela n'avait pas changé. Elle se demanda quoi d'autre n'avait pas changé. Il y avait certains points qu'elle souhaitait voir rester les mêmes, et d'autres dont elle espérait qu'ils avaient évolué.

— Ainsi, j'ai une nièce, dit-il.

— Je suppose.

— Et An Na a quoi ? Sept mois ?

— Oui. Et Daisy va être la belle-mère d'un petit garçon de deux ans, Niki.

— J'ai rencontré Ajay. Il semble être un type bien.

— Il l'est. Daisy en est follement amoureuse.

— Alors tes trois frère et sœurs s'installent dans la vie.

Lily hocha la tête.

— Ces derniers mois ont été un tourbillon.

Ils avaient rallumé son désir d'avoir une famille à elle et lui avaient fait envisager de demander le divorce à Otto.

— C'est ironique, non ? ajouta-t-elle.

— Quoi ?

— C'est moi qui veux désespérément des enfants, et Jet et Daisy ont une famille avant moi. Ce sera sûrement le cas de Poppy, aussi.

— Tu as une famille. Tu m'as, moi.

— Tu sais ce que je veux dire. Je veux des enfants.

— Moi aussi.

— Mais pas tout de suite.

— Non.

— Pourquoi ?

— Je veux d'abord bien établir ma carrière. Nous en avons déjà parlé.

— Es-tu prêt à ce que cela nous coûte notre mariage ?

— J'espère que l'on n'en arrivera pas là.

— On en arrivera là sauf si l'un de nous change de position. Sinon, rien ne sera résolu.

— Nous verrons bien ce qui se passera.

Lily savait qu'il attendait qu'elle change d'avis. Il aurait dû être mieux fixé.

L'arrivée d'une serveuse interrompit la conversation à point nommé. Elle disposa sur la table des amuse-gueules, des galettes de pain, des sauces, des chips, des beignets de calamar et des frites. Lily prit quelques chips. Si elle avait la bouche pleine, elle ne serait pas obligée de parler.

— Je croyais que tu ne voulais pas manger, la taquina Otto en poussant le ravier vers elle.

— Ça sent tellement bon.

— J'en ai commandé en plus… Je savais que tu en voudrais. Tu as toujours préféré manger dans mon assiette.

C'était vrai. Quoi qu'elle commande quand ils mangeaient dehors, elle finissait toujours par préférer ce qu'Otto avait choisi. Il était toujours heureux de partager, et parfois même il changeait de plat avec elle. Elle avait oublié combien il était généreux, sous certains angles.

— Que pensent tes parents du fait de devenir grands-parents ? demanda-t-il tandis qu'elle goûtait les calamars.

Lily attendait toujours en vain qu'ils changent d'attitude.

— Ils n'ont pas encore vu An Na.

— Non ?

— Papa a eu une rupture d'anévrisme à peu près quand elle est née.

— Tu ne me l'as pas dit.

Elle pensa qu'elle pouvait ajouter ça à la longue liste des choses qu'elle ne lui avait jamais dites. Les relations distendues qu'elle avait avec ses parents faisaient qu'ils se glissaient rarement dans ses conversations, avec Otto ou d'autres personnes. Elle haussa les épaules.

— Il se remet, mais ils ne sont pas venus à Sydney. Ils ne semblent pas pressés de connaître leurs petits-enfants.

— Ils vivent toujours dans leur communauté ?

— Oui.

— As-tu vu ton père depuis son anévrisme ?

— Nous sommes allés tous les quatre à Brisbane pendant qu'il était à l'hôpital, il y a quelques mois. La visite a été intéressante. Papa s'est excusé pour certains aspects de notre enfance. Mais je ne suis pas convaincue qu'ils aient fait de leur mieux pour nous élever, et s'excuser maintenant n'y change rien. Ils sont toujours les mêmes, ils ne pensent qu'à eux deux. Je ne crois pas que l'arrivée de petits-enfants modifiera quoi que ce soit. Ils n'ont pas forcément envie de s'impliquer, et mon frère et mes sœurs ne sont pas très chauds non plus pour qu'ils le fassent.

— Seront-ils au mariage de Poppy ?

— Non.

Ils n'avaient été à leur mariage, non plus.

— Tu sais que Poppy et Ryder m'ont invité. C'est bon, pour toi ?

— Oui. Nous travaillons ensemble, de toute façon. Je ne peux pas t'éviter.

— En aurais-tu envie ?

La réponse honnête était « non », mais elle savait que sa vie serait bien plus facile si elle gardait ses distances. Elle pourrait garder la tête plus froide, pour commencer.

Tandis qu'il attendait sa réponse, Otto tendit une main par-dessus la table.

— Ne bouge pas. Tu as un peu d'aïoli au coin de la bouche.

Il passa son pouce sur sa joue. Sa main était chaude, son

toucher très doux et le souffle de Lily se coinça dans sa gorge. Elle en oublia la question.

Cela faisait si longtemps que quelqu'un ne l'avait pas touchée ainsi – gentiment, familièrement –, et ce geste paraissait si intime. Cela avait été la même chose lorsqu'il avait caressé son alliance. De telles sensations lui avaient manqué. Trouverait-elle le même genre de connexion avec quelqu'un d'autre, ou Daisy avait-elle raison ? Otto était-il l'homme de sa vie ?

Non. S'il ne voulait pas d'enfants, il n'était pas celui qu'il lui fallait. Il ne pouvait pas l'être.

Elle se leva. Il était temps d'y aller. Les choses qu'elle aimait chez Otto n'avaient pas changé. Il pouvait toujours la faire rire et faire s'emballer son pouls. Il la faisait toujours se sentir vivante, mais elle savait qu'ils avaient encore des obstacles à franchir. Ce qu'elle ignorait, c'était si c'étaient des barrières qu'elle aurait l'énergie de sauter, ou des barrières qu'elle ne pourrait contrôler. S'agissait-il d'obstacles qu'Otto devrait abaisser, ou d'obstacles avec lesquels elle devrait apprendre à vivre ?

C'était un dilemme à résoudre un autre jour, mais elle savait qu'elle ne disposait pas d'un temps infini pour répondre à ces questions. Elle avait une horloge biologique qui ne cessait d'avancer. Elle avait trente ans. Elle était déchirée, emplie de confusion, et elle n'était pas sûre de pouvoir tenir pendant trois mois. Elle deviendrait folle.

4.

— Une ambulance arrive, annonça Julie. Un accident de jet-ski. Une adolescente avec de probables blessures à la colonne vertébrale.

— Je la prends, répondit Lily. Qui est le chirurgien traumatologue de service ?

— Otto. Je l'avertis tout de suite.

Bien sûr, il fallait que ce soit Otto, pensa Lily. Elle ne l'avait pas revu depuis leur conversation au bar deux jours plus tôt, car elle avait été de repos. Il devenait évident qu'il allait être impossible de l'éviter au travail.

Elle prit une grande inspiration pour calmer son rythme cardiaque. Elle ressentait toujours une poussée d'adrénaline quand on lui annonçait une urgence, même si elle avait confiance dans ses capacités. Mais elle savait que, là, son pouls s'était emballé plus que la normale, parce qu'Otto allait la rejoindre.

Elle changea sa blouse et ses gants. Elle entendait la sirène qui approchait et elle se hâta vers l'arrivée des ambulances, laissant les liens de sa blouse défaits. Quelqu'un les lui attacherait dehors.

Otto la suivit hors de l'hôpital. Elle le vit du coin de l'œil s'avancer à grands pas vers l'ambulance, sa confiance en lui évidente. Il avait l'air d'avoir travaillé à Bondi General depuis des années, pas quelques jours.

Elle l'entendit saluer tout le monde individuellement. Elle savait qu'il avait dû faire un effort pour retenir le nom de ses collègues. Il était doué pour se faire des amis. Son père était médecin militaire, et il avait souvent déménagé quand il était enfant, devant se faire accepter partout où il allait, mais il était sociable, aussi. Il aimait la compagnie, et plus la foule était nombreuse et bruyante, mieux c'était. Lily préférait un petit groupe d'amis proches ou sa famille.

— Bonjour, Lil.

Il la salua enfin. Elle fronça les sourcils en l'entendant utiliser son diminutif. Elle lui avait demandé de garder leur relation secrète, pour le moment. Ses collègues savaient qu'elle avait un mari, mais elle n'avait pas besoin qu'ils sachent que c'était Otto. Pas encore, pas tant qu'ils mettaient de l'ordre dans leur mariage. Il n'y avait rien qui les liait, Lily pratiquait sous son nom de jeune fille, et garder leur statut conjugal privé leur éviterait d'être le sujet de ragots.

— Otto, répondit-elle brièvement.

Elle était tout de même contrariée qu'il lui ait dit bonjour en dernier. Comme si elle n'était pas importante.

Elle était toujours en conflit. Irritée d'un côté, attirée par lui de l'autre. Elle ne pouvait prétendre que le fait de le voir ne faisait pas accélérer son cœur. Elle lui tourna légèrement le dos. Si elle évitait de le regarder, cela donnerait à son pouls une chance de ralentir.

— Voulez-vous que j'attache votre blouse ? demanda-t-il en voyant les liens défaits.

Distraite par son arrivée, elle n'y avait plus pensé. Avant qu'elle puisse répondre, il passa derrière elle. Elle sursauta quand ses doigts frôlèrent sa nuque. Elle dut s'obliger à ne pas fermer les yeux tandis que des souvenirs de ses mains chaudes sur sa peau menaçaient de la faire craquer. Son corps se souvenait de lui, et elle avait envie de se laisser aller contre lui. Elle prit une grande inspiration, serra les poings et raidit les muscles de ses jambes pour ne pas bouger.

Ses doigts s'attardèrent-ils un peu plus longtemps que nécessaire sur ses épaules ? Ou ses sens étaient-ils sur-aiguisés ? Elle se demandait comment elle allait se sortir de cette situation, quand elle sentit ses mains retomber.

— Voilà, dit-il tandis que l'ambulance se garait.

Cela permit à Lily d'avancer d'un pas et de mettre de la distance entre eux afin de recouvrer son équilibre.

Elle relâcha son souffle et laissa ses épaules se détendre tandis que sa future belle-sœur quittait le volant.

Otto salua Mei comme s'ils étaient de vieux amis, et elle se demanda quand ils s'étaient rencontrés. Cela avait dû être lors de ces deux derniers jours. Mais pourquoi Jet et Mei ne lui avaient-ils pas fait signe lorsqu'ils avaient vu Otto ?

Elle le savait bien. À cause de sa bombe concernant son mariage. Cela ne l'empêcha pas de se sentir irritée. Elle n'avait jamais été quelqu'un à avoir des sautes d'humeur mais, depuis qu'Otto avait reparu dans sa vie, ses émotions ne cessaient d'aller et venir.

Jet était *son* frère, ce qui faisait de Mei *sa* famille. Au nom de quoi Otto passait-il du temps avec eux ? La réponse était simple : Otto et Jet étaient amis, et elle n'y pouvait rien.

Mais qu'est-ce que cela signifierait pour son avenir ? Encore une chose à laquelle elle n'avait pas pensé.

Lorsqu'elle avait décidé qu'elle voulait divorcer, Otto était en Europe. L'avoir de nouveau à Bondi était un scénario auquel elle n'avait pas réfléchi, et il était évident qu'il y aurait des retombées pour elle. Mais elle devrait s'en occuper plus tard, se dit-elle tandis que l'on ouvrait la porte arrière de l'ambulance et que l'on sortait le brancard.

— La patiente est une jeune fille de dix-neuf ans avec des blessures à la tête et probablement à la colonne vertébrale, leur dit Mei. Elle se trouvait sur un jet-ski avec un groupe d'amis. Elle est tombée et a été heurtée par le jet-ski qui suivait. Ses amis l'ont sortie de l'eau avant que les secouristes arrivent. Coma sur l'échelle de Glasgow, 7.

Ce n'était pas bon. Un indice entre 3 et 8 indiquait de sévères traumatismes au cerveau.

Lily put voir que la jeune fille avait été intubée et immobilisée pour ne pas faire bouger son épine dorsale. Mei continua à énumérer ses constantes vitales.

— Rentrons-la, ordonna Otto. Savez-vous si elle a pris de l'alcool ?

— Je n'en suis pas sûre, répondit Mei.

Lily savait que l'alcool pouvait être nocif pour des patients souffrant d'une blessure traumatique au cerveau.

— Connaissez-vous son nom ? demanda-t-elle.

— Chelsea.

— Bon, dit Otto. À trois, on la transfère sur le lit.

Ils se mirent à cinq pour le faire, avec précaution. Otto ne s'interrompit pas, réclamant des analyses de sang avec recherche d'alcool, une numération cellulaire et un monitoring tout en connectant la patiente à un respirateur.

Lily l'observa et l'écouta tandis qu'il communiquait avec son équipe et la blessée inconsciente. Il était sûr de lui et dirigeait le personnel de façon claire, concise et polie. Il ne montrait pas d'ego démesuré et était manifestement bon dans son travail. Elle trouva son comportement professionnel séduisant. Mais elle ne voulait pas identifier de nouvelles choses séduisantes chez lui. Que son corps la trahisse dès qu'il était à proximité était déjà assez pénible, elle n'avait pas besoin que son esprit s'y mette aussi.

— Lily, pouvez-vous vérifier le score comateux ? demanda Otto en branchant un moniteur sur le respirateur pour mesurer le dioxyde de carbone.

Elle procéda aux tests et annonça un score de 5. Ce n'était pas une bonne nouvelle.

Otto leva les yeux. Elle put voir qu'il était inquiet, mais pas paniqué. Il prit une torche pour examiner les pupilles de Chelsea.

— Pupille gauche dilatée de 5 mm, non réactive. Pupille droite dilatée de 3 mm, lente à réagir, annonça-t-il.

Ils savaient tous que cela indiquait une pression intracrânienne accrue. Chelsea présentait probablement une hémorragie dans le cerveau ou autour.

— Salle d'op ? demanda Lily.

Comme Otto hochait la tête, elle prit le téléphone pour trouver un bloc libre. Mais cette fois, elle s'assura de ne pas être celle qui l'accompagnerait dans l'ascenseur.

— Chelsea ne s'en est pas sortie, annonça Julie, la mine sombre.

Lily s'attendait à de mauvaises nouvelles, mais cela était pire que ce qu'elle avait craint. Sa première pensée fut qu'il s'agissait d'une tragédie pour la famille de Chelsea, puis son esprit alla à Otto, comme il l'avait fait tout l'après-midi.

Que devait-il éprouver ?

Elle savait qu'il devait souffrir. Elle savait que la perte d'un patient le frappait durement et qu'il détestait annoncer un décès à une famille dans le chagrin. Mais, une fois de plus, elle se sentait en conflit avec ses propres sentiments. Lorsqu'ils avaient perdu leur bébé, il était resté imperturbable, n'avait montré aucun signe de détresse. Elle n'avait jamais pu dire si ce comportement stoïque avait été sa façon de faire face ou si cette perte ne lui avait pas semblé réelle. S'était-il agi d'un concept abstrait pour lui ? Elle ignorait tout de son état d'esprit, à l'époque. Il n'avait jamais partagé ses pensées ou ses sentiments avec elle sur cette période de leur vie.

Mais même s'il n'exprimait pas ses sentiments, elle savait que la mort de Chelsea l'aurait affecté. Ce qu'elle ignorait, c'était ce qu'elle devait faire maintenant. Si elle devait faire quelque chose… Devait-elle le laisser tranquille ? Devait-elle chercher à le voir ? Est-ce que cela la regardait encore ?

Elle détestait penser qu'il n'ait personne vers qui se tourner. Une épaule sur laquelle s'appuyer, un visage amical, du soutien. Pouvait-elle le lui offrir ?

Elle était celle qui le connaissait le mieux. Il n'avait personne d'autre.

Elle passa près de son bureau à la fin de son service, mais il était vide. Quelqu'un de l'administration lui dit qu'il était parti pour la journée. Par le passé, il aurait cherché à la voir, après un jour comme celui-là ; il aurait souhaité sa compagnie. Savoir qu'il n'avait pas essayé de la joindre lui paraissait étrange, déstabilisant. Mais elle savait qu'elle ne pouvait pas jouer sur les deux tableaux après avoir soulevé la question du divorce. Elle n'avait aucun droit de se sentir blessée. Et il était blessé plus qu'elle.

Elle aurait pu s'en tenir là, elle aurait pu rentrer chez elle, mais, maintenant qu'elle avait décidé de le trouver, elle se sentait obligée de le faire. S'il ne voulait pas d'elle, il pourrait le lui dire. Elle savait où il avait dû aller. Il aurait besoin de relâcher la pression et, comme elle, nager lui vidait la tête. Il devait être à la plage. Elle ne savait pas laquelle, mais elle commencerait par Bondi Beach, la plus proche.

Elle descendit sur la plage, parcourant les quelques centaines de mètres en un rien de temps. Elle s'arrêta près du poste de secours et s'appuya à la barrière qui séparait les voitures garées du sable. De là, elle avait une bonne vue du kilomètre de côte qui allait d'un côté à l'autre, mais ce n'était pas le sable qu'elle regardait. Elle balayait l'océan du regard. Il était plus de 6 heures du soir et la chaleur était encore intense, mais les vrais nageurs étaient peu nombreux. Il ne lui fallut pas longtemps pour repérer Otto. Il nageait au large, parallèlement au rivage, et se dirigeait vers le sud et le poste de secours.

Le soleil de fin d'après-midi était chaud dans le dos de Lily tandis qu'elle l'observait. Il nageait d'une façon régulière, lisse, hypnotique. Elle ne pensait pas l'attendre, mais elle se tenait toujours près de la barrière quand il obliqua vers la plage. Elle aurait pu partir, alors, mais ses pieds étaient fichés dans le sol. Elle était toujours là lorsqu'il sortit de l'eau.

Son torse était lisse et pâle. Il n'avait pas encore eu le temps de prendre le soleil. Son short de bain moulait ses cuisses. Il était peut-être pâle, mais il était en bonne forme. *Une forme superbe*, se dit-elle en considérant son corps à demi nu.

Il ne l'avait pas vue, et elle le regarda remonter la plage vers elle. Il était beau. Plus beau que dans son souvenir. Avait-elle oublié, ou avait-elle cessé d'y faire attention ?

Il avait laissé sa serviette devant le poste de secours et il se pencha pour la ramasser. Il la jeta sur sa tête et se sécha les cheveux. Lily se rappela comment il ne se souciait jamais de s'essuyer la peau après une baignade ou après une douche. Elle se sentit rougir tandis qu'elle le revoyait nu devant le miroir pour se raser, ou se promener ainsi dans la maison pendant que sa peau séchait. En revanche, il se frictionnait toujours les cheveux. Ils étaient dressés sur sa tête, maintenant, raidis par le sel.

Il jeta sa serviette sur son épaule et leva les yeux. Il sourit quand leurs regards se croisèrent, et elle attendit de voir ce qu'il allait faire.

Il traversa le sable et gravit en courant l'escalier qui se trouvait près du poste de secours pour s'arrêter près d'elle.

— Tu me cherchais ?

Lily hocha la tête.

— Je voulais voir comment tu allais.

— Tu es au courant pour Chelsea ?

— Oui. C'est terrible.

Otto se demanda ce que cela signifiait que Lily soit venue le trouver, et qu'elle veuille savoir comment il allait. Pouvait-il le prendre comme un bon signe ? Il n'en était pas sûr. Il ne voulait pas nourrir de faux espoirs, ni faire de suppositions. Il allait garder la conversation sur le plan professionnel.

Il acquiesça.

— Oui. Elle avait un trauma sévère et une hémorragie cérébrale massive. Je pense que la moelle épinière était touchée aussi. Si elle avait survécu, elle aurait été lourdement handicapée, mais cela ne rend pas la chose plus facile pour la famille. Ils sont anéantis.

Cela avait été dévastateur pour lui, aussi. Il savait qu'il avait trouvé le drame particulièrement dur à accepter ce jour-là parce qu'il se sentait déjà déstabilisé. La bombe de Lily l'avait perturbé et il n'avait pas besoin d'une autre vague pour submerger son bateau qui fuyait déjà. En fait, il avait l'impression de tout juste tenir bon. Mais il ne voulait pas en parler. Cela ne changerait pas ce qui était arrivé, et il avait appris à ne pas dépenser son énergie pour rien.

Il était venu à la mer pour se vider la tête. L'océan était apaisant et il lui avait manqué, à Londres. Faire des longueurs dans une piscine n'était pas la même chose, et il avait trouvé bon de se baigner dans les vagues. Il était bon de voir Lily, aussi, mais il n'avait pas besoin de son aide. Nager lui avait permis de se ressaisir, et il n'allait pas s'appesantir sur ce qui s'était passé. La mort de Chelsea le touchait, bien sûr, il détestait perdre des patients, mais il savait que parfois c'était inévitable. Il avait fait de son mieux, il avait la conscience tranquille et il devait placer l'événement derrière lui. Demain était un autre jour. Demain, il serait de nouveau au travail et il se remettrait à soigner, en espérant avoir de meilleurs résultats.

Les secouristes fermaient la plage. Il était temps de partir.

— J'ai laissé mon portable et mes clés à Jet, au poste. Je ferais mieux d'aller les récupérer avant qu'ils ferment tout.

Lily le regarda d'un air interrogateur.

— Tu es sûr d'aller bien ?

— Oui, ça va.

Il n'allait pas bien, mais pas pour les raisons qu'elle pensait. Dans son métier, il avait appris à accepter qu'il ne pouvait pas sauver tout le monde. Il n'était pas infaillible, il n'était pas parfait. Il avait choisi la traumatologie en partie parce qu'il n'avait pas le temps de nouer des relations avec les patients, et en cas d'accident cela lui faisait moins mal. En outre, il savait qu'il sauvait plus de vies qu'il n'en perdait. Mais il ne pouvait pas accepter de perdre Lily. Il ne pouvait pas accepter que leur mariage soit fini. Il n'était pas prêt à considérer un divorce comme inévitable.

Son retour ne s'était pas passé comme il l'avait prévu, et il ne savait pas encore comment arranger les choses, mais dans son esprit leur mariage pouvait être sauvé. Il n'abandonnerait pas tant qu'il n'aurait pas trouvé la façon de le faire.

Lily avait l'air de vouloir refermer la brèche entre eux et tendre la main vers lui. Son moral remonta, et il faillit faire un pas vers elle, mais son expression l'arrêta. Il y avait de la gentillesse sur son visage, mais pas d'amour ; elle lui offrait le réconfort d'une amie. Il pouvait voir dans ses yeux de la compassion, mais aussi de la pitié. Il ne voulait pas de sa pitié. Il ne voulait montrer aucune faiblesse.

Les secouristes abaissaient les rideaux du poste. Ils allaient bientôt fermer la porte à clé. Il s'écarta de Lily et dit :

— Je dois y aller. Je te verrai au travail.

— Je suis de rcpos demain, répondit-elle. Je te verrai à notre prochaine séance de thérapie.

La frustration, l'envie de la retrouver, la peur et la déception lui nouèrent les entrailles tandis qu'il la regardait s'éloigner de lui. Il ne voulait pas de sa pitié, mais il la voulait, elle. Il eut envie de la rattraper, de lui dire qu'il était désolé. De lui demander de nouveau une autre chance, mais il savait que cela ne servirait à rien. Elle attendait de lui des actions, pas des mots. Il allait falloir qu'il trouve quoi faire. Et rapidement, se dit-il en entrant dans le poste.

— Nous allons manger un bout au pub, lui dit son beau-frère en lui tendant ses affaires. Tu es le bienvenu, si tu veux te joindre à nous.

— Merci, mais non. J'ai eu une dure journée au travail.

Il n'avait pas envie d'aller boire des bières avec les garçons. Il aurait eu envie de rentrer chez lui avec Lily, de se pelotonner à côté d'elle, de la prendre dans ses bras. D'enfouir son visage dans ses cheveux, de sentir ses courbes sous ses mains. Il savait que cela ferait disparaître le stress de la journée.

— Tu es sûr ? Une bière te ferait peut-être du bien.

Mais Otto savait qu'il ne serait pas de bonne compagnie. Nager ne l'avait pas vraiment aidé.

— Une autre fois, peut-être.

Devrait-il renouer avec Jet indépendamment de Lily ? se demanda-t-il. Devrait-il lui demander son avis ? Ils étaient amis, mais Jet était le frère de Lily. Prendrait-il son parti ? Penserait-il que sa demande de divorce était fondée ?

Il décida qu'il n'était pas prêt à entendre l'opinion de son beau-frère. Pas encore.

Admettre qu'il ne pouvait pas résoudre ses propres problèmes n'était pas facile pour lui. Admettre qu'il avait tort était encore plus dur.

— Comment allez-vous, tous les deux ? demanda Helen tandis que Lily et Otto prenaient place pour leur deuxième séance de thérapie.

Comme Otto s'asseyait de nouveau à côté d'elle, Lily regretta de ne pas avoir choisi le fauteuil. Mais elle ne pouvait pas changer de place maintenant, cela aurait l'air d'une insulte. En contrepartie, elle prit un coussin et le tint devant elle comme un petit bouclier. Contre quoi, elle n'aurait pas su le dire.

— Comment s'est passé votre exercice ? poursuivit la conseillère. Avez-vous réussi à le faire ?

Lily hocha la tête.

— Et comment vous êtes-vous sentis, après ?

Lily ne répondit pas. Elle avait éprouvé un tumulte de choses. Elle s'était sentie triste. Elle avait eu l'impression d'avoir perdu son temps. De ne pas avoir pris les bonnes décisions, même si elle savait que ce n'était pas vrai. Elle ne regrettait pas d'avoir épousé Otto, mais elle regrettait de divorcer. Certes, c'était la chose à faire, mais elle n'aurait jamais voulu en arriver là. Néanmoins, elle ne voyait pas comment l'éviter. Pas encore.

Elle avait accepté cette thérapie, mais elle pensait à présent que c'était une erreur. À moins qu'Otto n'accepte de fonder une famille, il n'y avait aucun moyen de sauver leur mariage. Elle n'était pas sûre de pouvoir tenir pendant ces séances, à attendre qu'il prenne une décision. Elle n'était pas sûre de pouvoir le supporter. Elle n'était pas sûre que son cœur tiendrait le coup. Passer du temps avec lui, reprendre espoir pour voir cette attente brisée s'il ne changeait pas d'avis, cela la détruirait. De nouveau.

— Je ne pense pas que cela ait servi à grand-chose, déclara Otto. Nous avons eu une conversation parfaitement civilisée en prenant un verre, mais à la fin de la journée rien n'avait bougé. Lily n'a pas changé d'avis et moi non plus. Nous sommes toujours diamétralement opposés.

— Le but de l'exercice n'était pas de régler vos différends, indiqua Helen. Il était de pratiquer l'échange et l'écoute. L'avez-vous fait ?

— Oui, répondit Otto. Trouver des sujets de conversation n'a pas été difficile.

Ils avaient passé beaucoup plus de temps ensemble que Lily ne l'avait prévu, et elle se demanda si la thérapeute serait surprise d'entendre à quel point la conversation avait été fluide. À quel point elle avait apprécié la compagnie d'Otto. Elle ne pensait pas qu'ils aient fait ou dit quoi que ce soit d'inattendu, mais elle ne voulait pas être simplement un couple parmi les centaines que Helen avait conseillées au fil des années. Elle voulait être différente. Plus compliquée. Plus importante. Offrir plus de défi. Elle avait toujours aimé la compétition et, même si elle divorçait, elle voulait le faire bien.

— De quoi avez-vous parlé ?

— Rien d'important, dit Otto.

Lily fronça les sourcils, pas d'accord.

— Nous avons parlé un peu de notre travail, mais nous avons surtout parlé de nos familles. Les deux sujets sont importants. Pour moi, en tout cas.

— Êtes-vous tous les deux proches de vos familles ?

— Je suis très proche de mon frère et de mes sœurs, répondit Lily. J'en vois un ou plusieurs tous les jours.

Elle n'avait pas mentionné ses parents, et elle supposa que Helen l'avait remarqué. Elle se demanda quelle signification y donnait la conseillère.

— Et vous, Otto ? demanda cette dernière.

— Vous voulez que je vous parle de ma famille ? En quoi est-ce important ?

Il menait une vie complètement indépendante des siens.

— Comment vous avez été élevé a un gros impact sur beaucoup de choses. Cela vous forme. Cela influe sur votre vision du monde et sur ce que vous attendez d'une relation.

— Ma famille est éparpillée dans le monde entier, alors je ne les vois pas fréquemment. J'ai deux frères aînés, mais nous n'avons pas de contacts réguliers. Nous nous entendons bien quand nous nous voyons, mais c'est tout. Je parle de temps en temps à mon père.

Lily percevait la tension dans la voix d'Otto et elle savait qu'il ne voyait pas l'utilité de fouiller dans son enfance. Et elle était aussi réticente que lui à parler de la sienne.

— Et votre mère ? demanda Helen à Otto.

— Elle est morte dans un accident de voiture quand j'avais treize ans. Trois mois plus tard, mes frères et moi étions dans un pensionnat.

Sa douleur était perceptible. Lily savait qu'il n'avait jamais pardonné à son père de les avoir envoyés en pension.

— Et vous rentriez souvent chez vous ?

— Cela dépendait. Mon père est un médecin militaire, nous déménagions tous les trois ans. Parfois il était facile de rentrer, parfois pas.

— Votre mère travaillait-elle ?

— Cela dépendait aussi de l'endroit où nous habitions. Elle faisait du bénévolat, mais elle a renoncé à sa carrière pour soutenir mon père dans la sienne et nous élever. Papa était le chef de famille, mais personne ne discutait avec maman, non plus. Ils présentaient un front uni vis-à-vis de nous, et il n'y avait pas de dissension dans les rangs. Nous n'avons pas été élevés sévèrement, mais notre vie était structurée. Mes parents avaient une vision très traditionnelle de leur rôle respectif.

— Avez-vous les mêmes attentes au sujet du mariage et du fonctionnement d'une famille ? À propos de qui doit soutenir qui ?

Otto regarda Lily.

— Je ne pense pas y avoir réfléchi spécifiquement. Je suppose que pour moi nous devions nous soutenir mutuellement.

— Et quand Lily est tombée enceinte, avez-vous parlé de l'avenir ? De la manière dont vous élèveriez le bébé ?

— Non, reconnut Otto. La grossesse n'avait pas été prévue.

— Envisagiez-vous d'avoir une famille à un moment donné ?

Il fit signe que oui.

— Mais vous n'avez pas discuté des détails ? Qui élèverait les enfants ? Supposiez-vous que ce serait comme dans votre famille ? Comptiez-vous que Lily reste à la maison ?

— Je ne prévoyais pas que Lily abandonne sa carrière.

— Prévoyiez-vous d'abandonner la vôtre ?

— Non. Nous aurions peut-être fait appel à une aide extérieure.

— De la part de qui ? Votre famille ? Celle de Lily ?

Otto secoua la tête.

— Non. On ne pouvait pas compter sur nos parents.

En écoutant Otto répondre aux questions de Helen, Lily s'aperçut de nouveau à quel point ils avaient supposé que les choses s'arrangeraient d'elles-mêmes. Pour quelqu'un qui aimait tout planifier, elle ne pouvait pas croire qu'elle se soit montrée si naïve. À aucun moment, ils n'avaient parlé de s'organiser. Ils s'en étaient tenus à des rêves et des espoirs. Rien de concret.

— Quand vous êtes partis pour Londres, était-ce pour votre travail ou celui de Lily ?

— Pour mon travail, mais Lily était contente de partir.

— Avez-vous dû mettre votre carrière sur pause, Lily ?

— Non. J'avais un poste dans le même hôpital.

Otto avait raison. Elle avait été heureuse de partir. Elle avait vu ça comme une aventure, leur première véritable aventure ensemble, et elle voulait le soutenir. Hélas, les choses n'avaient pas tourné comme elle l'aurait souhaité.

— Et comment avez-vous trouvé ce changement ?

— Cela a été plus dur pour moi que pour Otto, si je veux être honnête.

— En quel sens ?

— Otto était habitué à déménager et à repartir de zéro. Moi, je n'avais déménagé qu'une fois, à dix-huit ans, pour aller faire mes études de médecine à Sydney. Il est plus ouvert que moi et sait se faire des amis. Je ne suis pas aussi à l'aise que lui, socialement. En outre, mon frère et mes sœurs me manquaient. Être à l'autre bout du monde était difficile.

— Où avez-vous grandi ?

— À Byron Bay. Mon enfance a été à l'opposé de celle d'Otto. Mes parents vivaient dans une communauté. J'ai eu une enfance chaotique et non conventionnelle. Les structures et l'ordre n'existaient pas. Personne ne nous contrôlait, ne nous fixait de limites, de règles. Maintenant, je suis avide de tout ce que je n'ai pas eu.

— Vos parents n'adoptaient pas les rôles parentaux traditionnels ?

— Pas du tout. J'ai quasiment élevé mon frère et mes sœurs. Cela ne les intéressait pas.

— Combien étiez-vous ?

— Quatre.

— Et vous êtes l'aînée ?

— Oui, de onze mois.

— Vos parents sont-ils toujours mariés ?

— Ils sont toujours ensemble, mais ils ne se sont jamais mariés.

— Être mariés n'est pas important pour eux ?

— Cela n'a jamais semblé compter. Mon père est ce qu'il y a de plus important dans la vie de ma mère. Il est toujours passé avant nous, pour elle. Si elle devait choisir entre lui et nous, elle le choisirait à coup sûr.

— Et qu'est-ce que vous en éprouvez ?

Lily éprouvait beaucoup de choses. Elle se sentait blessée, touchée, en colère. Mais elle n'avait pas envie d'en parler. Même dans le cadre d'une thérapie conjugale où elle était censée s'ouvrir pour mieux communiquer.

— Cela m'a rendue déterminée à m'assurer que mes enfants se sentent spéciaux, désirés, importants et aimés.

Elle parlait autant à Otto qu'à Helen.

— Et que pensez-vous du mariage ? À quel point est-il important pour vous ?

— Il est très important.

Elle avait eu l'intention de ne se marier qu'une fois, comme tout le monde.

— Vous disiez que vous vivez séparés depuis deux ans, mais vous venez seulement d'aborder la question du divorce. Pourquoi ? Qu'est-ce qui a été le déclencheur ? Si le mariage est important, il doit y avoir quelque chose de plus important encore pour motiver cette décision ?

— Mon mariage était important, mais avoir des enfants à moi l'est davantage. Et apparemment, je ne pouvais pas avoir les deux.

— Nous avions prévu d'attendre que tu aies trente-deux ans. Tu n'en as que trente, intervint Otto. Nous avons le temps.

— Nous avions peut-être le temps, mais il aurait aussi fallu que nous soyons au même endroit. Tu étais à Londres, j'étais à Sydney, les choses étaient tendues entre nous, je ne savais pas où nous allions.

Après l'agression, elle avait appris à s'ôter de l'esprit la pensée d'avoir des bébés. Elle ne pouvait affronter l'idée que quelque chose, de nouveau, se passe mal. Mais voir ses proches avec des enfants avait réveillé son désir d'être mère. Si Otto ne revenait pas en arrière, elle devait envisager d'autres options.

— J'ai besoin de trouver quelqu'un qui veuille la même chose que moi. Je ne peux pas faire ça toute seule.

— Tu n'es pas toute seule, je suis là. Nous pouvons faire un nouvel essai.

Lily tenta de s'expliquer.

— Je sais que nous avions prévu de fonder une famille après notre retour de Londres mais, quand je suis tombée enceinte de façon inattendue, cela m'a semblé être le bon moment. Et puis tout m'a été enlevé. Je me rends bien compte que je change les délais initiaux, mais c'est comme ça. J'ai besoin d'avoir des enfants maintenant.

Elle s'adressait à Otto, oubliant la présence de Helen.

— Lily, je te le promets, nous pouvons arranger ça. Je peux l'arranger.

— Pourquoi crois-tu que tout peut être arrangé ?

— Parce que c'est le cas, en général. Ensemble, nous pouvons trouver une solution. Il n'est pas plus simple de mettre un terme à notre mariage.

— Je n'ai pas dit que c'était plus simple. Seulement que cela vaudrait peut-être mieux.

5.

— Je t'en prie, Lily, ne renonce pas à notre mariage.

Lily se rappela ce que Daisy avait dit au sujet des Carlson qui n'avaient qu'un seul et unique amour. Il était tentant de laisser Otto la convaincre de s'en tenir à cet idéal. Elle savait que tout le monde n'avait pas la chance de trouver l'amour une fois, et encore moins deux. Mais elle avait toujours mal. Elle avait le sentiment d'avoir échoué. Dans son mariage. Comme épouse. Comme future mère.

Elle savait que ce n'était pas elle qui avait causé la rupture du placenta qui avait entraîné la perte de son bébé, mais elle s'était repassé en boucle le déroulement de l'agression, et elle se disait qu'elle aurait dû réagir différemment. Si elle ne s'était pas débattue, si elle avait laissé l'homme lui prendre son sac, le résultat aurait pu être différent. C'était un fait difficile à admettre, et presque impossible à accepter. Elle avait failli vis-à-vis de son propre enfant.

Elle secoua la tête. Otto et elle étaient comme deux trains dans la même gare, mais sur des voies parallèles, et elle ne voyait vraiment pas comment les mettre sur les mêmes rails.

— Trop de temps a passé. Trop de choses n'ont pas été dites.

— Cette thérapie est votre chance de dire ces choses, leur déclara Helen. Mais avec précaution. Par petites bribes.

— Je bataille pour mettre mes pensées et mes sentiments en mots, dit Lily. C'est difficile pour moi, et Otto n'est pas très doué pour poser des questions.

— Est-ce vrai, Otto ?

— Probablement. Si quelqu'un a besoin de quelque chose de ma part, je compte qu'il me le demande. Sinon, je présume que tout va bien.

— Dans ce cas, j'ai à l'esprit votre prochain devoir. Je veux que vous vous écriviez une lettre.

— À quel sujet ?

— Vos sentiments. La blessure. Les affronts. Les choses que vous avez du mal à verbaliser.

— Pourquoi ? demanda Lily.

— En quoi cela va-t-il nous aider ? renchérit Otto.

— Cela vous donnera à tous les deux le temps d'analyser vos pensées. Cela devrait vous aider à clarifier vos problèmes. À définir où et pourquoi les choses ont commencé à mal aller.

— Par quoi commencer ?

— Quel a été le point de scission ? demanda Helen. Le point où vos chemins ont commencé à diverger ?

— Quand je suis tombée enceinte, dit Lily.

— Quand nous avons perdu le bébé, répondit Otto.

Lily fut stupéfaite. Ils ne pouvaient même pas s'accorder là-dessus ! Otto n'avait-il pas écouté ce qu'elle avait dit, ou voyait-il vraiment les choses d'une façon aussi différente ? Et dans ce cas, quel espoir avaient-ils de se réconcilier ?

— La grossesse a chamboulé les choses pour nous, dit Lily. Ce n'était la faute de personne, mais je pense que c'est là que nous avons commencé à avoir des attentes différentes quant à l'avenir.

— Très bien, dit Helen. Commencez par là.

— Et après ? Nous donnons chacun notre lettre à lire à l'autre ?

— Non. Chacun devra lire sa lettre à l'autre.

— À voix haute ?

— Oui. Vous m'avez dit que votre but, dans cette thérapie, était d'améliorer votre communication. Je sais que vous pourriez lire ces lettres en privé, mais je veux que vous vous parliez. Que vous vous écoutiez. C'est tout aussi important. Je vous laisse à cette tâche et je vous verrai la semaine prochaine à la même heure.

— Pouvons-nous repousser la séance d'une semaine ? demanda Lily alors qu'ils se levaient. Ma sœur se marie le week-end prochain et je serai très occupée.

— Bien sûr. Le rythme de ces séances ne dépend que de vous deux.

— Il faudrait peut-être repousser encore d'une semaine, déclara Otto. La semaine suivante, je serai absent pour une conférence.

— Tu vas à la conférence de Hunter Valley ? demanda Lily lorsqu'ils quittèrent le bureau de Helen.

Cette conférence sur la médecine d'urgence aurait lieu juste après le mariage de Poppy. Lily était inscrite pour y assister, mais elle n'y avait pas encore beaucoup réfléchi. Son esprit était occupé par trop d'autres choses – et surtout par Otto.

— Oui. Changement de dernière minute. Je remplace Leo, qui ne se sent pas assez bien.

— Il était un intervenant-clé. Tu sais de quoi tu vas parler ?

Otto acquiesça.

— J'y travaille. Je peux présenter l'intervention de Leo, mais il y a aussi de formidables nouvelles technologies que je veux mentionner. Par exemple, une nouvelle application qui peut se connecter à ton téléphone et enregistrer un tracé cardiaque.

— Tu es sérieux ?

— Oui. C'est très intéressant. Pas quelque chose que nous utiliserions à l'hôpital, mais il serait bon de l'avoir dans les kits de premiers secours.

— Je m'assurerai d'assister à ton intervention, alors.

— Tu vas à la conférence ?

— Oui. L'hôpital envoie Ajay et moi.

— urgences de Bondi General.

Lily prit le téléphone sur le bureau d'accueil, et son estomac sombra en écoutant de quoi il s'agissait.

— Julie ! Ajay ! Deux ambulances arrivent, cria-t-elle en raccrochant. Une voiture contre piétons.

— Piétons au pluriel ? demanda Ajay.

Lily fit signe que oui.

— Une conductrice âgée. D'après le rapport, elle a heurté deux piétons, un adulte et un enfant.

— D'autres détails ?

— Non.

— D'accord, trois patients en route pour nous, dit Julie. Nous n'avons pas de cas critiques en ce moment, je vais libérer du personnel.

— Tu prends la première ambulance, Lily, et j'attendrai de voir à quoi nous avons affaire, déclara Ajay, qui était l'urgentiste senior.

La première ambulance arriva, et Lily vit que Poppy était au volant. Sa sœur sortit pour ouvrir les portes arrière.

— J'ai deux patients à bord, annonça-t-elle. Une mère et son fils de six ans.

Lily vit une adulte étendue sur le brancard. La mère. Alex, le second ambulancier, tenait sur ses genoux l'enfant en uniforme scolaire, le bras gauche en bandoulière. Il demanda un fauteuil roulant et déposa avec précaution le petit garçon dedans.

— Voici Bailey, dit-il. Il est très courageux, mais il se plaint d'avoir mal au bras droit. On suspecte une fracture de l'avant-bras. Pas d'analgésiques.

— Emmenez-le à l'intérieur, dit Lily à l'infirmière, mais restez avec lui. Et ne lui donnez rien par la bouche.

Mais alors que Raina poussait Bailey vers les urgences, il se mit à pleurer en réclamant sa mère. Lily vit celle-ci soulever la tête, malgré sa minerve.

— Il faut que j'aille avec lui, dit-elle d'une voix pleine de détresse.

— Il va bien. Les infirmières sont avec lui, la rassura Poppy. Vous devez rester aussi immobile que possible.

— Puis-je appeler quelqu'un pour vous ? demanda Lily. Votre mari ? Votre compagnon ? Un grand-parent ?

— Le mari de Natalie est en route, déclara Poppy en sortant le brancard avec Alex. Elle a été heurtée par la voiture. D'après des témoins, la force de l'impact l'a projetée en l'air et elle est retombée sur le côté gauche. Elle se plaint du dos et de douleurs pelviennes. Possibles blessures à l'aine et à l'abdomen.

— Pas d'antalgiques ? demanda Lily, étonnée.

— Non, elle est enceinte de cinq mois et demi.

Lily sentit la couleur se retirer de son visage. Il y avait de multiples conséquences possibles à cet accident, mais la première qui lui vint à l'esprit fut la rupture potentielle du placenta.

— Pourquoi Ajay ne prendrait-il pas Natalie ? demanda Poppy qui l'observait et devinait sa réaction. La seconde ambulance va arriver avec la conductrice. Tu peux t'occuper d'elle.

Avant que Lily puisse répondre, elle sentit une main se poser légèrement sur son bras et une voix familière déclara :

— Lily, tout va bien, je suis là.

Otto était à côté d'elle et parlait doucement. Manifestement, il savait aussi à quoi elle pensait.

Il attendit qu'elle le regarde. Lorsqu'elle plongea les yeux dans son regard brun, il hocha la tête pour la rassurer. Cette fois, au moins, il lui offrirait son soutien.

Elle fit à son tour un signe de tête. Elle savait qu'elle pouvait compter sur lui aux urgences. Il se donnait à 110 % à ses patients et à ses collègues. C'était sur le plan personnel, seulement, qu'elle avait le sentiment qu'il l'avait laissée tomber. Avait-elle été trop dure ? Trop critique ? Espérait-elle la perfection ? Personne n'était parfait, à commencer par elle, pensa-t-elle tandis qu'Otto demandait à Poppy ce qu'il devait savoir.

Celle-ci lui résuma le cas et lui donna les constantes vitales de Natalie.

— Pas de saignement abdominal ou vaginal ?

— Rien de visible. Elle est sous oxygène par précaution. Pas d'antalgiques.

Otto attrapa l'extrémité du brancard et regarda Lily.

— C'est bon ?

Son regard était intense, et elle savait qu'il essayait de la calmer. Elle fit signe que oui, se forçant à rester positive. À se concentrer sur l'instant présent. Sur cette patiente. Ce n'était pas le moment de se rappeler le passé.

Otto demanda à Natalie de lui décrire l'accident et les douleurs qu'elle ressentait, pendant qu'ils la poussaient dans une cabine et que Lily commençait à la relier à des moniteurs.

— Pas de crampes abdominales ?

— Non.

— Avez-vous senti le bébé bouger, depuis l'accident ?

— Je ne sais plus, répondit la patiente dont la peur était perceptible. J'ai si mal au dos et à la hanche que je ne ressens rien d'autre.

— Pour la naissance de vos autres enfants, avez-vous accouché normalement ou par césarienne ?

— Normalement. Et je ne suis pas en travail, affirma-t-elle, pensant visiblement qu'Otto s'inquiétait d'une naissance prématurée. Je sais ce que c'est.

— Lily, demanda-t-il, pouvez-vous vérifier le rythme cardiaque du fœtus pour moi, s'il vous plaît ?

Elle cessa ce qu'elle faisait pour attacher un moniteur autour du ventre de Natalie. Ses mains tremblaient en fixant la bande velcro. Elle prit une grande inspiration, en vain. La situation était stressante pour elle, et la présence apaisante d'Otto ne suffisait pas à calmer ses nerfs. Mais peut-être serait-ce pire s'il n'était pas là, se dit-elle. Elle réussit enfin à ajuster le moniteur, mais son tremblement n'échappa pas à Otto.

— Tout va bien ? demanda-t-il.

Elle hocha la tête, déterminée à faire son travail.

— Natalie, je dois palper votre utérus, reprit Otto en appuyant doucement sur l'abdomen de la patiente.

Lily vit que le ventre était dur, et Natalie grimaça.

— Vous avez mal ? demanda Otto.

— Oui.

— Le cœur du fœtus bat à 150 et il est irrégulier, annonça Lily d'une voix tremblante.

Natalie lui jeta un regard vif.

— Le bébé va bien ?

— Il est un peu ébranlé, répondit Otto, pour éviter à Lily de le faire. On peut s'y attendre, vu ce que vous avez traversé tous les deux.

Natalie ouvrit de grands yeux et se tourna vers Lily.

— J'ai besoin d'aller aux toilettes.

— Kevin, pouvons-nous avoir un bassin, s'il vous plaît ? demanda Otto à l'infirmier qui les assistait.

Ce dernier aida Natalie à enlever sa culotte. Elle avait visiblement du mal à bouger. Quand ce fut fait, il jeta le sous-vêtement dans une cuvette en inox au lieu de le laisser sur le lit, et Lily put voir que le coton était taché de sang. Son cœur s'emballa, et elle prit la cuvette avec des mains tremblantes, la cachant aux yeux de Natalie, mais laissant voir à Otto ce qu'il en était. Elle s'efforça de garder une mine neutre, pour ne pas accroître l'inquiétude de la jeune femme, mais elle sentait son anxiété grimper vers des sommets. Elle vérifia les moniteurs. La tension de la patiente chutait, mais son rythme cardiaque était encore élevé.

Kevin ôta le bassin quand Natalie eut fini, et Lily regarda Otto. Ses yeux bruns lui dirent de ne pas tirer de conclusion hâtive, mais elle ne pouvait s'en empêcher.

— Natalie, vous avez un saignement vaginal. Il faut que je vérifie ça. Le Dr Carlson va rester dans la pièce, mais tous les autres peuvent sortir. Cela vous convient ? demanda Otto en jetant un coup d'œil à Lily, comme pour vérifier qu'elle pouvait tenir le coup.

De toute manière, elle n'avait pas le choix, elle était la seule femme de l'équipe, elle devait rester. Elle s'obligea à bloquer toute pensée relative au passé et à se concentrer sur Natalie sans porter de jugement.

— Le bébé va bien ? répéta Natalie.

— Je ne le saurai pas tant que je n'aurai pas regardé, répondit Otto, évasif.

Mais il monta le son du moniteur fœtal.

— Vous entendez ? C'est le cœur du bébé.

Lily espéra que le rythme cardiaque allait rester fort et clair. Que la démonstration d'Otto n'allait pas tourner court.

Elle resta près de l'épaule de Natalie pendant qu'il l'auscultait.

— Je veux une échographie et un obstétricien, dit-il, et elle comprit à sa voix qu'il était inquiet.

Il pensait à une rupture du placenta, elle le savait. Elle connaissait ce cas mieux que personne. Elle se demanda combien de temps elle pourrait garder un visage serein. Elle jeta un coup d'œil à Otto pour se rassurer. Il articula : « Tu te débrouilles bien », sachant qu'elle pouvait lire sur les lèvres. Elle relâcha son souffle, et sa poitrine se desserra un peu.

— Natalie, je veux vous faire passer une échographie.

— Pourquoi ?

— Juste pour vérifier le placenta.

C'était moins effrayant que de dire qu'il craignait pour le bébé, et techniquement c'était vrai. Mais s'il y avait rupture du placenta et si elle était grave, on ne pourrait rien faire pour sauver le fœtus.

— Mon mari est-il arrivé ?

— Lily, pouvez-vous aller voir si le mari de Natalie est là et comment va Bailey, en même temps ? Je vais rester avec Natalie.

Elle savait qu'Otto essayait de la préserver. De lui donner l'occasion de souffler un peu et de se reprendre. S'était-il rendu compte qu'elle avait atteint ses limites ? Pensait-il qu'elle allait s'écrouler ?

Elle sortit et se concentra sur sa respiration. *N'y pense pas*, se dit-elle. *Ne pense pas à Londres. Ne pense pas à notre bébé.*

Elle ne savait pas très bien si avoir Otto à ses côtés rendait la situation pire ou meilleure. Sa présence la soutenait, mais elle ravivait aussi les souvenirs qui n'étaient jamais loin. Deux ans avaient passé, mais la douleur était toujours vive. Et pas seulement la douleur. La culpabilité, les regrets, le blâme, la colère, la confusion. Et, depuis qu'il était revenu, tous ces sentiments remontaient en elle.

Elle trouvait difficile d'avoir à mélanger Otto et ses souvenirs avec sa vie professionnelle. Elle ne savait pas si elle pourrait continuer à travailler avec lui. Est-ce qu'un divorce rendrait les choses plus faciles ?

Elle soupira. Ce serait à elle de voir, mais elle supposait que cela n'aiderait pas.

Peut-être avait-elle abordé la thérapie par le mauvais bout, pensa-t-elle en vérifiant si le mari de Natalie était arrivé – il n'était toujours pas là – et en allant voir Bailey. Peut-être qu'au lieu d'essayer de faciliter la communication entre eux elle devrait chercher à tourner la page. Elle devrait peut-être apprendre à pardonner, à oublier, et à aller de l'avant.

Peut-être que le pardon était la clé. Elle devait pardonner à Otto son rôle dans leur perte et ce qu'elle voyait comme ses manquements en tant que mari, mais elle devait aussi se pardonner à elle-même. Elle avait failli comme mère et comme épouse, et elle ne pourrait pas progresser sans prendre la décision de placer le passé derrière elle.

Et Otto appartenait à son passé.

Quand Lily retourna dans la salle de soins avec des nouvelles de Bailey, le mari de Natalie était arrivé, Natalie avait eu son échographie et avait été emmenée en salle d'op.

Le père de Bailey devait accompagner son fils à la radio, et Otto attendait de parler à Lily. Il ferma la porte, et elle vit à son expression ce qu'il allait lui dire.

— Elle va perdre le bébé, n'est-ce pas ? demanda-t-elle.

Elle avait pensé qu'il serait moins dur de prononcer les mots elle-même, mais ils se coincèrent dans sa gorge et sortirent sous forme de sanglot, d'appel à l'aide.

Otto hocha la tête et lui ouvrit les bras, sachant exactement de quoi elle avait besoin. Pourquoi le savait-il maintenant ? Pourquoi n'avait-il pas été capable de la réconforter deux ans plus tôt ? se demanda-t-elle en allant se blottir contre lui. Mais malgré ses regrets, elle n'allait pas refuser de se laisser consoler. Elle avait besoin d'être étreinte, d'avoir un contact humain après cette journée.

— Elle avait une rupture de placenta sévère, dit-il en la serrant contre lui.

Elle posa la tête sur son torse tandis que des souvenirs lui revenaient. Les heures passées pelotonnée dans ses bras, à sentir sa peau chaude sous ses mains, ses muscles sculptés sous ses doigts, son souffle sur son corps, ses lèvres sur elle. Elle ferma les yeux pour contenir des larmes de regret. Maintenant qu'elle était contre lui, elle ne pouvait se rappeler pourquoi elle avait refusé de retourner à Londres. Était-elle sur le point de renoncer à la personne dont elle avait besoin ? Pourrait-elle jamais le remplacer ?

Elle noua ses bras autour de lui tandis qu'il resserrait son étreinte. Avait-il besoin d'être réconforté autant qu'elle ?

— Ça va aller ? demanda-t-il.

Non. Elle ne le pensait pas, mais répondre sincèrement n'aiderait personne. Que pouvait faire Otto ? Elle avait un travail à accomplir. Elle hocha la tête. Et accepta son soutien quelques instants de plus tout en se ressaisissant pour retourner travailler.

Elle n'aurait su dire comment elle termina son service. C'était brouillé dans son esprit, mais elle savait qu'elle n'avait pas commis d'erreurs. Si elle avait pensé qu'elle risquait d'en faire, elle aurait pris sa journée. Mais mieux valait être au travail et rester occupée. Affronter les souvenirs serait pire, autrement.

Elle rentra chez elle à pied, pensant à Otto. Elle se demanda s'il était sage de rentrer dans une maison vide où elle serait seule avec ses pensées, mais quel autre choix avait-elle ?

Elle n'avait pas besoin de parler de ce jour-là, mais elle avait besoin de compagnie. Elle pouvait voir si une de ses collègues ou une de ses sœurs était libre pour dîner, une personne qui la soutiendrait par sa présence, mais elle ne voulait pas avoir à expliquer par quoi elle était passée. Elle voulait quelqu'un qui comprendrait qu'elle avait eu une journée difficile, sans lui demander de la raconter. Et elle savait que personne ne la comprendrait aussi bien qu'Otto.

Elle avait besoin d'Otto, mais de l'Otto d'avant. Celui qu'elle avait eu avant qu'ils perdent leur bébé. Avant qu'ils aient cessé de communiquer.

Elle savait qu'elle ne pouvait pas le tenir pour seul responsable de cet état de fait. Leur mariage avait cessé d'exister en tant que partenariat, ils étaient devenus deux individus partageant une maison, et ils étaient tous les deux à blâmer.

Lily s'allongea sur le canapé tandis que le soir tombait autour d'elle. Elle ne cessait de se dire qu'elle devrait se lever et faire quelque chose, mais elle ne voyait pas quoi. Il était trop tard pour aller nager ou faire du surf, et elle n'en avait pas l'énergie, de toute façon. Elle devrait probablement se contenter de se mettre au lit, mais elle savait qu'elle fixerait le plafond sans dormir. Elle avait passé la première heure à pleurer, puis ses larmes s'étaient taries, mais elle en sentait encore les traces salées sur ses joues. Elle était sur le point de se lever pour se laver la figure, quand on frappa à la porte d'entrée.

Elle l'ignora. On frappa de nouveau, puis elle entendit Otto appeler son nom.

Elle se leva. Elle avait besoin de compagnie, elle avait besoin d'une accolade, et Otto était là, comme s'il savait qu'elle avait besoin de lui.

Elle ouvrit la porte et s'avança vers lui. Ce fut automatique, une réaction née de vieilles habitudes. Il lui ouvrit les bras et la prit contre lui. Elle ferma les yeux et sentit qu'elle se détendait dans son étreinte. Elle n'allait plus pleurer, mais il était si bon d'être enlacée.

— Pourquoi es-tu ici ? demanda-t-elle, la voix étouffée par sa chemise.

— Parce que tu es ma femme, répondit-il, et que j'étais inquiet pour toi.

C'était peut-être tout ce qui comptait.

— Je vais bien.

— Non, dit-il en la relâchant et en reculant pour mieux l'observer. Je sais que tu penses que je n'ai aucune intelligence émotionnelle pour ce qui est de tes sentiments, mais je sais aussi combien cette journée a été dure pour toi, et je voulais te montrer que je suis là. Tu dis que je ne t'écoute pas, que je ne demande pas comment tu vas. Je suis ici, faisant les deux. As-tu mangé ?

Elle n'y avait même pas pensé. Elle secoua la tête.

— Je n'ai pas faim.

— Il faut que tu manges. Tu as besoin de glucides, d'une nourriture de réconfort, dit-il en se penchant pour prendre les sacs de course qui étaient à ses pieds.

— Qu'est-ce que c'est que tout ça ?

— Des ingrédients. Je vais te préparer des spaghettis à la carbonara.

Il n'accepterait pas qu'elle refuse. Lily réalisa qu'elle avait faim, et Otto était bon cuisinier. Sa mère italienne était elle-même un véritable cordon-bleu et elle avait transmis ses talents culinaires à ses fils avant de mourir. Lily avait toujours adoré les plats de pâtes d'Otto.

Il la suivit à l'intérieur, leur servit un verre de vin et l'installa sur la banquette de la cuisine pendant qu'il se mettait à cuisiner. Il connaissait bien la pièce et il s'activait tout en buvant son vin et en bavardant de ce qui lui était arrivé dans la journée. Mais il évitait le sujet de Natalie. Il laissait Lily ajouter des commentaires quand elle le voulait, mais la plupart du temps elle se contentait de le regarder. Lily prenait plaisir à entendre le son de sa voix. Elle était apaisante et rassurante. Ce n'étaient pas les sujets qu'il abordait qui étaient relaxants – il aurait pu lui lire le bulletin météo, cela aurait été la même chose –, mais il y avait quelque chose de réconfortant dans cette scène domestique, eux deux ensemble dans leur cuisine.

Otto fit frire les lardons pendant que les spaghettis cuisaient, puis il les égoutta et ajouta du fromage, des œufs et une pincée de poivre à la préparation. Il se mouvait comme dans une salle d'op, sans doute, avec calme et assurance.

— Tu aimes toujours confectionner les recettes de ta mère ? demanda Lily.

— Oui. J'ai de très forts souvenirs de la cuisine avec elle, et cela me garde connecté à elle.

— Ne peux-tu pas te voir créer ce genre de connexion avec des enfants à toi ? demanda-t-elle encore, alors qu'il posait une assiette de pâtes devant elle.

Elle n'avait pu s'empêcher de poser la question.

— Le moment venu, répondit-il.

— Le moment venu ?

Allait-il continuer à retarder la chose jusqu'à ce que ce soit trop tard pour elle ? Pourquoi lui avoir accordé trois mois si rien ne devait changer ?

— Laisse-moi m'expliquer. Je sais que nous avions prévu

de fonder une famille mais, lorsque ce plan est devenu réalité, j'avoue que j'ai bataillé.

— Pourquoi ?

— Après la mort de ma mère, j'ai appris à ne pas me soucier des choses que je ne pouvais pas contrôler. C'est devenu une règle de vie, pour moi. La seule fois où j'ai eu du mal à appliquer cette règle, c'est quand tu es tombée enceinte. Il y avait tant de choses qui échappaient à mon contrôle. Mais je ne pouvais pas non plus les ignorer, et j'avais le sentiment qu'il était de ma responsabilité de m'en occuper. J'ai pris peur. Si je ne pouvais pas y arriver ? Si je te laissais tomber ?

— Nous étions ensemble dans cette histoire. Cela ne dépendait pas que de toi.

— Dans ma tête, j'étais responsable de toi. De notre enfant. Peut-être que ma lettre te l'expliquera mieux.

— Ta lettre ?

Il hocha la tête en débarrassant la table.

— Je pense que je devrais te la lire.

— Maintenant ?

Il fit signe que oui.

— Pourquoi maintenant ?

— Je sais que tu es triste. Que tu penses à Londres, à notre bébé. J'espère que, si nous pouvons en parler, cela pourra faire disparaître en partie la douleur.

— Tu penses qu'en parler me fera me sentir mieux ?

— Je l'espère. Je pense que Helen a raison. Il faut que nous parlions de ce qui s'est passé. Rédiger mes pensées m'a aidé à comprendre ce que j'éprouvais, à l'époque, et aussi ce que tu avais peut-être ressenti. Je crois qu'il faut que tu l'entendes.

— Tu as apporté cette lettre avec toi ?

— Elle est sur mon téléphone.

Comme Lily n'objectait rien, Otto sortit son portable de sa poche. Il espérait avoir raison. Il se disait que, s'il pouvait expliquer ses pensées et ses sentiments à Lily, cela lui permettrait de comprendre une chose : le problème n'avait pas été qu'il ne se souciait pas d'elle, mais qu'il n'avait pas su comment l'aider. Il espérait pouvoir le faire maintenant.

Il était passé à la maison sans prévenir, ayant besoin de voir comment elle allait, mais pas certain de l'accueil qu'elle lui réserverait. Lorsqu'elle avait ouvert la porte, il avait vu qu'elle avait pleuré, mais obtenir qu'elle se livre s'avérait de plus en plus difficile. Malgré la thérapie, elle gardait son jeu bien caché. Il pensait que peut-être, s'il commençait, s'il exposait ses vulnérabilités, elle pourrait en faire autant.

Il lui servit un deuxième verre de vin et se mit à parler.

— L'autre jour, dans le bureau de Helen, tu as dit que nos problèmes avaient commencé quand tu étais tombée enceinte. Cela m'a surpris. Pour moi, ce n'avait pas été le tournant décisif. Dans mon esprit, c'était quand nous avons perdu le bébé. La première chose que j'avais à faire quand Helen nous a donné cet exercice, c'était de définir d'où partir. Alors je t'ai écoutée et je suis remonté au jour où tu m'as dit que tu étais enceinte.

Ils n'étaient à Londres que depuis quelques semaines et ils essayaient encore de trouver leurs marques quand Lily avait annoncé la nouvelle. Otto se rappelait encore quel choc cela avait été pour lui, et il savait qu'il n'avait pas réagi comme Lily l'avait espéré.

— Nous étions encore tous les deux en train de nous installer dans notre nouvelle vie, nos nouveaux postes, notre nouvel appartement. Nous travaillions de longues heures et tentions de nous habituer au manque de soleil de ce début d'hiver anglais. Je ne cherche pas d'excuses, je souligne juste que nous avions beaucoup de choses à régler. Nous étions déjà face à de nombreux changements, et je reconnais que, lorsque tu m'as montré le test de grossesse, ma première pensée a été : « C'est trop tôt. » Je sais que je n'ai pas bien dissimulé ce ressenti. Il était clairement inscrit sur mon visage.

Il marqua une pause, avant de reprendre :

— Tu m'as accusé de ne pas vouloir le bébé, ce qui n'était pas vrai. Je n'étais pas heureux du moment où cela arrivait et je me demandais avec inquiétude comment nous allions nous en sortir. J'allais beaucoup travailler, et étudier par-dessus le marché. Nous étions loin de chez nous, loin de tes proches, loin de nos réseaux de soutien. Cela allait être dur. Je savais que tu étais excitée et que tu voulais que je le sois aussi. Je savais que tu étais contrariée parce que je ne l'étais pas. En fait, j'étais terrifié.

— Terrifié ?

Il hocha la tête.

— J'ignorais comment nous allions faire. J'avais toutes sortes de pensées – certaines prématurées, je l'avoue. Je pensais aux neuf mois à venir. Comment ferions-nous face ? Nous n'avions pas d'aide. Nous aurions un revenu en moins. Comment parviendrais-je à travailler et à étudier avec un bébé à la maison ? Comment te soutiendrais-je émotionnellement et financièrement ? Comment pourrais-je assumer une famille ? Je n'en avais aucune idée, et ce constat m'affolait. Je savais que j'allais te laisser tomber. Je n'étais pas prêt. C'était un scénario auquel je ne m'attendais pas à ce moment-là, et j'admets que je ne l'ai pas bien appréhendé.

Il avait été convaincu qu'une grossesse allait faire dérailler leurs plans. Lily avait affirmé le contraire. Il n'en avait pas été aussi sûr qu'elle.

— Je ne pouvais pas changer mes objectifs. Je savais que c'était toi qui devrais faire des sacrifices et mettre ta carrière sur pause.

— C'était une décision que j'étais prête à prendre. Que j'étais heureuse de prendre.

— Je ne voulais pas que tu m'en veuilles, plus tard, d'avoir poursuivi mes plans, ma carrière.

— Tu préférais que j'aie l'impression que tu ne voulais pas de notre bébé ?

— Cela n'a jamais été le cas. Je sais que les choses ont été un peu vacillantes pendant un moment. Tu étais très émotive. J'étais terrifié. Mais je me suis calmé, j'ai réalisé que des gens parvenaient à élever une famille avec beaucoup moins que ce que nous avions. J'ai réalisé que tu avais raison, que nous nous débrouillerions au fur et à mesure, et je me suis mis à penser aux éléments positifs. Je t'aimais – il l'aimait toujours – et je suis devenu excité à l'idée d'être père. D'élever un enfant avec toi.

J'étais toujours nerveux, mais je savais que je pourrais y arriver. J'ai pensé que nous avions traversé ces premières semaines sans nous être brûlés. J'ai cru que notre relation était de nouveau sur les rails. Nous construisions un avenir.

Ce dont il ne s'était pas rendu compte, c'était qu'ils avaient bâti un château de cartes et, quand Lily avait perdu le bébé, tout s'était effondré.

— Et puis nous avons perdu le bébé. Je sais que tu penses que je n'ai pas eu de chagrin, mais j'essayais de rester fort pour toi. Je ne croyais pas que cela nous aiderait si nous nous écroulions tous les deux. Je vois maintenant qu'en cachant mon chagrin pour te protéger tu as pu penser que je n'avais pas de peine. J'en avais et j'avais aussi à affronter ma culpabilité.

— Ta culpabilité ?

Il acquiesça.

— Tu avais raison, je n'étais pas prêt à devenir père, au départ, et le savoir a pesé lourdement sur ma conscience quand nous avons perdu le bébé. J'ai eu le sentiment que nous étions punis pour mes pensées, et je me sentais aussi responsable de ton agression. Je me sentais coupable de vous avoir laissés tomber, toi et notre bébé. Si je n'avais pas pris ce poste à Londres, tu n'aurais pas été placée dans cette situation. Si je n'avais pas travaillé aussi tard, tu n'aurais pas été dans les magasins à cette heure-là. J'avais le sentiment que j'aurais dû mieux te protéger. Je m'en blâmais. Et chaque fois que je pensais que tu voulais en parler, je me sentais de nouveau fautif.

Et chaque fois que Lily le regardait, il ne voyait que des récriminations dans ses yeux.

— Je pensais que tu ignorais notre perte, dit-elle.

— Dans mon esprit, ce qui était arrivé était arrivé et l'on ne pouvait rien y changer. En parler pendant des heures n'aurait servi à rien.

— Je croyais que tu m'ignorais. J'ai renoncé à essayer de t'en parler. Il était plus simple de partir.

— Je sais que je t'ai exclue et je le regrette. Je ne savais pas comment te réparer. Je pensais que tu avais besoin de voir tes sœurs. Que tu avais besoin de soleil. Je me disais que le temps guérirait tes blessures, mais j'ai toujours pensé que tu me reviendrais. Je supposais que nous serions capables de placer notre perte derrière nous et d'aller de l'avant. Que nous nous remettrions sur les rails. Au départ, notre plan était d'attendre que nous ayons quitté Londres pour fonder une famille. J'ai cru que nous pouvions revenir à ce plan. Je ne m'attendais pas à ne pas te voir pendant les deux années suivantes. Je ne m'attendais pas à ce qu'une pandémie nous sépare. Je ne m'attendais pas à une foule de choses. Si tu avais pu voyager, serais-tu revenue ?

— Je ne sais pas. J'aurais pu voyager. Je n'étais pas sûre de le vouloir. J'ignorais si tu voulais que je revienne et je ne savais pas très bien si j'étais prête à te revoir. Tu as cessé de me parler. Tu as cessé de me regarder.

— Pour moi, tout ce que je pouvais voir dans tes yeux, c'étaient des accusations. Je ne voulais pas voir mes fautes, mes manquements, dans ton regard.

— Je pensais que tu me blâmais.

— Te blâmer ? Non ! Tu n'as pas été agressée par ta faute.

— Pas pour l'agression, mais d'avoir perdu le bébé.

— Tu as perdu le bébé *à cause* de l'agression. Par suite du traumatisme. Cela n'a pas été ta faute. Tu n'aurais même pas dû être dans les magasins, à cette heure-là.

Otto savait que, s'il avait quitté l'hôpital quand il était censé le faire, c'était lui qui aurait fait les courses, et non Lily. Il était resté au travail parce qu'un cas intéressant s'était présenté ; il avait fait passer son activité avant sa femme enceinte et il ne se l'était toujours pas pardonné.

— Cela a été ma faute, pas la tienne, dit-il.

6.

Lily l'avait blâmé aussi. Pas totalement, elle savait qu'elle ne pouvait pas l'accuser de tout, mais certainement en partie.

Elle avait demandé à Otto de lui acheter du thé en rentrant de l'hôpital. C'était la seule chose qui soulageait ses nausées, des nausées qui surgissaient à toute heure de la journée ou de la nuit. Mais Otto avait appelé pour dire qu'il était retenu au travail, alors elle était sortie. La boutique était à deux blocs d'immeubles de là, et en dépit du froid elle avait décidé que ce n'était pas la peine d'appeler un taxi. Alors elle marchait seule dans la rue sombre et glacée, quand un jeune homme l'avait doublée en courant et avait saisi son sac. Elle s'y était cramponnée, refusant de lâcher prise. Par instinct, s'était-elle dit plus tard. Par entêtement. Elle n'avait pas voulu que le voleur l'emporte sur elle. Elle n'avait pas pensé au bébé. Elle n'avait pensé qu'à son sac. Et elle devait vivre avec cet état de fait, maintenant.

L'homme avait tiré fort sur son sac, mais elle n'avait pas cédé. Pas jusqu'à ce qu'il lui donne un coup de poing dans le ventre. Alors, pliée en deux de douleur, elle avait pensé au bébé. Elle avait desserré les mains sur son sac et, tandis que le voleur le lui arrachait, elle avait trébuché et glissé sur le sol gelé. Elle était tombée lourdement et s'était cogné la tête.

Encore maintenant, y repenser l'accablait. Elle se rappelait le choc du coup de poing, la douleur dans son ventre et sa peur sans bornes pour l'enfant à naître, tandis qu'elle gisait ensanglantée et contusionnée devant le magasin.

Des témoins étaient venus à son secours. Elle s'était assise avec précaution, tout en se tenant le ventre. Elle avait senti le bébé bouger, ce qui l'avait soulagée. Elle avait subi une commotion cérébrale, mais elle n'avait pas songé à sa blessure à la tête, se souciant uniquement de son enfant. Le sentir bouger l'avait convaincue qu'elle avait échappé au pire. Jusqu'à ce que les saignements commencent et que son monde s'écroule.

Elle avait été transportée en ambulance à l'hôpital, les sirènes et les gyrophares transformant sa peur en panique. Elle avait prié le dieu auquel elle ne croyait pas, mais cela n'avait rien changé. Le médecin avait diagnostiqué une rupture du placenta, et rien ne pouvait être fait pour sauver son bébé.

Elle ne saurait jamais si cela avait été dû au coup de poing ou à sa chute, mais son enfant en avait payé le prix fort.

Extérieurement, à part quelques contusions, tout semblait aller, mais intérieurement Lily était endommagée à la fois sur le plan physique et émotionnel. Elle n'avait jamais imaginé qu'elle pourrait perdre son bébé, et elle avait besoin de quelqu'un pour supporter la violence de sa dévastation, de quelqu'un pour absorber sa culpabilité, de quelqu'un à blâmer.

Otto était devenu son bouc émissaire. S'il ne s'était pas attardé au travail, s'il était rentré comme prévu, elle ne serait pas sortie faire des courses. Finalement, lorsqu'il commença à l'éviter, lorsqu'il refusa de parler du bébé ou de ce qu'ils allaient faire désormais, son ressentiment se changea en colère.

— J'avais besoin que tu me dises que les choses iraient bien. Que ce n'était pas ma faute.

Elle n'était pas prête, alors, à admettre qu'elle se sentait fautive aussi. Elle l'avait volontiers laissé porter ce fardeau.

— J'ignorais que c'était ce que tu ressentais. Tu ne disais jamais rien.

Elle n'aurait pas dû avoir besoin de le faire. Mais, au fond d'elle-même, elle savait qu'elle était également coupable. Même si le voleur était le principal responsable, elle savait qu'Otto et elle avaient aussi leur part de responsabilité. Elle aurait simplement dû lâcher son sac. Pourquoi ne l'avait-elle pas fait ? Si elle l'avait lâché, tout se serait bien passé.

Mais elle ne pouvait pas revenir en arrière. Elle ne pouvait pas modifier ses actions.

Comme elle aurait voulu pouvoir le faire !

— Lily ?

Otto tendit le bras pour lui prendre la main.

— Je suis désolé de t'avoir laissée tomber. Peux-tu me pardonner ?

Elle se rendit compte qu'elle avait atteint un palier d'acceptation et de pardon. Elle ne pouvait pas continuer à blâmer Otto ou elle-même de ce qui s'était passé. Ils n'étaient pas responsables. La personne en tort était l'homme qui l'avait agressée.

Elle hocha la tête.

— Oui. Nous pourrions répéter cent fois nos actions de ce soir-là et la même situation ne se produirait pas. Je crois que je l'ai enfin accepté.

— Crois-tu que nous pouvons essayer de nouveau ?

Elle ne connaissait pas encore la réponse à cette question. Elle craignait qu'il ne soit toujours pas prêt. Qu'ils soient toujours sur des rails différents.

— Nous ne pouvons pas simplement reprendre les choses où nous les avons laissées. Nous ne pouvons pas revenir à ce que nous étions avant que je tombe enceinte. Nous ne sommes plus les mêmes personnes.

— Je sais, mais cela ne veut pas dire que nous ne pouvons pas retrouver notre chemin l'un vers l'autre. Nous pouvons encore être sauvés.

Mais Lily craignait que ce ne soit pas le cas.

À moins qu'il ne change d'attitude par rapport aux enfants à avoir, elle ne voyait pas l'utilité de rester mariés. Elle l'aimait et elle s'inquiétait de ne jamais retrouver ce genre d'amour mais, même si sa colère s'était dissipée, il y avait encore beaucoup de douleur. Elle pouvait lui pardonner, mais elle avait peur qu'il ne lui brise le cœur une seconde fois.

Peut-être valait-il mieux mettre un terme à leur relation maintenant.

Elle regarda leurs mains, leurs doigts entremêlés, et se remémora ce qu'ils avaient partagé. Elle se rappela l'amour qu'ils avaient eu et se demanda si Otto l'aimait encore. Si elle ne retrouvait jamais l'amour ? Avait-elle envie de naviguer seule dans le monde ?

— Lily ? Dis-moi ce que tu penses. Parle-moi. Explique-moi ce que tu ressens, l'implora Otto.

Elle savait que le moment était venu de se montrer honnête. Le but de la thérapie avait été de leur permettre de communiquer de nouveau, et elle avait conscience qu'ils devaient parler de beaucoup de choses, mais elle savait aussi qu'elle n'avait ni l'énergie ni le courage d'entamer ce qui serait une conversation difficile. La journée avait déjà été riche en émotions, et elle se sentait fragile. Toutefois, elle pouvait lui dire quelque chose.

— J'ignore ce que l'avenir nous réserve, mais je n'ai pas envie d'être seule.

— Ce soir, ou toujours ?

— Les deux.

Elle savait qu'elle ne dormirait pas. Elle se tournerait et se retournerait, repensant à tout, pensant à ce jour-là, pensant à leur bébé, pensant à Otto.

— Que puis-je faire ? demanda-t-il.

— Veux-tu rester avec moi jusqu'à ce que je m'endorme ?

Il hésita, et elle pensa qu'il allait refuser. Mais il hocha la tête, lentement.

— Je vais faire la vaisselle pendant que tu te prépares à aller te coucher.

Lily choisit un vieux T-shirt et se mit au lit quelques instants avant qu'Otto ne la rejoigne.

— Veux-tu t'allonger avec moi ?

Elle savait très bien qu'elle ne devrait pas lui demander ça, mais ce serait peut-être la dernière fois qu'ils partageraient un lit et le laisser partir n'allait pas être facile.

Il se glissa sous les couvertures et s'allongea derrière elle. Elle ferma les yeux et se blottit contre lui. Son grand corps se moula autour du sien, et il l'enveloppa de ses bras.

Elle le sentait respirer, elle sentait son torse se soulever et s'abaisser, elle sentait son souffle chaud sur sa joue.

— Je suis là. Je te tiens, chuchota-t-il, et il pressa sa bouche sur le côté de sa tête, juste derrière son oreille.

Les terminaisons nerveuses de Lily s'affolèrent sous la chaleur de ses lèvres. Il serait si facile de rouler vers lui. De presser sa bouche sur la sienne, de le goûter, de l'aimer, mais elle résista à la tentation. Ils n'étaient pas sur la même longueur d'onde, pas encore, et elle ne ferait que rendre les choses plus confuses pour tous les deux.

Elle se concentra sur le rythme de sa respiration, ajustant son souffle au sien, laissant son cœur ralentir et ses pensées s'apaiser, jusqu'à ce qu'elle s'endorme.

Pour la première fois depuis des semaines, Lily se réveilla en se sentant reposée. Malgré sa peur de ne pas y parvenir, elle avait dormi profondément, sans rêves, et elle savait que c'était grâce à Otto.

Elle n'aurait pas dû le laisser dormir avec elle, mais elle avait eu besoin de réconfort et cela lui avait paru si bon. Si familier. Il était resté complètement habillé, il n'y avait eu aucune trace de quoi que ce soit de sexuel, elle s'était endormie presque tout de suite. Elle ne s'était réveillée qu'une fois et, en voyant qu'elle était toujours dans ses bras, elle s'était rendormie sur-le-champ. Mais il n'était pas à côté d'elle maintenant. À un moment de la nuit, il avait dû partir sans qu'elle l'entende et il lui manquait déjà.

Elle s'étira, roula sur elle-même. Elle était allongée face à la porte, se demandant si elle devait se lever, quand Otto pénétra dans la chambre.

— Bonjour, dit-il en posant une tasse de thé et une assiette sur sa table de nuit.

Elle huma la bonne odeur de toasts beurrés.

— Bonjour.

Elle ne s'était pas doutée qu'il était encore dans la maison, mais elle était incroyablement contente de le voir.

— Je n'avais pas réalisé que tu étais resté toute la nuit.

— Je ne voulais pas bouger de peur de te déranger. Tu semblais dormir profondément, et je pense que tu en avais besoin.

— Je ne m'étais pas aussi bien reposée depuis des siècles. J'ai dormi comme une souche.

— J'ignorais que les souches ronflaient.

— Je n'ai pas ronflé ! protesta-t-elle.

— Non.

Il lui sourit, et son cœur fondit. Comme elle souhaitait que les deux dernières années n'aient jamais existé ! Comme elle souhaitait qu'ils puissent remonter le temps, jusqu'à avant que tout n'aille de travers. Jusqu'à l'époque où ils avaient devant eux leur vie ensemble. Sans se douter de ce qui allait arriver, ils avaient vécu chaque jour dans un état de bienheureuse anticipation, pleins de la naïveté et des espoirs de la jeunesse. Dans la certitude qu'ils menaient une vie enchantée et qu'ils avaient le monde à leurs pieds.

Oh ! comme ces rêves s'étaient brisés en un million de pièces minuscules, la laissant seule pour essayer de sauver ce qui restait. Seule pour ramasser les quelques morceaux qu'elle pouvait et les remettre ensemble – dans une pâle imitation de la vie dont elle avait rêvé. Elle essayait toujours de reconstituer le puzzle, mais les pièces lui glissaient des doigts. Elle ne pouvait pas toutes les tenir.

Et si Otto était la colle qu'il lui fallait pour que les choses marchent ? Pour qu'elles soient réparées ? Ce serait ironique. Il disait toujours que tout pouvait être réparé. S'il était la pièce manquante ?

Il consulta sa montre.

— Je dois aller travailler. Ça va aller, pour toi ?

En neuf petits mots, il avait fracassé ses illusions.

Il n'était pas la colle dont elle avait besoin.

Il devait aller travailler.

Le travail passait toujours avant elle. Rien n'avait changé, mais elle savait qu'elle n'aurait pas dû s'y attendre. Pas maintenant. Otto ne lui devait plus rien. C'était elle qui le poussait dehors. C'était elle qui avait soulevé la question du divorce. À quoi s'attendait-elle ? Qu'il laisse tout tomber pour rester à côté d'elle ? Elle savait qu'elle n'était pas raisonnable. Elle n'avait même pas de temps à passer avec lui ce jour-là ; elle avait des engagements dont elle ne pouvait se délier, dont elle ne voulait se délier.

Elle hocha la tête en réponse à sa question.

— Tout ira bien. Je passe la journée avec Poppy et Daisy.

C'était la veille du mariage de Poppy et de Ryder, et les sœurs avaient un emploi de temps chargé. Elles devaient passer prendre la robe de Poppy, sortir déjeuner et ensuite se faire faire des pédicures. C'était plus qu'assez pour tenir son esprit occupé. Avec la lumière brillante du matin et le ciel bleu sans nuages qu'elle voyait par la fenêtre, c'était un nouveau jour. Elle irait bien.

— Et ce soir ?

— Dîner de filles avec Poppy, Daisy et Mei. Puis Poppy restera ici.

Elle sourit.

— Elle ne veut pas que Ryder la voie avant la cérémonie de demain. Tu n'es pas censé prendre un verre avec le futur marié et Jet ?

— J'avais oublié, avec tout ce qui s'est passé ces dernières vingt-quatre heures. Alors je te verrai au mariage ?

— Oui.

— Appelle-moi si tu as besoin de moi, ajouta-t-il avant de partir, ce qui mit un peu de baume sur ses sentiments froissés.

Le travail n'était peut-être pas la seule chose importante mais, tout en appréciant son offre, elle savait qu'elle n'appellerait pas. Elle devait mettre le passé au placard. Ils avaient commis des erreurs, elle en avait fait, mais ils ne pouvaient pas revenir en arrière. Elle lui avait pardonné, et maintenant elle devait aller de l'avant.

Sauf que la nuit précédente la laissait tiraillée. Leur intimité lui avait manqué. Otto lui avait manqué. Seulement elle ne pouvait pas laisser quelques heures passées dans ses bras influer sur sa décision si rien ne devait changer.

Les bras d'Otto étaient légers, Lily leur manquait déjà, mais il avait le cœur lourd. Lily lui avait pardonné, mais elle n'était pas prête à lui donner une seconde chance.

La nuit dernière avait peut-être été la dernière fois où il avait eu la chance de la tenir contre lui. C'était pourquoi il était resté jusqu'au matin. Il ne pouvait pas supporter de la laisser partir.

En tout cas, il pouvait dire que les choses ne se déroulaient pas selon son plan. Il lui fallait définir ce qui allait de travers.

Il appela Helen, espérant qu'elle aurait une annulation et qu'elle aurait le temps de lui parler.

— Bonjour, Otto. Que puis-je pour vous ?

— J'ai besoin de conseils. La thérapie ne fonctionne pas comme je l'avais imaginé.

— Comment ça ?

— J'ai lu ma lettre à Lily, mais elle semble réticente à me dire ce qu'elle ressent.

L'ironie de sa déclaration ne lui échappa pas. Lui aussi avait du mal à parler de ses sentiments. Grandir avec des frères et aller ensuite dans un pensionnat de garçons n'aidait pas à savoir se confier.

— J'ignore si elle va me laisser revenir dans sa vie. Je ne suis pas sûr qu'elle change d'avis au sujet du divorce. Comment arranger ça ?

— Vous ne le pouvez peut-être pas.

— Il le faut ! C'est ce que je fais, en général.

— Pourquoi, à votre avis ?

— Allez-vous me mettre au centre de cette conversation ?

— Cela vous concerne tous les deux mais, oui, en cet instant il s'agit de ce que vous pouvez faire. De ce que vous pouvez contrôler.

— Il faut que je la fasse changer d'avis. Je dois trouver une solution.

— Elle ne changera peut-être pas d'avis. Nous en avons discuté lors de votre première séance. Quand vous parlez d'arranger les choses, vous devez penser à ce que vous pouvez contrôler. Vous ne pouvez pas contrôler Lily, ses pensées ou ses actions. Tout ce que vous pouvez faire, c'est cerner vos propres attentes concernant votre relation.

— Je ne peux pas la perdre.

— À votre avis, comment Lily en est-elle arrivée là ?

— Elle estime que je l'ai laissée tomber.

— Comment ?

— Je n'ai pas été là quand elle avait besoin de moi.

— Ce n'est pas l'esprit de Lily, que vous devez changer. Elle a le droit d'avoir ses sentiments, même s'ils diffèrent des vôtres. Vous devez l'accepter et définir ce que vous pouvez faire. Il faut que vous montriez à Lily que vous la soutenez. Elle veut un partenaire. Quelqu'un qui soit là tout le temps. Pas seulement quand ça va bien. Oui, elle aime votre spontanéité et votre humour. Elle les voit comme un bon repoussoir à sa personnalité plus sérieuse, mais elle a besoin de savoir que vous serez là pour elle dans les moments difficiles. Pouvez-vous le faire ?

Otto acquiesça. Les mots de Helen résonnaient en lui, et il en reconnaissait la véracité. Il savait que, pour Lily, ses parents l'avaient laissée tomber. Il savait qu'elle avait eu à endosser le rôle d'élever son frère et ses sœurs, et qu'elle l'avait vu lui comme quelqu'un qui partagerait les responsabilités avec elle. Il était censé prendre soin d'elle.

Il ferait mieux que ça. Si elle voulait lui en laisser la chance.

— Tu es prête ? demanda Lily à Poppy, comme la limousine du mariage s'arrêtait dans Queen Elizabeth Drive, devant le Pavillon Bondi.

— Absolument.

Poppy sourit.

— J'ai attendu ce moment toute ma vie.

— Tu es magnifique, dit Daisy par signes, tandis que le chauffeur ouvrait la portière à la mariée et que les quatre Carlson sortaient de la voiture.

La robe de Poppy était toute simple. Un corselet ajusté, avec de fines bretelles, plongeait jusqu'à sa taille dans son dos. La jupe était ample et tombait jusqu'à ses chevilles. Mais cette simplicité était relevée par l'étoffe, qui scintillait de milliers de petits sequins. Elle portait un bouquet de pavots blancs mêlés de marguerites et de lys, en l'honneur de ses sœurs. Lily et Daisy étaient vêtues de robes de toile bleu pâle, également sans manches, et qui leur arrivaient à mi-mollets. Toutes les trois avaient les pieds nus en vue de la cérémonie qui aurait lieu sur la plage.

Il était juste un peu plus de 7 heures, par une douce soirée de fin d'été. En face du pavillon, les secouristes avaient fermé le poste de secours pour la nuit. Ils avaient délimité une aire devant le bâtiment et avaient installé des chaises sur la plage, séparées par une allée sablonneuse. Les invités prirent leurs sièges quand ils aperçurent Poppy, laissant Ryder attendre sa fiancée au bord de l'eau.

Jet, vêtu d'un pantalon en lin et d'une chemise bleu pâle, embrassa la mariée sur la joue et lui offrit son bras pour descendre sur la plage.

Ryder portait une chemise blanche aux manches relevées jusqu'aux coudes et un pantalon en lin clair retroussé sur ses chevilles. Il avait lui aussi les pieds nus. Il arborait un grand sourire en regardant Poppy venir vers lui.

Lily regarda l'assemblée, tandis que la femme pasteur accueillait tout le monde. Il y avait un grand nombre d'ambulanciers, de secouristes, de collègues de l'hôpital qui s'étaient liés d'amitié avec Poppy. Mei, Ajay et Otto se tenaient sur la gauche de l'allée avec An Na et Niki.

Les trois beaux-frères et belle-sœur aux cheveux bruns offraient un tel contraste avec la blonde tribu des Carlson que Lily en sourit. De toute évidence, les contraires s'attiraient. Son regard se posa sur Otto qui se tenait si droit, grand et beau, et ses pensées retournèrent à leur propre mariage, quand il l'avait attendue à l'avant de l'église familiale. Il l'observait, et son cœur manqua un battement lorsqu'il lui sourit ; cela la ramena au présent et à ses récents souvenirs de la nuit passée dans ses bras. Elle baissa les yeux et se sentit rougir. Elle ne voulait pas lui laisser voir où ses pensées l'avaient entraînée. Elle ne savait que faire de ses sentiments et, jusqu'à ce qu'elle le sache, elle ne voulait pas qu'il accorde de l'importance à ce moment.

Elle continua à laisser errer son regard sur la foule. Les parents de Ryder et sa petite sœur se tenaient avec lui. Les parents de Mei avaient également été invités, mais Pete et Goldie Carlson n'étaient pas sur la liste. Elle se demanda si Poppy avait fait le bon choix en n'invitant pas leurs parents. De plus en plus, ces derniers temps, elle avait eu le sentiment du temps qui passait. Mais c'était son ressenti, pas celui de Poppy.

Lily ramena son attention sur la cérémonie. Les vœux des jeunes mariés furent sincères et venaient manifestement du fond de leur cœur. Tous deux firent de multiples références à leur famille et à leurs amis. C'était la célébration de l'amour de Poppy et de Ryder, et la femme pasteur était très consciente de l'importance des invités dans la vie du jeune couple.

— Poppy et Ryder prennent un engagement l'un envers l'autre, aujourd'hui, mais vous faites tous partie de cet engagement, aussi, dit-elle. En acceptant l'invitation à leur mariage, vous vous engagez à les soutenir dans leur vie ensemble. Vous promettez d'être là pour eux non seulement dans les bons moments, mais également dans les moments difficiles. Aujourd'hui, vous devenez une partie de leur équipe, pour les accompagner sur le chemin de leur vie commune.

Lily savait à quel point la famille était importante, et ses pensées revinrent à la sienne. Leur famille était-elle trop gravement fracturée pour être remise ensemble ? Souhaitait-elle l'impossible ? Même si les relations entre enfants et parents étaient renouées, pourraient-ils former la famille qu'elle imaginait ? Elle en doutait.

Ce n'était pas quelque chose qui l'avait tracassée auparavant. Elle n'avait jamais eu un lien étroit avec ses parents, et son frère et ses sœurs lui avaient suffi. Elle savait qu'ils la soutiendraient, comme la femme pasteur leur demandait de soutenir Poppy et Ryder ; mais, une fois qu'ils auraient leur propre famille, était-il réaliste de penser qu'ils resteraient aussi proches ? Leur conjoint deviendrait-il leur priorité ? Ou les familles qu'ils fonderaient ?

C'était ce qu'elle avait espéré bâtir avec Otto. Une famille à elle. Elle ne pouvait s'attendre à ce que son frère et ses sœurs la fassent passer avant leur propre famille, et ses parents ne faisaient pas partie de sa vie. Sa famille était fracturée, et elle avait tenu ses amis à distance depuis qu'elle était rentrée de Londres. Certains avaient été d'abord des amis d'Otto, et elle ne voulait pas les voir ou répondre à leurs questions – elle laissait Otto s'en charger. Beaucoup de ses amies avaient des bébés, ce qu'elle trouvait douloureux. Elle n'avait pas envie de parler d'enfants, de son mariage ou de son échec en tant que mère. Mais si ses proches avaient moins de temps à passer avec elle, que deviendrait-elle ? Qui aurait-elle pour la soutenir ?

D'habitude, elle se disait qu'elle avait Otto. Elle savait que c'était sa faute si elle ne l'avait plus. Elle savait qu'elle l'avait écarté d'elle. Puis elle s'était enfuie.

La cérémonie se terminait, et Lily prit le bouquet de Poppy tandis que les jeunes mariés échangeaient leurs alliances.

Poppy était radieuse. Lily ne l'avait jamais vue aussi heureuse et elle éprouva une pointe de regret mêlé de tristesse. Elle souhaita que sa relation avec Otto n'ait pas fini en queue de poisson, mais elle ne voulait pas être triste, pas ce jour-là. Elle prit une grande inspiration et modifia son attitude tandis que Poppy et Ryder échangeaient leur premier baiser comme mari et femme. Elle allait laisser leur bonheur lui remonter le moral.

La réception battait son plein. La soirée avait tout ce qu'il fallait pour être réussie – un lieu superbe, des hôtes généreux, de la nourriture délicieuse, de la musique et des invités prêts à faire la fête. Ajay et Daisy avaient proposé de recevoir tout le monde, et la maison d'Ajay était parfaitement située. À l'autre bout de Bondi par rapport à celle de Lily, elle était perchée sur une hauteur et offrait une vue stupéfiante sur la côte. Les lumières de Bondi brillaient sur la droite, la mer était une vaste étendue bleu nuit sur la gauche, et entre les deux le sable paraissait blanc au clair de lune. C'était magique.

Les parents de Mei ainsi que la gouvernante et nourrice d'Ajay, Mme Singh, avaient organisé le buffet, et des serveurs professionnels s'activaient pour passer les plats et remplir les verres. Lily n'avait rien à faire à part profiter du moment, mais en dépit de sa résolution ce n'était pas aussi simple qu'elle l'aurait aimé.

Otto se mêlait à la foule, bavardant gaiement avec des amis, des connaissances et des inconnus. Il était doué pour ça. Il avait toujours été plus extraverti que Lily. Elle préférait chercher des raisons de ne pas parler aux autres, restant sur son quant-à-soi, mais ce soir-là l'attitude ouverte d'Otto lui donnait l'impression d'être ignorée. Elle soupira. À quoi s'attendait-elle ?

Elle ne le perdait pas de vue, à aucun moment, et là il était en train de discuter avec les amis ambulanciers de Poppy. Elle l'observa, lui enviant son assurance, et remarqua l'attention que lui portaient les femmes. Était-elle vraiment prête à renoncer à lui ? Sa tête s'opposa de nouveau à son cœur, et elle se détourna, n'étant toujours pas sûre à 100 % de prendre la bonne décision.

Le DJ s'était installé sous le porche qui donnait sur la plage. Ajay avait accroché des guirlandes lumineuses au-dessus et, quand la musique de danse résonna, les invités commencèrent à sortir.

Niki, le fils âgé de deux ans d'Ajay, s'était endormi sur un canapé près de la cuisine, et Lily le prit comme excuse pour s'échapper un instant. Elle le porta dans sa chambre et le mit en pyjama sans qu'il se réveille. Puis elle le borda dans son lit et s'assit à côté de lui, pensant à Otto, à leur passé, à la fille qu'ils avaient perdue. Elle aurait eu quelques mois de moins que Niki. Ils auraient pu grandir ensemble.

Elle contempla le petit garçon en train de dormir. Elle regarda sa poitrine se soulever et s'abaisser, ses cils frémir sur ses joues, et elle se représenta sa propre fille. Niki était brun, comme son père. Dans l'esprit de Lily, sa fille était blonde, comme tous les Carlson, avec les yeux bruns d'Otto.

Elle inspira et ferma les paupières tandis que la douleur lui transperçait la poitrine. Elle était toujours aussi aiguë, toujours aussi à vif, chaque fois qu'elle laissait les souvenirs remonter à la surface.

— Lily ?

Elle rouvrit les yeux et chassa vite une larme en entendant son nom. Otto se tenait sur le seuil, sa svelte silhouette se découpant dans la lumière du couloir.

— Que fais-tu assise dans le noir ? demanda-t-il. Tu manques la fête.

— J'avais juste besoin d'une minute, dit-elle en se levant pour le rejoindre.

Elle tira la porte de Niki derrière elle, en la laissant entrebâillée.

— Tu vas bien ?

Otto l'observait avec attention. Elle hocha la tête.

— Oui. Je revivais juste le passé. Je me demandais si j'aurais dû faire certaines choses autrement.

— Quelles choses ?

— Par exemple, si nous aurions dû inviter mes parents à notre mariage.

— Au nom du ciel, pourquoi penses-tu à ça ?

— C'est à cause de ce que la femme pasteur a dit de la famille. J'ai vu la relation entre les parents de Mei et An Na, et aussi celle de Niki avec les parents d'Ajay quand ils sont venus de Fidji. Je n'ai jamais connu mes grands-parents, et c'était la première fois que je voyais à quoi peut ressembler une relation intergénérationnelle normale. Quand j'aurai des enfants à moi, un jour, je veux qu'ils connaissent leurs grands-parents, et du coup je me demande si ma relation avec mes parents est irréparable.

— Bien sûr que non, répondit Otto. Tout est réparable.

— Je ne sais pas. Les familles peuvent être compliquées. La mienne l'est.

— Tu ne le sauras pas avant d'essayer. Mais pour l'instant, viens danser avec moi. Demain est un autre jour.

— Tu ne me proposes pas une solution tout de suite ? demanda-t-elle, étonnée.

— Je croyais que tu ne voulais plus que je le fasse.

— Peut-être… mais je vois à ta mine que tu as envie de dire quelque chose.

Otto eut un grand sourire, et le cœur de Lily manqua un battement. Il était terriblement beau, quand il souriait.

— Je pensais juste que, si je n'étais pas déjà marié, je t'épouserais demain et j'inviterais tes parents à la noce. J'insisterais, et tu m'en remercierais plus tard.

— Tu m'épouserais demain ?

— Et tous les jours d'après, répondit-il en lui tendant la main. Mais, à présent, nous fêtons Poppy et Ryder. Viens profiter du moment. Ne te cache pas en donnant l'impression que tu es très malheureuse. Souris et danse.

Il avait raison. Elle s'était promis de prendre du plaisir, de soutenir sa sœur et son nouveau mari.

— Demain, tu pourras revenir à ton idée de divorce, ajouta Otto avec un clin d'œil, en lui prenant la main.

Elle le laissa faire, laissa ses doigts se refermer sur les siens tandis qu'il la conduisait dehors, le laissa la prendre dans ses bras alors que le DJ passait une chanson plus lente. On aurait dit que tous les invités dansaient, et dans l'espace encombré Otto dut la tenir serrée contre lui. Elle ne s'en plaignit pas. Lorsqu'elle était dans ses bras, le divorce était la dernière chose à laquelle elle pensait.

— Je n'aurais pas dû dire que je *voulais* divorcer de toi, répondit-elle. En fait, je voulais dire que j'en avais *besoin*.

— Tu parles au passé, observa Otto. Est-ce que tu changes d'avis ?

Lily n'en savait rien. Elle ne parvenait pas à penser de façon cohérente. Mais une chose n'avait pas changé.

— J'ai l'impression d'être laissée en arrière, dit-elle. Comme si je pourrais manquer ma chance d'avoir des enfants si j'attendais plus longtemps. Je veux une famille. C'est de cela dont il s'agit.

Elle soupira. Elle avait de nombreux regrets et elle craignait que laisser partir Otto puisse s'ajouter à la liste, mais elle ne voyait pas d'autre moyen d'obtenir ce qu'elle voulait. Être avec Otto lui avait manqué, mais elle s'y ferait.

— Pour le moment, je suis toujours ta famille, lui chuchota-t-il à l'oreille.

Sa main était chaude sur sa peau, et sa voix douce fit passer un picotement le long de son épine dorsale.

— Cela m'a manqué, ajouta-t-il.

Elle n'avait pas été honnête avec lui depuis longtemps. Peut-être était-il temps que cela change.

— À moi aussi, avoua-t-elle.

— Ne me laisse pas partir, implora-t-il en pressant ses lèvres sur sa tempe.

Les genoux de Lily flanchèrent, et elle se raccrocha à lui pour se soutenir.

— Je ne le ferai pas, murmura-t-elle. Pas encore.

Il était son mari, sa famille, mais elle savait que pour elle sa famille ne serait pas complète tant qu'elle ne serait pas mère. Toutefois, elle voulait cesser d'y penser pour un soir, cesser de se laisser consumer par ces rêves. Elle voulait se rappeler ce que c'était que d'être entourée par son mari. Elle voulait passer une nuit de plus dans les bras d'Otto. Elle voulait partager son lit avec lui, et se sentir aimée encore une fois avant de lui dire adieu. Mais peut-être ne ferait-elle que danser avec lui.

Elle ferma les yeux et se concentra sur ce qu'elle ressentait, pour le cas où ce serait la dernière fois. Elle grava chaque sensation dans sa mémoire. La chaleur de sa main, le contact de ses doigts, son parfum familier de cèdre et d'épices, sa chemise sous sa joue, la douceur de son souffle sur son front et les battements de son cœur sous son oreille.

Tandis qu'Otto la tenait dans ses bras et la guidait sur la piste de danse, elle sentit la douleur des deux dernières années commencer à se relâcher. À chaque battement de la musique, son moral remontait et elle se perdit dans la sensation d'être avec lui. Son corps lui semblait vivant, son cœur était léger et elle décida, pour quelques heures, de se laisser rêver d'un avenir avec Otto. Un avenir brillant, lumineux, heureux où ils auraient réglé tous leurs différends.

Ils restèrent sur la piste jusqu'au dernier morceau de la soirée, jusqu'à ce qu'il soit temps de prendre congé de Poppy et de Ryder. Les invités s'attroupèrent autour des jeunes mariés pour leur souhaiter une bonne nuit, mais Lily et Otto se retrouvèrent dans un coin du porche, hors de la lumière et hors de vue.

— Tu veux leur dire au revoir ? demanda Otto.

Il tenait toujours sa main dans la sienne. Lily n'avait pas envie de le lâcher, elle n'était pas prête à rompre la magie du moment. Elle ne voulait pas que la nuit se termine. Elle ne voulait pas que son rêve cède la place à la réalité.

Elle le regarda dans les yeux et secoua la tête.

— Dans une minute.

Il sourit et soutint son regard, ses yeux brun sombre et intenses dans la pénombre. Elle se tenait immobile, médusée. Il lâcha sa main, et elle voulut rattraper la sienne, se raccrocher à lui, mais, avant qu'elle puisse bouger, elle sentit ses bras enlacer sa taille et il l'attira à lui. Il posa une main sur la peau nue de son dos, et la chaleur de ses doigts lui brûla l'échine.

Son autre main était placée sous le menton de Lily. Il lui fit lever la tête tandis que son corps fondait contre lui.

Il se pencha, et elle ferma les yeux dans l'attente du baiser qui était imminent, elle en était certaine. Les lèvres d'Otto effleurèrent les siennes, très doucement, si doucement qu'elle se demanda si ce n'était pas son imagination. N'était-il pas sûr de l'accueil qu'il allait recevoir ?

Sa bouche se posa de nouveau sur la sienne, et elle reçut ce baiser avec joie. Son geste était plus ferme, cette fois. Elle entrouvrit les lèvres et s'entendit gémir quand sa langue explora sa bouche. Le monde extérieur s'effaça ; il se condensa en cet endroit, en cet homme.

Elle n'était consciente de rien d'autre que de la sensation d'être pleinement vivante. Elle ne désirait rien d'autre que lui.

Elle sentit ses tétons se durcir tandis que tous ses sens se réveillaient, et une ligne de feu s'étendit de son ventre à son sexe. Son cœur s'emballait dans sa poitrine alors qu'elle approfondissait le baiser. Elle avait le tournis, elle se sentait la tête légère, et ses inspirations n'étaient pas assez profondes pour fournir de l'oxygène à son cerveau. Elle avait besoin de respirer.

Les doigts d'Otto glissèrent le long de sa joue, la traversant d'un frisson de désir, tandis qu'ils s'écartaient l'un de l'autre. Il étudia son visage comme s'il voulait graver chacun de ses traits dans sa mémoire. Il n'avait pas à s'inquiéter, pensa-t-elle, la nuit n'était pas finie.

— Si tu disais au revoir à Poppy, et qu'ensuite je te ramène chez toi ? demanda Otto.

Elle acquiesça. Elle le laisserait la raccompagner, et elle l'inviterait à entrer. Ce qui se passerait par la suite dépendrait de lui mais, s'il acceptait son invitation, elle savait que cela mènerait au sexe. Du moins l'espérait-elle. Elle avait conscience qu'elle flirtait avec le danger, mais cela faisait si longtemps qu'elle n'avait pas fait l'amour, et l'amour avec Otto était toujours bon.

Il était difficile de résister à cette opportunité.

Et même impossible.

Si cela arrivait, elle l'ajouterait aux souvenirs qu'elle se fabriquait ce soir-là. Cela deviendrait peut-être un autre regret, mais elle n'allait pas y penser maintenant. Elle s'en soucierait le lendemain. « Demain est un autre jour », comme disait Otto.

Il s'assit à l'arrière du taxi avec elle, un bras sur ses épaules, la serrant contre lui comme s'il craignait qu'elle ne disparaisse. Il ignorait qu'elle n'avait aucune intention d'aller autre part, pas ce soir, pas sans lui.

— Aimerais-tu entrer ? demanda-t-elle quand le taxi s'arrêta devant la maison.

Leur maison.

Il la regarda, une question dans ses yeux sombres.

Elle se contenta de hocher la tête. Il paya la course tandis qu'elle posait le pied dans l'allée. Le sol était encore chaud sous ses pieds nus, et malgré la danse elle sentit des grains de sable accrochés à ses jambes tandis qu'elle gravissait les marches jusqu'à la porte d'entrée.

Elle supposa qu'elle en avait ailleurs aussi.

Otto la rejoignit alors qu'elle tournait la clé dans la serrure. Ils entrèrent.

— Je dois prendre une douche, je suis couverte de sable, dit-elle en se dirigeant vers l'escalier.

Elle monta deux marches avant de s'arrêter et de se tourner vers lui.

— Si tu veux te joindre à moi, tu es le bienvenu.

7.

Lily voulait qu'Otto sache où elle en était. Elle avait à peine terminé sa phrase, qu'il était derrière elle.

Elle monta l'escalier en balançant un peu les hanches, consciente qu'il avait les yeux rivés sur elles. Puis elle entra dans la salle de bains adjacente à sa chambre et tendit le bras pour ouvrir le robinet de la douche. En attendant que l'eau chauffe, elle défit son soutien-gorge à travers sa robe et l'enleva sans quitter cette dernière. Elle se rappelait qu'Otto avait toujours été stupéfait en la voyant faire cela, et elle prit plaisir à le taquiner avec ce souvenir.

Elle ne fut pas déçue par sa réaction. Il la regardait se dévêtir, silencieux mais pas immobile. Elle abaissa son regard sur son sexe. Elle put voir l'effet qu'elle produisait sur lui, ce qui l'enhardit.

— Tu es sûre de ça ? demanda-t-il d'une voix sourde et rauque, chargée de désir.

Elle hocha la tête, et il fit un pas vers elle, mais elle leva une main pour le faire attendre.

Elle vérifia la température de l'eau, puis elle fit glisser les bretelles de sa robe de ses épaules et la laissa tomber par terre. Peu après, elle se tint nue devant lui. Elle vit ses yeux se foncer tandis qu'il regardait son corps. Il inspira profondément.

Lily sourit et porta les mains à ses cheveux. Elle ôta les épingles qui les retenaient et les laissa tomber sur ses épaules, avant de s'introduire dans la douche. Elle tourna le dos à Otto et leva son visage vers le jet, laissant l'eau chaude couler entre ses seins, attendant qu'il la rejoigne.

Otto avait suivi des yeux, fasciné, la robe de Lily qui glissait au sol. Il fixa un moment le tas de toile bleue qui gisait autour de ses chevilles. Puis son regard remonta le long de ses longues jambes bronzées, caressa ses hanches minces, se posa sur le petit triangle de poils blonds à la jonction de ses cuisses.

Il était incapable de parler. Le sang ne montait plus à son cerveau et lui ôtait l'usage de la parole. Mais il pouvait admirer ce qu'il voyait, et il le fit. Lily était nue et elle était splendide.

Il contempla ensuite son ventre plat, son joli nombril rond et ses seins pleins, aux pointes dressées.

Elle était parfaite.

Il pouvait voir battre son pouls à la base de sa gorge. Ses lèvres étaient entrouvertes, sa bouche douce et rose, et ses yeux brillaient.

Elle était somptueuse.

Il la regarda dénouer ses cheveux, puis elle lui tourna le dos et se glissa sous la douche. Il observa son profil tandis qu'elle levait son visage vers le jet. Il suivit des yeux le trajet de l'eau sur ses seins et le long de ses cuisses. Sa peau était dorée, à l'exception de son postérieur lisse et rond.

Elle tourna la tête, le regardant par-dessus son épaule. Ses grands yeux bleus l'observèrent en train de la regarder. Elle ne dit rien mais, lorsqu'elle sourit, il ne put résister plus longtemps. La tentation était trop forte.

Il n'eut qu'une pensée. *Ne la laisse pas repartir.*

Il ôta ses vêtements aussi vite qu'il le put et la rejoignit sous la douche.

Il se plaça derrière elle et passa sa main sur ses fesses rondes. Sa peau était chaude et glissante. Elle inclina la tête sur le côté, et il pressa ses lèvres sur la courbe de son cou. Puis il posa les mains sur sa taille fine, les fit remonter sur son ventre jusqu'à sa poitrine. Il passa les pouces sur ses tétons, les sentant se dresser sous ses doigts. Son érection se durcit encore, pressée contre son dos. Il glissa une main plus bas et coula les doigts entre ses cuisses, écartant les doux replis de son sexe pour trouver son clitoris.

Elle gémit et s'appuya contre lui, le laissant supporter son poids, car ses jambes ne la soutenaient plus. Il continua à caresser la pointe d'un sein de la main gauche, et à caresser son sexe de la main droite. Elle haletait, maintenant, et poussait ses hanches vers lui.

— Dis-moi ce que tu veux, Lily.

Il savait très bien où cela menait, mais il voulait l'entendre dire les mots. Il fallait qu'il sache qu'elle en avait envie autant que lui. Il ne voulait pas profiter d'elle, mais il désirait la prendre. La faire sienne. Là, tout de suite.

Elle répondit d'une voix altérée :

— Je veux que tu me fasses l'amour.

Il n'eut pas besoin qu'elle le lui demande deux fois. Il la fit pivoter et l'attira à lui. Puis il courba la tête et réclama sa bouche. Ses lèvres étaient douces et dociles sous les siennes. Il les écarta de sa langue, et elle s'ouvrit à lui, chaude et humide. Elle passa les bras autour de son cou.

Il se saisit de ses fesses. Elle gémit et poussa ses hanches vers lui, pressant son sexe sur son érection. Il glissa un genou entre ses jambes, et elle les écarta de bon gré, lui livrant accès à elle. Il caressa de nouveau son clitoris. Elle arqua le dos, et il la sentit trembler.

— Oh ! mon Dieu, Otto, viens maintenant, le supplia-t-elle.

Il la souleva sans effort. Elle noua les jambes autour de sa taille, s'accrochant à ses épaules. Il pénétra en elle, profondément, les mains sur ses hanches pour la faire aller et venir le long de son sexe dur.

Elle renversa la tête en arrière, lui exposant sa gorge, mais ce n'était pas ce qu'il voulait.

— Regarde-moi, ordonna-t-il.

Leurs yeux se soudèrent sans ciller. Puis elle se mordit la lèvre inférieure et ferma les paupières. Elle respirait fort.

Elle rouvrit les yeux et fixa sur lui son regard bleu.

— Vas-y maintenant, s'il te plaît, Otto.

Elle retint son souffle et ne le relâcha que lorsqu'elle atteignit l'orgasme. Il la sentit frémir tout entière et se raccrocher encore plus fort à lui, et finalement il se laissa aller aussi. Il explosa de plaisir dans son ventre doux, comblé et vidé.

Il avait lutté pour tenir bon, la volupté n'était pas montée lentement, il avait attendu ce moment pendant deux ans et cela avait été fort et rapide. Il irait moins vite la prochaine fois, se promit-il.

Il s'assurerait qu'il y ait une prochaine fois.

Elle resta collée à lui tandis qu'il arrêtait l'eau. Il n'avait pas envie de la lâcher. Il attrapa une grande serviette moelleuse et la drapa autour d'eux.

Il la porta jusqu'à son lit, refusant de la poser par terre malgré ses protestations. Elle était longue, mince et diablement sexy, et il allait de nouveau lui faire l'amour. Si elle le laissait faire.

La serviette tomba lorsqu'il la déposa sur le lit. Sa peau était luisante, chaude et humide. Il sentit son désir se réveiller et il sut qu'il n'en avait pas fini.

Il posa une main sur son ventre et courba la tête pour prendre un téton dans sa bouche. Lily inspira vivement et arqua le dos, se soulevant vers lui. Il passa sa langue sur la pointe durcie de son sein.

— Je ne crois pas que nous ayons terminé, dit-il.

Elle prit son érection dans sa main, ouvrit les jambes et le guida en elle. Il ferma les yeux et se perdit dans la sensation exaltante d'être avec sa femme.

Ils s'aimèrent lentement, cette fois, savourant chaque instant. Le sexe entre eux avait toujours été formidable, et ces deux ans de séparation n'avaient rien changé. Sauf que c'était peut-être encore plus délicieux.

Ils jouirent en même temps pour la seconde fois. Repus et épuisés.

Otto s'endormit pressé contre le dos de Lily, une main sur un sein, tandis que sa tête à elle reposait sur son épaule. Il ne voulait pas la laisser partir. Jamais.

Maintenant, il était de retour chez lui.

Lily s'éveilla en sentant les lèvres d'Otto sur sa joue. Elle sourit en ouvrant les yeux, s'attendant à bien commencer la journée.

— Bonjour, dit-elle.

— Bonjour, et désolé de te réveiller, s'excusa Otto en ruinant ses espérances. Je dois aller travailler sur mon intervention pour la conférence.

— Maintenant ?

La conférence débuterait le lendemain après-midi. Elle aurait pensé qu'il était déjà prêt. Il hocha la tête et l'embrassa de nouveau, sur les lèvres cette fois, ce qui compensa un peu le fait qu'il se préparait à partir.

— J'adorerais rester, dit-il, achevant de lui remonter le moral, mais il faut que je règle ça. Toutefois, j'ai une suggestion : nous pourrions gagner la Hunter Valley plus tard dans la journée, en prenant le train des vins. Et passer la nuit à l'hôtel avant que la conférence commence.

— Ensemble ?

— Oui, ensemble.

Lily se demanda quelle porte elle avait ouverte en couchant avec lui. Est-ce qu'elle voulait tourner la page, ou se ménager une seconde chance ? Dans le premier cas, partir avec lui n'était probablement pas la meilleure idée. Elle ne savait plus très bien ce qu'elle souhaitait, mais elle avait une excuse toute prête qui pourrait lui laisser un peu de temps pour trancher.

— Je déjeune avec mon frère et mes sœurs, aujourd'hui.

Les Carlson devaient se retrouver avant le départ de Poppy et de Ryder pour leur lune de miel.

— Le train ne part pas avant 4 heures, insista Otto. Tu déjeunes avec les tiens, j'achète deux billets et je te prends en allant à la gare.

— Tu penses vraiment que c'est une bonne idée ?

— Non. Je pense que c'est une super idée. Elle nous permettra de passer du temps ensemble. Tu as promis de me donner trois mois, il nous en reste deux. Pense aux bons moments que nous pouvons avoir.

Il s'assit sur le bord du lit et posa une main sur le genou de Lily. Il promena son pouce sur la peau sensible de l'intérieur de sa cuisse. Ses terminaisons nerveuses frémirent, et ses paupières papillonnèrent.

— Je peux passer les deux prochains mois à te convaincre

de ne pas divorcer, et tu verras si tu peux me résister. Tu sais que nous sommes bons, ensemble.

— Ce n'est pas si simple, dit-elle en résistant à l'envie de l'attraper et de l'attirer dans le lit avec elle.

Il ne fallait pas que ses actions contredisent ses paroles.

— Si, c'est simple, répondit-il en faisant remonter sa main sur sa jambe. Tu verras.

Le souffle de Lily était lent et profond, et elle luttait pour garder les yeux ouverts. Et pour s'empêcher de le supplier de lui faire encore l'amour. Otto arborait un grand sourire, visiblement très conscient de l'effet qu'il produisait sur elle.

— Je te prendrai à 3 heures.

Lily aimait faire des plans, mais Otto avait toujours su lui faire prendre les choses comme elles venaient. Il était le seul à avoir jamais été capable de la convaincre de se laisser aller, et elle adorait sa spontanéité. Elle compensait si bien son sérieux. Lily se fiait à lui pour qu'ils s'amusent, et il avait raison : il ne s'agissait que de deux jours, alors qu'elle lui avait promis encore deux mois.

Elle sourit lentement, décidant de se laisser entraîner, espérant qu'elle ne commettait pas une erreur.

— D'accord, je te verrai à 3 heures.

Otto se félicita de son succès. Il espérait lui rappeler les bons moments qu'ils avaient partagés. Lui rappeler toutes les raisons pour lesquelles elle ne devrait pas divorcer. Après la nuit dernière, il était persuadé que, si elle lui laissait assez de temps, il réussirait à la reconquérir. Il faisait de son mieux pour suivre les conseils de Helen. Donner à Lily ce dont elle avait besoin.

Il était certain que c'était lui qu'il lui fallait, et il avait simplement besoin de temps pour le lui montrer.

Ils étaient à bord du train des vins. Lily feuilletait un magazine pendant qu'Otto travaillait sur son intervention. Il y mettait le point final, et allait suggérer qu'ils se rendent au wagon-restaurant pour prendre un verre de vin, quand un homme surgit dans leur compartiment.

— Y a-t-il un docteur ? Nous avons besoin d'un docteur. Est-ce que quelqu'un est docteur ?

Il traversa la voiture en courant, regardant à droite et à gauche, mais sans s'arrêter.

Otto se leva et tendit la main pour le stopper.

— Je suis médecin. Qu'y a-t-il ? Que s'est-il passé ?

— Il y a une dame dans le wagon voisin. Je crois qu'elle fait une crise cardiaque.

Otto referma son ordinateur et le prit avec lui tandis que Lily se levait.

— Nous venons avec vous, dit-il à l'homme.

Ils le suivirent hors de leur wagon et, quand la portière du wagon voisin s'ouvrit, Otto entendit des bruits qui signalaient une personne en détresse. Ils dépassèrent des rangées de passagers qui feignaient l'indifférence ou ne se souciaient pas de cacher leur curiosité.

Les cris de la femme augmentèrent de volume, et en s'approchant Otto vit qu'elle serrait sa poitrine à deux mains, pliée en deux de douleur. Elle occupait le siège côté couloir et coinçait son voisin contre la fenêtre.

— Voyagez-vous ensemble ? demanda-t-il à l'homme qui avait l'air affolé.

Il secoua la tête, les yeux écarquillés. Visiblement, il ne pourrait pas lui donner de détails. La femme semblait avoir dans les cinquante-cinq ans, elle était légèrement en surpoids et sa peau était d'une pâleur malsaine. Elle semblait bien avoir une crise cardiaque. Otto chercha des yeux le bouton d'arrêt d'urgence, puis il se demanda s'il devait l'actionner alors qu'ils étaient en pleine campagne, sans une maison à l'horizon. Il se tourna vers le jeune homme qui avait donné l'alerte.

— Il faut que vous trouviez un employé du train. J'ai besoin d'un kit de premiers secours, et je dois savoir à quelle distance nous sommes d'un hôpital. Allez de ce côté. Vous trouverez quelqu'un au wagon-restaurant.

Le jeune homme hocha la tête et s'éloigna, pendant qu'Otto

se retournait vers la malade. Il se présenta, présenta Lily et expliqua qu'ils étaient tous les deux médecins.

— Puis-je vous examiner ? demanda-t-il.

Elle hocha la tête, incapable de parler. Il était évident qu'elle avait du mal à respirer. Il fallait qu'Otto la calme, afin qu'elle conserve son énergie pour inspirer de l'air.

— Avez-vous déjà eu des problèmes cardiaques ?

Elle fit signe que non, mais cela n'excluait pas l'hypothèse d'une attaque. Lily prit le pouls de la femme.

— Rapide mais régulier, annonça-t-elle.

Traiter une urgence en dehors du cadre hospitalier n'était pas simple. Le risque de décès était accru. Otto ne pouvait pas faire de miracle, mais il venait de perdre une patiente et n'avait pas envie de recommencer.

Le jeune homme revint avec une employée de la ligne dont le badge annonçait le nom : Carys. Elle portait un petit sac noir, le kit d'urgence qu'il aurait aimé un peu plus volumineux.

— Nous sommes loin d'un hôpital ? demanda-t-il.

— Nous sommes à vingt-cinq minutes de la prochaine ville qui a un hôpital, répondit Carys. Nous pouvons arrêter le train, mais l'ambulance viendra de là-bas et mettra autant de temps à nous rejoindre. Il vaut mieux continuer. Savez-vous ce qui ne va pas ?

— Pas encore, dit-il en ouvrant le kit.

Il y trouva entre autres des médicaments anti-nausées, des comprimés de nitroglycérine, une seringue antihistaminique et un bronchodilatateur.

— Pouvez-vous évacuer tout le monde du wagon ?

Il n'avait pas besoin de spectateurs qui ne pouvaient pas lui fournir d'informations utiles. Il sortit un stéthoscope et un appareil à prendre la tension, qu'il tendit à Lily. Elle le passa au bras de la patiente.

— Je vais écouter votre respiration, dit-il.

Il fut étonné de voir que sa tension était normale pour une femme de son âge, ainsi que son pouls. Son cœur ne faisait pas des siennes. C'était une bonne nouvelle, mais avec ses cris de douleur et le bruit de l'étoffe de son chemisier il était impossible pour Otto d'ausculter son souffle. Il glissa l'embout du stéthoscope sous son corsage, mais il n'entendit toujours rien.

La peau de la femme devenait grisâtre, et il était inquiet. Il supposa qu'il y avait un défibrillateur dans le train, mais ce n'était utile qu'en cas d'arrêt cardiaque. Et il savait que d'autres causes pouvaient provoquer une douleur thoracique et une respiration difficile. Un refroidissement, une indigestion, de l'asthme, une pneumonie ou un virus.

Lily prit la température de la femme, qui était normale aussi, éliminant donc une pneumonie ou un virus. Restaient deux hypothèses : une crise d'asthme ou une crise cardiaque.

— Que se passe-t-il, à ton avis ? demanda Lily.

— On dirait une crise cardiaque et, si je ne peux pas la stabiliser, il faudra arrêter le train et appeler une ambulance.

— De quoi as-tu besoin ?

— Il me faudrait un service des urgences. J'aimerais faire un électrocardiogramme. Mais je vais faire avec ce que j'ai.

Il se tourna vers Carys.

— Pouvez-vous appeler une ambulance et voir où ils peuvent nous rejoindre ?

La jeune femme acquiesça.

— Je vais faire un point sur notre situation.

Tout à coup, Lily demanda :

— Et cette application dont tu vas parler à la conférence, qui enregistre un tracé cardiaque et l'envoie sur le téléphone ? Tu l'as dans tes bagages ?

— Oui.

Il avait complètement oublié l'appareil.

— Ton idée est brillante.

— Veux-tu que j'aille la chercher ?

Il ne l'avait utilisée que d'une façon expérimentale, mais cela valait la peine d'essayer. Elle le renseignerait sur l'état cardiaque de la patiente.

— Oui. Elle est dans mon sac, sur le porte-bagages.

Pendant que Lily était partie, il prit un comprimé de nitrate et le glissa sous la langue de la patiente. Même si elle n'avait pas de crise cardiaque, cela ne pouvait pas lui faire de mal. Et si ses symptômes ne s'atténuaient pas, il se servirait du bronchodilatateur pour ouvrir ses voies respiratoires.

Il venait de procéder à deux bouffées de l'inhalateur, quand Lily revint avec l'appareil portatif. Otto le brancha à son téléphone.

Le tracé était normal.

Le diagnostic d'Otto penchait maintenant pour une crise d'asthme. Tandis qu'il poussait un soupir de soulagement, la patiente commença à se stabiliser. Sa respiration se ralentit, elle ouvrit les yeux, desserra les poings et put enfin parler, non sans difficulté.

Elle expliqua qu'elle souffrait d'asthme sévère et qu'elle avait un inhalateur, mais qu'elle l'avait oublié dans le taxi en venant à la gare.

Lily vérifia de nouveau sa tension et son pouls, qui étaient normaux. Otto était presque certain que les symptômes de la femme relevaient d'une crise d'asthme, mais il insista pour l'envoyer à l'hôpital, afin de procéder à des examens plus approfondis. Il était néanmoins satisfait du résultat quand Lily et lui remirent Maria aux ambulanciers. Ils avaient travaillé à l'unisson, leurs talents se complétant. Alors que l'ambulance s'en allait, ses pensées revinrent à la nuit passée. Là aussi, Lily et lui avaient été à l'unisson. Il commençait à se sentir optimiste pour l'avenir. Lily devait sûrement convenir que leur relation méritait d'être sauvée ? Qu'il valait la peine de se battre pour leur mariage ?

— Ce n'était pas du tout le début que j'envisageais pour nos mini-vacances, dit Otto alors qu'ils arrivaient à l'hôtel.

— Moi non plus, mais Maria a eu de la chance que tu sois là, déclara Lily tandis que la réceptionniste lui tendait les clés de la chambre.

On avait attribué à Otto la chambre de Leo, mais ils avaient annulé la réservation, une chambre leur suffisant.

— Nous n'avons pas pu prendre ce verre dans le train,

finalement, ajouta-t-elle pendant qu'Otto se chargeait de leurs sacs. Pouvons-nous le prendre dehors ?

Elle apercevait, au-delà de la réception, une terrasse qui surplombait un lac d'ornement et le dix-huitième trou du terrain de golf qui faisait partie du complexe hôtelier où aurait lieu la conférence.

— Peut-être plus tard, répondit Otto. J'ai prévu d'autres choses pour nous, dans l'immédiat. À commencer par un massage pour toi.

— Ah oui ? Il y a un spa ?

— Je suppose, mais ce n'est pas là que tu vas aller. Je pensais être ton masseur.

Il lui souriait, certain qu'elle ne refuserait pas son offre. Et il avait raison. Ses massages étaient les meilleurs. Ses mains de chirurgien étaient habiles, souples et fortes, capables de déceler tous les bons endroits pour obtenir le résultat voulu. Et Lily savait que le résultat recherché était le sexe. Ils finissaient toujours par faire l'amour. Un massage d'Otto était l'un de ses préliminaires favoris.

Ils trouvèrent leur chambre, et Otto accrocha la pancarte « Ne pas déranger » à la porte avant de la refermer. Il étendit une serviette de bain sur le lit pendant que Lily relevait ses cheveux en chignon pour ne pas gêner le massage. Elle savait qu'Otto les dénouerait plus tard, car il adorait passer les doigts dans ses longues mèches, et elle n'avait pas d'objection contre ça.

Elle se demanda s'il était sage de se laisser de nouveau séduire, en le sachant. Mais elle n'allait pas renoncer à cet interlude. Pourquoi se priver de plaisir ?

Elle défit lentement la fermeture Éclair de sa robe. Elle fit glisser une bretelle de son épaule, puis l'autre, et laissa tomber le vêtement à terre. Les yeux d'Otto étaient sombres et intenses, maintenant. Toute trace de légèreté s'était évaporée tandis qu'il l'observait et l'attendait.

Elle passa les mains dans son dos pour défaire son soutien-gorge, et le fit glisser le long de ses bras avant de le laisser tomber aussi. Puis elle se tourna et se pencha pour ôter sa culotte avant de s'allonger à plat ventre sur le lit, la tête tournée de côté. Otto posa une serviette sur ses hanches et son postérieur, couvrant ses jambes.

Un ventilateur tournait paresseusement au-dessus de leurs têtes, et l'air frais lui donna la chair de poule sur les bras. Puis les mains chaudes d'Otto furent sur sa peau. Passant sur ses épaules, puis le long de son échine. De nouveau sur ses épaules et sur ses bras. La pression de ses paumes et de ses doigts était légère, au début. Il la taquinait et lui donnait la chair de poule pour une autre raison.

Sa pression s'intensifia quand il fit remonter ses pouces sur les côtés de sa colonne vertébrale. D'abord d'un côté, puis de l'autre, pour finir à la base de son crâne. Il massa les muscles de ses omoplates, puis ses bras, avant de revenir à ses épaules.

Ses mains décrivirent ensuite des mouvements plus larges, jusqu'à ses côtes. Ses doigts frôlèrent le côté de ses seins, et elle sentit leurs pointes se dresser. Il descendit plus bas, jusqu'au creux de ses reins marqué de petites fossettes. Après quoi il remonta la serviette sur son dos, exposant ses fesses et ses jambes. Il massa une fesse, puis l'autre. Travaillant par petits cercles. Il s'occupa ensuite de ses jambes, d'abord la gauche, puis la droite. Il lui fit plier le genou et massa son mollet, puis son pied. Le pied gauche, le pied droit, et de nouveau le mollet droit. Il y trouva de petits nœuds qu'il fit disparaître.

Il reposa sa jambe sur le lit et lui écarta les genoux. Ses mains étaient posées de chaque côté de son genou gauche, à présent, et ses doigts étaient écartés à l'intérieur de sa cuisse. Les nerfs de Lily frémirent, ce qui alluma en elle une étincelle de désir qui lui traversa le ventre. Elle se força à rester immobile, sachant que l'attente était presque aussi délicieuse que le contentement qui allait être le sien.

Otto pressa ses pouces sur le muscle arrière de sa cuisse, en faisant remonter ses mains vers son bassin. Ses doigts effleurèrent le creux entre ses cuisses, et le ventre de Lily se contracta. Elle sentait une chaude moiteur s'installer entre ses jambes. Elle avait envie de se pousser contre sa main mais, avant qu'elle puisse bouger, il la fit passer sur son autre jambe, descendit jusqu'au genou et recommença.

Elle écarta légèrement sa jambe pour lui laisser plus de place. Elle avait le souffle court, à présent, et bataillait pour ne pas bouger.

Il la retourna et passa une main à l'intérieur de sa cuisse. Elle ferma les yeux tandis que ses genoux s'écartaient. Alors Otto glissa un doigt en elle. Elle sentit qu'elle était chaude et humide. Gonflée comme un fruit mûr.

De son pouce, il trouva son clitoris et le contourna lentement. Elle arqua ses hanches pour se pousser vers lui. Mais elle ne voulait pas jouir ainsi. Elle le voulait à l'intérieur d'elle.

Elle leva une main et la plaça sur son torse.

— Attends, dit-elle en se redressant. Je veux que l'on fasse ça ensemble.

Elle vit qu'il était aussi pressé qu'elle. Son érection tendait son pantalon. Elle glissa les mains sous son T-shirt, fit courir ses ongles sur sa peau et l'entendit gémir. Elle attrapa le bas du T-shirt et le fit passer par-dessus sa tête, exposant son estomac plat et musclé.

Otto porta les mains au bouton de son pantalon, mais Lily fut plus rapide. Elle le défit et descendit la fermeture Éclair. Elle sentait son sexe dur se presser contre sa main et chercher à se libérer.

Il ôta ses chaussures sans prendre la peine de les délacer, tandis qu'elle abaissait son pantalon, qui rejoignit le reste en un tas désordonné. Otto était nu, à part son boxer. Elle le fit glisser le long de ses jambes, et il s'en libéra. Elle le parcourut des yeux.

Il était sublime.

Il lui décocha un grand sourire et lui fit un clin d'œil. Il savait qu'il était beau et avait assez d'assurance pour l'admettre. Sa confiance en lui était sexy. Lily savait qu'elle ne rencontrerait jamais un autre homme capable de faire s'emballer son pouls rien qu'avec un sourire et un clin d'œil, comme lui. Alors qu'il se tenait debout devant elle, glorieusement nu et l'admirant visiblement de la même façon, elle se demanda si divorcer n'était pas l'idée la plus stupide qu'elle avait jamais eue. Commettait-elle une énorme erreur ? Daisy avait-elle raison ? Otto était-il le seul homme pour elle, ou bien étaient-ce ses hormones qui la faisaient douter ?

Eh bien, de toute manière, elle ne se refuserait pas cette opportunité d'être heureuse, se dit-elle en lui prenant la main pour l'attirer sur le lit.

Puis elle leva une main pour ôter l'élastique qui retenait ses cheveux.

— Laisse-moi faire, dit Otto, la voix enrouée par le désir.

Elle laissa retomber sa main. Il tendit la sienne et tira sur l'élastique. Puis il passa les doigts dans sa chevelure, l'étalant sur ses épaules avant d'enfouir son visage dedans.

Ses doigts étaient posés sur sa nuque et son pouce sur sa mâchoire. C'était un contact chaud et doux, il n'appuyait que légèrement. Il promena son pouce sous son menton, puis il le remplaça par ses lèvres. Il embrassa son cou, ses clavicules, le creux à la base de sa gorge.

Ses doigts semaient sur le corps de Lily une trace brûlante que sa bouche suivait. Il descendit de sa gorge à sa poitrine, effleurant un téton et le caressant. Ensuite, sa bouche se posa sur la pointe durcie, la couvrit, la suça et la lécha.

De son autre main, il caressait l'intérieur de sa cuisse. Lily écarta les jambes, et il glissa ses doigts en elle. Son pouce fit rouler son clitoris, lui faisant retenir une petite exclamation. Il continua à la caresser et à l'embrasser. Elle souleva ses hanches et ses seins vers lui, voulant davantage, le laissant l'emporter vers le sommet du désir.

Elle avait besoin de plus.

Elle roula vers lui et le mit à plat sur le dos. Puis elle s'assit à califourchon sur ses hanches. L'érection d'Otto se dressait entre eux. Il releva la tête et reprit un téton dans sa bouche, le taquinant de sa langue. Lily ferma les yeux en s'abandonnant aux sensations qui la traversaient. Chaque partie d'elle réagissait au toucher d'Otto. Son corps prenait vie sous ses doigts et ses lèvres, et sa peau la brûlait là où ils se touchaient.

Elle se dégagea, lui retirant le bout de son sein, et elle sentit l'air frais sur sa peau humide. Elle plaça ses mains de chaque côté de sa tête brune et garda les yeux rivés sur son visage tandis qu'elle se soulevait pour le prendre en elle. Il ferma les paupières, et elle le regarda respirer profondément pendant que sa chair le contenait et les unissait.

Elle s'emplit de son sexe avant d'écarter son poids de lui et de le laisser prendre le contrôle. Les mains sur ses hanches, il la guida de haut en bas et de bas en haut, accordant son rythme à celui de ses assauts, chaque mouvement la rapprochant de la jouissance.

Lily aimait cette position. Elle aimait pouvoir le regarder, elle aimait le voir se rapprocher de plus en plus de l'orgasme. Ses yeux étaient fermés, mais ses lèvres entrouvertes. Sa respiration était rapide et creuse, et ses coups de reins allaient de plus en plus vite.

Elle écarta les genoux, le prenant plus profondément et tout entier en elle. Son corps était inondé de chaleur. Chacune de ses terminaisons nerveuses l'appelait.

— Maintenant, Otto. Maintenant.

Il ouvrit les yeux, et son regard sombre se souda au sien tandis qu'il l'emportait vers le summum du plaisir.

Le corps de Lily se mit à frémir, et elle le regarda trembler aussi. Il ferma les paupières, renversa la tête en arrière et la prit de plus belle, la réclamant pour sienne tandis qu'ils jouissaient ensemble.

Lorsqu'ils furent repus, elle s'allongea sur lui, couvrant son corps du sien. Leur peau était chaude, rougie par leurs efforts, et ils haletaient tous les deux. Otto passa ses bras dans le dos de Lily pour la tenir contre lui. Elle sentait son cœur battre contre sa poitrine. Elle perçut son rythme qui diminuait peu à peu pour revenir à la normale.

Elle releva la tête et l'embrassa.

— C'était un sacré massage. Merci.

— Le plaisir était pour moi. Cela veut-il dire que tu ne vas pas divorcer de moi ?

Elle sourit.

— Pas aujourd'hui.

8.

Otto descendit du podium à la fin de son intervention et alla retrouver Lily au fond de la salle.

— Félicitations, ça s'est très bien passé, dit-elle.

Il était un excellent orateur. Il connaissait son sujet, et possédait l'assurance et le charisme propres à captiver un auditoire.

— Merci. Je préfère toujours me débarrasser au plus vite de ma tâche afin d'être libre pour profiter de la suite, déclara-t-il en marchant à côté d'elle pour rejoindre le foyer. Et à propos de profiter, que fais-tu pour le déjeuner ? Veux-tu faire l'école buissonnière avec moi pour le reste de la journée ?

— Tu ne vas pas assister aux séances de l'après-midi ? Certaines d'entre elles paraissent intéressantes.

Sa mine laissa entendre qu'il avait d'autres choses à l'ordre du jour, et sa réponse le confirma.

— Oui, certaines interventions semblent l'être, mais elles sont toutes enregistrées et nous pourrons les regarder plus tard. Il n'y a pas d'appel, pas d'examen final, ajouta-t-il en la voyant hésiter. Personne ne remarquera si nous sommes là ou pas, ni ne s'en souciera. La moitié des médecins vont jouer au golf.

— Tu veux jouer au golf ? s'exclama-t-elle. C'est carrément affreux !

Sécher la conférence allait contre ses principes et, si elle devait la manquer, il fallait que ce soit pour une meilleure raison qu'une partie de golf. Une bien meilleure raison. Un autre massage, par exemple, pourrait la convaincre.

— Non, répondit-il en riant. Je ne veux pas jouer au golf. Je veux t'emmener en pique-nique.

— En pique-nique ?

Elle avait espéré quelque chose d'un peu plus corsé. Était-ce ennuyeux qu'elle soit légèrement déçue ?

— As-tu une meilleure suggestion ? demanda Otto avec un demi-sourire qui la fit rougir. Ce serait dommage de gâcher une aussi belle journée en restant à l'intérieur, à la conférence ou dans notre chambre. Ne t'inquiète pas, je me rattraperai plus tard.

Lily lui rendit son sourire.

— Dans ce cas, un pique-nique paraît amusant.

Otto commanda un taxi et demanda au chauffeur de les laisser dans un domaine viticole qui se trouvait au sommet d'une colline, pas très loin du lieu de la conférence. Il prit une couverture et un panier de pique-nique au cellier du restaurant, et emmena Lily à travers les pelouses jusqu'à un endroit hors de vue des bâtiments, mais avec une vue spectaculaire sur la Hunter Valley.

— Tu avais arrangé ça à l'avance ? demanda-t-elle tandis qu'il étalait la couverture par terre.

— Oui.

— Tu étais certain à ce point que j'accepterais ?

— J'en étais assez certain.

Il sourit largement et lui prit les mains pour la faire s'asseoir à côté de lui.

— Et maintenant, dit-il en ouvrant une bouteille de vin et en emplissant deux verres, j'ai l'intention de passer l'après-midi à te rappeler toutes les raisons pour lesquelles tu ne veux pas divorcer de moi.

Elle n'avait jamais *voulu* divorcer de lui, elle pensait simplement qu'elle n'avait pas d'autre solution si elle voulait une famille. Mais plus ils passaient de temps ensemble, plus elle trouvait difficile d'imaginer sa vie sans lui. Toutefois, elle avait peur de retomber sous son charme, de se laisser transporter par l'intimité qu'ils partageaient et la compagnie qu'il lui offrait sans réfléchir aux conséquences. Sans régler leurs problèmes.

Il avait été honnête avec elle. Maintenant c'était son tour de l'être. Elle avait besoin de clarifier les choses, sans quoi elle savait qu'ils ne pourraient pas avancer.

— Il y a quelque chose que j'ai besoin de te dire, annonça-t-elle. Pour être complètement sincère.

— Devrais-je être inquiet ?

— Non. C'est au sujet des lettres que Helen nous a demandé d'écrire. Je pense qu'il faut que je te lise la mienne.

Elle avait commencé à l'écrire dès que la thérapeute l'avait suggéré. Elle n'était pas certaine que c'était une bonne idée, mais elle n'avait pas envisagé de ne pas le faire, même si elle trouvait cela difficile. Elle s'était arrêtée, avait recommencé, et ne l'avait pas terminée avant que Natalie ait été hospitalisée pour une rupture du placenta. Elle ne l'avait pas finie avant de passer cette nuit dans les bras d'Otto. Avant d'avoir pardonné à Otto et à elle-même. Elle avait eu besoin de trouver le pardon avant de pouvoir tourner la page.

— Mettre des mots sur le papier m'a fait réaliser certaines choses à propos de notre relation. Je pense toujours que nos problèmes ont débuté quand je suis tombée enceinte, mais nous étions tous les deux à blâmer pour les failles de notre mariage et je devais accepter qu'une partie de la faute me revienne. Tu n'as pas été aussi excité que moi quand j'ai su que j'attendais un bébé, je le savais, et j'ai eu l'impression de traverser ma grossesse toute seule. Tu étais très occupé, concentré sur ton travail et tes études, et nous passions très peu de temps ensemble. Je savais que cette grossesse ne tombait pas au moment idéal, mais il me semblait que tu t'en désengageais, que tu faisais passer ton travail avant moi. Je savais que tu serais surchargé pendant notre séjour à Londres, c'était la raison pour laquelle nous y sommes allés ; mais, une fois que je suis tombée enceinte, je me suis attendue à ce que les choses soient différentes, et j'ai été chavirée qu'elles ne le soient pas. Puis, après l'agression, cela a été pire. Nous ne passions quasiment pas de temps ensemble, nous ne communiquions pas du tout, et je me rends compte maintenant que j'aurais dû te dire certaines choses. Que j'aurais dû les exprimer. Après l'agression, j'étais désemparée mais également en colère, et j'ai reporté cela sur toi. Pendant longtemps, je t'en ai voulu. D'être resté au travail au lieu d'être rentré. De ne pas me consoler. De ne pas me soutenir.

Otto secoua la tête.

— Tu avais raison de m'en vouloir. J'ai fait tout cela et je l'ai amèrement regretté.

— Non, ce n'était pas juste. Nous avions tous les deux commis des erreurs, mais ce n'est pas à cause d'elles que j'ai perdu le bébé. C'est à cause de l'homme qui m'a agressée, seulement il était plus facile de te blâmer que d'accepter mes propres défaillances.

— Je ne comprends pas. Quelles défaillances ? Qu'as-tu fait ?

— Il s'agit surtout de ce que je *n'ai pas fait*. Je n'ai pas lâché mon sac. J'aurais dû le faire. Je ne sais pas pourquoi je ne l'ai pas fait. Un réflexe stupide. L'entêtement. La surprise. Quelque chose m'a fait m'y raccrocher, mais si je l'avais lâché le voleur m'aurait laissée tranquille. Je n'aurais pas été agressée physiquement, je ne serais pas tombée. J'aurais juste été la victime d'un vol de sac au lieu d'être la victime d'une agression. J'aurais été une femme qui avait perdu son sac, pas une mère qui avait perdu son bébé.

Des larmes roulèrent sur les joues de Lily, et elle les chassa d'un geste impatient. Elle ne voulait pas avoir l'air de quêter de la sympathie. Elle reconnaissait son rôle dans le traumatisme, elle endossait sa responsabilité.

— Lily, non.

Otto tendit la main pour essuyer les traces sur son visage, et elle sentit son cœur manquer un battement.

— Rien de ce qui est arrivé n'a été ta faute. Tu ne sais pas si tu ne serais pas tombée. Il aurait quand même pu te bousculer, te frapper, te blesser.

— Je le sais maintenant, mais à l'époque j'avais l'impression d'avoir failli en tant qu'épouse et mère, et c'était difficile à gérer.

— Je n'avais aucune idée que tu ressentais tout ça. Pourquoi n'as-tu rien dit ?

— J'avais peur de ce que j'éprouvais. Je me sentais coupable, perdue. Je craignais qu'en parlant j'admette tout cela et que tu m'en veuilles. J'avais envie que tu me réconfortes. Que tu me dises que tu m'aimais toujours. Que la rupture du placenta n'était pas ma faute. Mais je redoutais que tu ne me le dises pas, et je ne supportais pas l'idée que tu puisses être d'accord avec moi. Que tu penses que j'avais causé la mort de notre fille.

— Lily ! Je ne l'ai jamais pensé.

— Je le voyais dans tes yeux. Tu ne pouvais même pas me regarder.

Otto secoua la tête.

— C'était ma culpabilité, que tu voyais. Je pensais qu'elle se reflétait dans mes yeux chaque fois que je te regardais, et cela me rongeait. C'est pourquoi j'évitais de rentrer à la maison. C'est pourquoi je t'évitais. Parce que je ne supportais pas l'idée de t'avoir laissée tomber. Je ne te blâme pas. Crois-moi, si je pouvais revenir en arrière et revivre ce jour-là, je ferais les choses différemment. Nous le ferions tous les deux. Mais la faute revient à l'homme qui t'a agressée, pas à toi. S'il n'avait pas saisi ton sac, s'il ne t'avait pas bousculée, cela aurait été une soirée comme une autre. Une soirée où je serais rentré tard et où tu m'en aurais voulu, mais ensuite nous aurions tout oublié.

— Je le sais maintenant, dit-elle, consciente qu'il avait raison.

Il lui avait fallu du temps, mais elle avait pardonné à Otto et elle s'était pardonné à elle-même.

— Néanmoins, je te dois quand même des excuses. Je n'étais pas honnête pour ce qui était de mes sentiments.

— Cela n'a pas d'importance…, commença-t-il, avant que Lily n'ajoute en même temps que lui : Ce qui est fait est fait.

Il sourit et lui prit la main.

— Ce qui compte, c'est que je t'aime. Je t'ai toujours aimée et je t'aimerai toujours. Ce qui compte, c'est que je ne veux pas d'un divorce. J'aurais dû te soutenir alors et je te promets de te soutenir maintenant. Veux-tu me donner une chance de me rattraper vis-à-vis de toi ?

— Que suggères-tu ?

— Que nous redonnions un coup de pouce à notre mariage. Dans les formes. Je reviens m'installer ici, et nous prenons un nouveau départ. Qu'en penses-tu ?

Était-ce le moment qu'elle avait attendu ? Le moment où le

pardon quant à leurs erreurs passées, des erreurs qui les avaient séparés, se changerait en une seconde chance ? Une chance d'un avenir ensemble ?

Il n'y avait aucun moyen de le savoir à moins qu'elle ne soit prête à saisir cette chance. À faire confiance à Otto.

Elle prit une grande inspiration et hocha la tête.

— Je pense que cela paraît parfait.

Il l'attira à lui et l'embrassa. Son baiser avait un goût de rêves et de promesses, et Lily pria pour que cette fois ils se réalisent.

Il remplit leurs verres et proposa un toast.

— À nous et à notre bonheur ensemble. Nous avons une autre vie devant nous, nous pouvons apprendre de notre passé, mais ne pas le laisser déterminer notre avenir.

Lily fit tinter son verre contre le sien, et sourit en se représentant cet avenir et les enfants qui en feraient partie, elle en était sûre.

— À notre avenir.

Lily et Otto entrèrent dans le bureau de Helen, et pour la première fois Lily se rendit compte qu'elle souriait. Contrairement aux séances précédentes, le rendez-vous de ce jour-là ne l'emplissait pas d'appréhension. Pour la première fois depuis des mois, elle était totalement heureuse et elle se réjouissait à l'avance d'avertir la conseillère que ce serait leur dernière rencontre.

Otto avait quitté l'hôtel pour revenir à la maison. Leur maison. Et elle prenait plaisir à cette phase de reconstruction de leur relation. Elle appréciait d'avoir quelqu'un avec qui dîner, quelqu'un avec qui faire de l'exercice, quelqu'un avec qui partager son lit.

Otto et elle étaient de nouveau sur les rails, pensa-t-elle en s'asseyant sur le petit canapé à côté de son mari.

— Mon travail est-il fait ? demanda Helen. Vous donnez une autre chance à votre mariage ?

— Pourquoi dites-vous cela ?

— Votre langage corporel a changé. Vous paraissez plus détendue, Lily, moins méfiante. Vous êtes assise beaucoup plus près d'Otto et vous n'avez pas pris un coussin pour vous protéger, répondit la thérapeute en souriant.

Elle avait raison. Durant toutes les séances précédentes, Lily avait éprouvé le besoin d'utiliser un coussin comme barrière, comme protection contre l'attirance qu'elle éprouvait toujours pour Otto. Mais elle n'avait plus besoin de cette protection. Elle accueillait cette attirance à bras ouverts, comme leur relation.

— Nous avons fait quelques progrès, dit Otto en souriant.

— Vous avez des relations sexuelles ?

Lily lança un coup d'œil de côté à Otto et sourit lorsqu'il répondit pour eux deux :

— Oui.

— Vous avez résolu tous vos différends ? Vous avez eu une discussion ouverte et honnête sur ce qui est allé de travers ?

Tous deux hochèrent la tête.

— Bien. Avez-vous parlé de ce qui va arriver par la suite, pour vous deux ? De l'avenir que vous souhaitez avoir ?

Lily fit signe que non. Ils avaient parlé du passé et du présent, mais comptaient que l'avenir se règle de lui-même.

— Je présume que tout va redevenir comme avant, répondit Otto.

— C'est-à-dire ? demanda Helen.

— Nous passerons du temps ensemble, juste nous deux, pour rattraper les deux dernières années et remettre notre relation sur ses rails. Une fois que ce sera fait et que nos carrières seront bien établies, nous nous mettrons à essayer d'avoir un bébé.

De nouveau, ils avaient des positions opposées et Lily pouvait voir ses plans s'écrouler autour d'elle. Elle avait supposé qu'ils fonderaient une famille là, maintenant. Elle s'était fait des idées. C'était peut-être une erreur. Elle se tourna vers Otto.

— Tu sais que je veux des enfants maintenant. N'est-ce pas le but de la relation que nous avons renouée ?

— Vous n'en avez pas parlé ? demanda Helen, l'air abasourdi.

— Je présumais que nous étions sur la même longueur d'onde, dit Lily, se tournant vers Helen. Comment allons-nous résoudre ça ?

— Apparemment, vous avez encore besoin de travailler sur votre communication, répondit la thérapeute. Le fait que vous soyez toujours attirés physiquement l'un par l'autre est un point positif, mais même si c'est très bien – le sexe compte beaucoup dans une relation monogame – le sexe sans une connexion émotionnelle n'est que du sexe. L'alchimie sexuelle est importante, mais elle ne suffit pas si vous ne partagez pas les mêmes buts et les mêmes valeurs. Il vous faut reconnaître que vos sentiments peuvent diverger, qu'ils divergeront, et que ce n'est pas un problème. Il est impossible pour deux personnes de penser et de sentir absolument la même chose à propos de tout. Vous devez respecter ces différences.

Helen marqua une pause, avant de poursuivre :

— Quand une relation est vouée à marcher, vous devez vous attendre à partager des vues et des objectifs similaires, mais imaginer que quelqu'un partage toujours vos vues sur tout est irréaliste. Pour qu'une relation puisse fonctionner, vous devez pouvoir affronter ensemble des défis. Vous n'avez pas à être d'accord sur tout, mais au final il faut que vos conceptions fondamentales s'alignent. C'est à vous deux de définir quels sont les fondamentaux. Vous devez décider quelles différences vous êtes prêts à accepter pour qu'une relation dure, et lesquelles sont non négociables. Si vous voulez donner une chance à votre relation, même si cela revient à accepter un autre type de relation entre vous, il faut que vous en parliez. Quels sont les points non négociables, pour vous ?

— Je veux des enfants, répondit Lily.

— Moi aussi, dit Otto, mais pas tout de suite.

— Quand ?

— Je supposais que nous attendrions que tu aies trente et un ans avant de nous mettre à essayer de faire un bébé. Comme nous l'avions prévu.

— C'est encore dans un an ! Tu sais que je veux des enfants maintenant. Nous savons tous les deux qu'une rupture de placenta augmente le risque d'en subir une autre. Je veux essayer de tomber enceinte avant de devenir plus vieille, pour le cas où quelque chose d'autre irait de travers.

— Lily, je veux être là quand nous aurons des enfants. Après avoir été envoyé en pension, je me suis juré de ne jamais être un père absent. Actuellement, j'établis ma carrière. Nous étions convenus d'attendre que tu aies trente-deux ans pour fonder une famille. Cela signifie qu'il faudrait que tu tombes enceinte l'an prochain. Je veux être là pour t'aider.

— Je peux me débrouiller.

— Mais je ne souhaite pas que tu te débrouilles seule. Je veux être là pour former ce lien père-enfant qui compte tant pour moi.

— Ce ne sera jamais le moment parfait, rétorqua Lily. Il y aura toujours quelque chose d'autre que tu voudras faire, un autre défi à relever. Si tu ne cesses de remettre à plus tard ?

Elle craignait qu'il ne le fasse. Qu'il ne veuille attendre éternellement.

— Le mariage repose sur des compromis, leur dit Helen. Qui est prêt à en faire ?

Lily n'était pas sûre de l'être. Elle savait que ce serait aux dépens d'une grossesse imminente, et ce serait peut-être plus que ce qu'elle était prête à concéder.

Elle prit son sac et se leva.

— Je dois prendre du temps pour y réfléchir, dit-elle.

Elle avait besoin de respirer, de s'éclaircir les idées.

— Lily, attends.

Otto l'avait suivie hors du bureau de Helen et il tendit le bras pour empêcher la porte de l'ascenseur de se refermer.

— Je ne te laisserai pas partir de nouveau, dit-il en la rejoignant dans la cabine. Il faut que nous réglions cela. Tu veux de la confiance. Je veux la vérité. Je ne veux pas d'un divorce. Je ne veux pas que quelqu'un d'autre fonde une famille avec toi. Je t'aime. Je t'ai toujours aimée.

La porte coulissa, et Otto fit face à Lily.

— Si tu ne m'aimes pas, dis-le-moi maintenant. Si tu veux un divorce, dis-le-moi maintenant. Si tu veux donner une autre chance à notre mariage, dis-le-moi maintenant et nous trouverons comment faire. Nous pouvons avoir un avenir. Si tu ne veux pas d'un avenir avec moi, dis-le-moi maintenant, je m'en irai et tu pourras poursuivre ta vie.

La pensée de regarder partir Otto lui donna la nausée.

— Je ne veux pas non plus que quelqu'un d'autre soit le père de mes enfants. Je t'aime aussi. Je ne souhaite pas un divorce, mais je veux un bébé. Si nous restons ensemble, je ne comprends pas pourquoi nous devrions attendre. Et je crains que tu ne cesses de repousser le moment de fonder une famille.

— Je pense que nous avons besoin d'un peu de temps pour être seuls tous les deux. Je ne veux pas avoir à subir de pression supplémentaire en te voyant essayer de tomber enceinte pendant que je commence ce nouveau travail. Je veux que ta prochaine grossesse soit différente de la dernière. Je veux être là pour te soutenir durant ces neuf mois. Je ne veux pas être tout le temps à l'hôpital. Je ne veux pas que tu aies l'impression d'attendre ce bébé seule, de l'élever seule. Mais je veux bien accepter un compromis. Au lieu d'attendre l'année prochaine, peux-tu me donner jusqu'au milieu de cette année pour que nous commencions à essayer de concevoir cet enfant ? Ce n'est que dans quelques mois. Nous pourrions avoir un bébé vers le milieu de l'année prochaine, et je pourrais alors me libérer. Je veux faire partie de cette grossesse. J'ai besoin de sentir que j'en fais partie.

— Comment savoir si tu ne changeras pas d'avis ?

— J'ai besoin de temps pour te le prouver. Je te demande de me laisser ce temps. Faisons chacun la moitié du chemin. Je t'en prie. Je veux être le père de tes enfants, plaida-t-il alors qu'ils sortaient de l'ascenseur. Je réclame juste un peu de temps.

Elle pouvait abandonner ses rêves d'une prochaine grossesse, ou renoncer à Otto. La décision lui appartenait.

Lily bâilla et s'étira. Il était bon d'être occupée, cela détournait son esprit de son horloge biologique et des bébés.

Elle avait choisi Otto. Elle ne voulait pas d'un avenir sans lui, elle ne voulait pas avoir des enfants sans lui, alors elle avait choisi son mari. Et elle espérait pouvoir vivre avec la réalité d'une famille remise à plus tard. Mais c'était plus facile à dire qu'à faire.

Lorsqu'elle travaillait, elle pouvait bloquer ses pensées, mais durant les longues heures de la nuit elle se tournait et se retournait dans son lit. Son esprit était sans repos, et elle s'imaginait qu'elle sentait son ventre vide lui faire mal. Elle était épuisée. Même si Otto dormait à côté d'elle, elle était agitée, incapable de calmer ses peurs, et le manque de sommeil la rendait fatiguée et grognon. Elle avait perdu l'appétit et elle se sentait fragile émotionnellement. Ce n'était pas ainsi que les choses étaient censées être.

Elle inspira profondément pour tenter d'apporter de l'oxygène à son cerveau. Aux urgences, l'air semblait stagner et sentait le renfermé. Peut-être devrait-elle faire un saut dehors pendant qu'elle avait un moment, se dit-elle. Mais avant qu'elle puisse se lever, le téléphone de l'accueil sonna, la faisant sursauter.

— Un patient entrant, annonça Julie en reposant le combiné. Un homme d'une vingtaine d'années, multiples blessures, une chute à Ben Buckler.

Lily se leva rapidement, avant que sa tension se stabilise, et elle se rattrapa au bureau comme la pièce tournait autour d'elle.

— Vous allez bien ? demanda Julie.

— Oui, répondit-elle tandis que ce qui l'entourait s'immobilisait. Juste un peu le tournis. Je crois que je me suis levée trop vite.

En outre, il y avait eu beaucoup de travail dans le service et elle avait sauté son déjeuner, ce qui n'était pas rare. Sa fatigue avait peut-être un effet sur son taux de glycémie. Elle devrait probablement manger quelque chose, mais cela devrait attendre.

L'ambulance arriva, et Poppy sortit par l'arrière. Elle avait repris le travail depuis un mois, après sa lune de miel, mais elle n'avait pas perdu la mine heureuse et rayonnante des jeunes mariés. Lily savait qu'en comparaison elle avait l'air harassée et vidée. Elle avait la sensation d'avoir besoin de vacances, et cela se voyait.

— Le patient est inconscient, il a de multiples fractures, on suspecte des dommages à la colonne vertébrale et il aura besoin d'un examen de santé mentale, indiqua Poppy.

Les falaises à pic de Ben Buckler, du côté nord de Bondi Beach, étaient un endroit où se produisaient fréquemment des accidents et aussi des tentatives de suicide.

Lily se mit à pousser le brancard dans le service tandis que

Poppy continuait son rapport, mais quelque chose n'allait pas. Elle voyait bouger les lèvres de sa sœur, mais elle avait l'impression qu'elle parlait sous l'eau.

Sa vision était brouillée. Elle crispa les paupières, essayant de l'éclaircir, mais lorsqu'elle les rouvrit des points noirs dansaient devant ses yeux, puis la pièce se mit à tournoyer.

— Lily ? Lily, tu m'entends ?

Lily ouvrit les yeux.

— Où suis-je ? demanda-t-elle en réalisant qu'elle regardait Poppy.

La dernière chose dont elle se souvenait était d'être entrée aux urgences avec le brancard.

— Tu es aux urgences.

Ça, c'était bien.

— Pourquoi suis-je allongée ? demanda-t-elle encore tandis que le plafond apparaissait au-dessus de la tête de sa sœur.

— Tu t'es évanouie.

— Évanouie ?

Elle n'était pas du genre à tomber dans les pommes. Elle n'avait perdu connaissance qu'une fois, jusqu'à présent. Son taux de glycémie devait être vraiment bas, pensa-t-elle en se redressant sur son séant.

— Doucement, dit Poppy.

— Je vais bien. J'ai juste sauté le déjeuner.

— Tu veux que je t'apporte quelque chose à manger ?

L'idée de manger lui donna la nausée.

— Non.

Elle secoua la tête. Prudemment.

— Qu'est-ce que tu fais là ? demanda-t-elle à Poppy. Tu n'aurais pas dû reprendre la route ? Et qu'est-il arrivé à notre patient ?

Poppy haussa les épaules.

— Ajay s'en occupe, et j'avais droit à une pause. Alors, à moins qu'Alex et moi recevions un appel, j'ai pensé que j'allais attendre ici jusqu'à ce qu'Otto sorte de la salle d'op.

— Tu l'as dit à Otto ?

— Pourquoi je ne le lui aurais pas dit ?

— Tu n'avais pas besoin de l'ennuyer avec ça. Je vais bien.

— Il est au bloc, de toute façon.

Il était occupé, bien sûr, pensa Lily. C'était une chance qu'elle aille bien, sinon qu'aurait-il fait ?

— Que se passe-t-il ? voulut savoir Poppy. Je croyais que vous aviez arrangé les choses, vous deux.

Lily n'avait pas pu se résigner à partager son dernier dilemme avec ses sœurs. Elle essayait encore de le résoudre toute seule.

— Moi aussi, avoua-t-elle. Mais il apparaît que nous faisions tous les deux des suppositions concernant notre relation.

— Ce qui veut dire ?

— Je pensais qu'être de nouveau sur les rails signifiait que nous ne divorcerions pas et que nous mettrions une famille en route. Otto, lui, pensait que nous ne divorcerions pas et que nous mettrions une famille en route dans deux ans. Il a offert de couper la poire en deux. Il a suggéré que nous essayions de provoquer une grossesse dans six mois au lieu de l'année prochaine, mais je ne suis toujours pas sûre. Je comprends que je ne peux pas avoir des enfants tout de suite sans Otto, ce n'est pas comme si j'avais un autre homme sous la main. Je sais que cela prendrait du temps de trouver quelqu'un, d'établir une relation avant que je puisse avoir des enfants, mais si Otto change d'avis ? S'il veut encore repousser les choses ?

— Tu ne te fies pas à lui pour tenir parole ?

C'était la grande question. Lily avait envie de lui faire confiance. Elle devait lui faire confiance s'ils voulaient espérer un avenir. Mais comment allait-elle y arriver ?

— Je tourne en rond dans ma tête. Je ne dors pas. Je suis fatiguée, anxieuse et emplie de confusion. Je ne suis pas moi-même.

— Es-tu sûre que c'est juste du stress émotionnel ? Si quelque chose n'allait pas physiquement ? Tu viens de t'évanouir. Veux-tu que je t'amène Ajay ? Il devrait peut-être prescrire des analyses de sang ?

— Non. Je suis sûre que ça va, de ce côté-là.

— Pourrais-tu être enceinte ? demanda Poppy.

— Enceinte !

Lily était sur le point de dire : « Ne sois pas ridicule. Je ne suis pas enceinte. » Mais était-ce complètement hors de question ?

— Quand as-tu eu tes dernières règles ?

Elle dut réfléchir. Avant la conférence. Avant le mariage de Poppy. Elle sentit la couleur se retirer de son visage et combattit la nausée qui montait.

— Il y a six semaines.

— Je pense que tu devrais faire un test.

— Je ne peux pas être enceinte.

Comme si le dire rendrait la chose vraie.

— Pourquoi ?

— Parce qu'Otto n'est pas prêt.

Elle savait que c'était trop tôt dans la relation qu'ils avaient renouée. Comme si les choses avaient besoin de devenir encore pires !

Otto grimpa l'escalier quatre à quatre, poussa violemment la dernière porte et courut aux urgences.

— Où est-elle ?

Julie était au bureau d'orientation et elle ouvrit de grands yeux quand il passa en flèche près d'elle.

— Salle d'examen n° 4, cria-t-elle.

Le cœur d'Otto s'était logé dans sa gorge dès qu'il avait appris que Lily s'était évanouie. Il était furieux qu'on ne lui ait rien dit avant qu'il ait fini d'opérer, même s'il comprenait pourquoi. Il n'aurait pas pu se concentrer si on l'avait prévenu plus tôt, et cela n'aurait pas été acceptable professionnellement. Mais d'un point de vue personnel, si quoi que ce soit arrivait à Lily, il serait un homme brisé. À partir du moment où elle irait bien, il lui donnerait tout ce qu'elle voulait, se jura-t-il. Il ferait tout ce qu'elle voudrait.

— Lily !

Elle était pâle, mais ce ne fut pas la couleur de son teint qui l'inquiéta. Ce fut son expression. Elle avait l'air pétrifiée.

Oh ! Seigneur. Qu'est-ce qui n'allait pas ? Elle avait manifestement de mauvaises nouvelles.

— Je vais attendre dehors.

Il ne remarqua Poppy que lorsqu'elle parla. Elle regarda Lily, puis quitta la pièce. Pourquoi voulait-elle attendre dehors ? Attendre quoi ?

La peur d'Otto atteignit des sommets.

— Qu'y a-t-il ? Qu'est-ce qui ne va pas ?

Il se précipita au chevet de Lily, l'embrassa sur la joue et lui prit la main. Si elle avait eu des mauvaises nouvelles aussi rapidement, ce devait être terrible. On aurait mis plus longtemps à trouver quelque chose de mineur.

Lily tremblait.

Il s'assit à côté d'elle et passa un bras sur ses épaules. Avait-elle froid ? Avait-elle peur ? Était-elle choquée ? Où était le médecin ? Qui allait lui dire ce qui se passait ?

— Lily, tu me fais peur. Dis-moi ce qui ne va pas.

Il savait que c'était son moment. Le moment de lui montrer qu'il était près d'elle à 100 %. Le moment de la soutenir de quelque façon que ce soit, comme elle en avait besoin.

— Quoi qu'il y ait, nous pouvons l'affronter. Ensemble.

Ses yeux bleus s'emplirent de larmes, et le cœur d'Otto se glaça dans sa poitrine.

— Lily ?

— Je suis enceinte.

— Quoi ?

Il mit un moment à comprendre ce qu'elle disait. Ce n'était pas ce à quoi il s'attendait.

— Enceinte ?

Elle fit signe que oui. Il rit.

— Oh ! Dieu merci !

Elle fronça les sourcils.

— Tu n'es pas contrarié ?

— Non. Je suis soulagé. Tu paraissais terrifiée, et je m'attendais à de mauvaises nouvelles. Une menace mortelle. Une grossesse n'a rien de fatal.

— Peut-être pas. Mais elle a quelque chose de permanent.

— Que veux-tu dire ?

— Je garde le bébé.

— Bien sûr, que nous le gardons !

Il poussa un soupir de soulagement. Une grossesse inattendue n'était rien comparée à toutes les maladies qu'il avait imaginées pour Lily.

Elle fronça de nouveau les sourcils.

— Tu es sûr ? Tu disais que tu n'étais pas prêt à avoir des enfants.

— Je sais. Mais l'idée commençait à faire son chemin.

— Vraiment ?

Il sourit et s'assit sur le bord du lit.

— À passer ce dernier mois avec toi, et à te regarder agir avec ta nièce et ton neveu, j'ai commencé à voir les choses à travers tes yeux. À quoi notre vie ressemblerait. Chaotique, désorganisée, certes, mais aussi pleine de joie et d'amour. Je savais que je n'allais pas pouvoir tout contrôler, et c'est bon. Si j'ai bien appris ma leçon, je peux accepter que certaines choses échappent à mon contrôle. Comme l'amour que je te porte.

Il se pencha pour l'embrasser.

— Je n'ai pas besoin de tout contrôler. J'ai juste besoin de toi. Tout ce qui compte, c'est que tu ailles bien. Tout ce que j'ai pu penser, après avoir appris que tu t'étais évanouie, c'est que je ferais n'importe quoi pour toi, te donnerais n'importe quoi, à partir du moment où tu serais saine et sauve. Je ne pouvais pas envisager de te perdre, mais je pense que je peux envisager un bébé.

— Tu es sûr ? Tu ne vas pas te mettre en colère ? Me dire que c'est trop tôt ? Que nous avons des choses à régler ? Que tu as une carrière à consolider ?

— Lily, je veux des enfants avec toi, je veux une famille avec toi, et si c'est plus tôt que prévu peu importe. Je t'aime et je promets d'être là pour toi et nos enfants. À 100 %. Pardon de m'être comporté comme un crétin. Je m'inquiétais de choses qui n'avaient pas d'importance, qui pouvaient être réglées.

— De choses qui pouvaient être arrangées, dit Lily en souriant.

— Exactement.

Il lui rendit son sourire.

— Et c'est ma spécialité. Arranger n'est pas contrôler.

— Je suis désolée d'avoir douté de toi. D'avoir cru connaître d'avance ta réaction.

— Je ferais n'importe quoi pour toi. Je ne veux pas te perdre. Je ne l'ai jamais voulu. Je t'aime. Je t'ai toujours aimée et je t'aimerai toujours. Cela n'a jamais changé.

— Et si les choses vont de travers ?

— Nous devons croire que tout ira bien mais, si ce n'est pas le cas, j'espère que la thérapie conjugale nous aura appris quelque chose. Nous nous parlerons, nous nous soutiendrons. Nous le ferons ensemble. Aujourd'hui et chaque jour. Nous sommes une équipe, et ce bébé en sera le nouveau membre. Ce bébé est notre avenir.

Otto plaça une main sous le menton de Lily et releva son visage vers lui.

— Je veux que tu me regardes et que tu voies quelqu'un qui s'occupera de toi et de notre famille. Je veux que tu me regardes et que tu voies quelqu'un qui t'aime, aujourd'hui comme chaque jour qui suivra. Je veux que tu me regardes et que tu voies quelqu'un qui est prêt pour le prochain chapitre de notre vie ensemble. Notre vie comme une famille. À ce propos, il y a quelque chose dont je voulais discuter avec toi.

— Oui ?

— Je pense que nous devrions renouveler les vœux de notre mariage. Faire nos promesses devant nos amis et notre famille, au moment de commencer la prochaine phase de notre vie ensemble. Qu'en penses-tu ?

— Je pense que cela paraît parfait.

— Et je me suis dit aussi que nous pourrions inviter tes parents.

Il fit une pause, attendant de voir si Lily avait des objections. Mais comme elle restait silencieuse, il poursuivit :

— Cela pourrait être la chance que tu attendais, l'opportunité de bâtir une relation. Savoir que nous sommes sur le point de créer notre propre famille pourrait être le catalyseur nécessaire. Qu'en dis-tu ?

— Apparemment, tu veux encore arranger quelque chose, dit Lily en souriant.

— Seulement avec ta permission.

Elle hocha la tête.

— Je pense que c'est une bonne idée, déclara-t-elle en tendant les bras pour prendre son visage entre ses mains.

Elle l'attira à elle et l'embrassa.

— Je t'aime. Je le dirai à tous ceux qui voudront l'entendre, et je serais heureuse de t'épouser de nouveau.

Épilogue

— An Na Willow Carlson-Chen ! cria Mei à sa fille qui sautait dans la piscine, manquant de peu Niki en train de patauger avec le père de Lily.

Pete s'était bien rétabli après son anévrisme cérébral seize mois plus tôt. Il s'était beaucoup impliqué dans sa rééducation, travaillant dur pour recouvrer son équilibre et sa force, motivé par son désir de remonter sur une planche de surf.

Le clan Carlson au grand complet, y compris les parents de Lily, Pete et Goldie, s'était retrouvé dans la nouvelle maison de Poppy et de Ryder pour célébrer le baptême des enfants.

Lily, Mei et Jet les regardaient s'ébrouer dans la piscine, et Jet rit quand An Na refit surface en crachotant.

— Notre pauvre fille. Elle a été affublée d'un nom à n'en plus finir.

— C'est par amour, dit Mei.

On avait officiellement donné à An Na le prénom de sa tante Willow, ainsi qu'un nom de famille composé. Les Carlson s'étaient mis d'accord pour donner « Willow » comme second prénom à toutes les filles en souvenir de leur sœur, la jumelle de Daisy, qui leur avait été enlevée trop tôt. Ce jour-là, on célébrait le nom d'An Na, mais aussi le baptême du fils de Poppy et de Ryder, Teddy, âgé de cinq semaines, et celui de la fille d'Otto et de Lily, Posie Willow Sofia Rodgers, qui avait trois mois et portait les prénoms de sa tante et de sa grand-mère paternelle.

Lily regarda sa famille autour d'elle, frappée par tout ce qui avait changé en un an. Deux bébés, deux mariages – ceux de Jet et de Mei, et de Daisy et d'Ajay – et la maison que Poppy et Ryder avaient achetée. Lily savait combien cette stabilité était importante pour Poppy, et voir son frère et ses sœurs si heureux et si bien installés ne faisait qu'ajouter à son propre bonheur.

— Papa, papa, viens dans la piscine avec moi ! demanda An Na, et Jet accepta de bon gré.

Il avait un faible pour sa fille unique. Comme il disait, il était arrivé tard dans la vie d'An Na et devait rattraper le temps perdu.

— Êtes-vous prêts à avoir d'autres enfants ? demanda Lily à sa belle-sœur.

Elle écarta sa propre fille de son sein – elle la nourrissait – et guetta le petit rot satisfait.

— Pas tout de suite, répondit Mei. J'ai encore quelques années d'études de médecine à faire, tout en jonglant avec mon travail d'ambulancière. Je ne pense pas pouvoir assumer davantage. Je sais qu'il y aura un gros écart entre An Na et ses éventuels frères et sœurs, mais elle aura plein de cousins.

Lily trouvait incroyable de penser que dix-huit mois plus tôt la tribu Carlson ne comptait pas d'enfants, et que maintenant ils étaient quatre.

— Goldie ! lança Mei à sa belle-mère. Venez vous asseoir avec Lily. Je vais apporter à manger.

Lily porta les yeux vers l'endroit où Otto et Ryder s'occupaient du barbecue, pendant qu'Ajay et Goldie apportaient des assiettes de la cuisine sur la table de jardin. Poppy était rentrée changer Teddy, et Daisy préparait des salades. Tout le monde bougeait tout le temps, mais il y avait toujours quelqu'un à qui parler ou donner un coup de main.

Goldie s'assit sur la chaise laissée libre par Mei.

— Est-ce que je peux tenir Posie ? demanda-t-elle, et Lily fut heureuse de lui donner sa fille.

— Elle est si belle, dit Goldie.

Lily ne dit pas le contraire. Sa fille était divine. Blonde aux yeux bruns, comme elle se l'était imaginée.

— J'aimerais me rappeler ce que c'était que de te tenir dans mes bras quand tu étais bébé, mais je suis si heureuse de pouvoir cajoler mes petits-enfants, dit Goldie.

Cela avait pris un certain temps mais, grâce à Otto et à son penchant pour arranger les choses, Lily, son frère et ses sœurs réparaient peu à peu leur relation avec leurs parents. Otto avait donné le coup d'envoi quand il avait organisé un renouvellement de leurs vœux de mariage et invité Pete et Goldie. Il avait écouté Lily, qui regrettait de ne pas les avoir contactés la première fois, et cette invitation avait été le déclic qui les avait fait entrer dans la vie de leurs petits-enfants.

Pete et Goldie avaient été eux-mêmes de jeunes parents sans expérience et sans soutien familial. De leur propre aveu, ils ne savaient pas ce qu'ils faisaient, et Goldie, en particulier, avait trouvé le poids des responsabilités trop pesant. Maintenant, ils pouvaient profiter d'être des grands-parents, avec seulement de l'affection à donner. C'était parfait pour eux, et Lily prenait plaisir à apprendre à connaître ses parents sans rien attendre d'eux.

— Comment vas-tu ? demanda Goldie.

Lily savait que c'était une question lourde de sens, mais elle répondit simplement et honnêtement.

— Je vais bien. Je suis fatiguée, mais heureuse.

— Otto m'a dit que tu commençais à penser à reprendre le travail ? Cela paraît tôt.

— Je ne le reprendrai pas avant quelques mois, mais je dois commencer à penser au moyen de faire garder Posie.

— Quels sont tes plans, pour ça ?

Lily savait que sa mère n'offrirait pas son aide. Pete et Goldie vivaient à Byron Bay, à huit heures de route au nord de Sydney. Ils pouvaient venir en visite pour des occasions spéciales, mais ils n'étaient pas disponibles pour faire régulièrement du baby-sitting, et les quatre Carlson l'acceptaient très bien. D'ailleurs, ils n'étaient pas sûrs d'être prêts à confier des tâches importantes à leurs parents ; ils n'avaient pas été exactement des parents modèles pour élever leur propre famille.

— Poppy, Daisy et moi songeons à partager une nounou pour Posie, Teddy et Niki, répondit Lily, mais je ne suis pas sûre d'avoir convaincu Mme Singh de lâcher Niki. Pour le reste, nous nous arrangerons ensemble en fonction de nos emplois du temps.

— Vous avez beaucoup de chance de pouvoir vous soutenir les

uns les autres. Si je n'avais pas eu le soutien de la communauté, je ne sais pas comment j'aurais fait.

Jusqu'à récemment, Lily n'avait pas jugé que ses parents s'en étaient bien sortis du tout, mais elle ne connaissait pas toute l'histoire. Goldie s'était enfuie de chez elle, était tombée amoureuse de Pete et avait eu Lily à dix-huit ans. Elle était ensuite rapidement de nouveau tombée enceinte. Elle avait souffert d'une dépression post-partum qui n'avait pas été diagnostiquée après la naissance de Lily, puis avait fait une autre dépression après la mort de Willow. L'histoire de Goldie ne suffisait pas à expliquer pourquoi elle avait toujours semblé si déconnectée de la vie de ses enfants, mais le pardon était une chose qui se pratiquait en continu. Lily y arrivait plus vite que Poppy et Daisy, mais elle était consciente que chacun devait procéder à sa façon. Peut-être que tous les ponts ne pouvaient pas être réparés.

Lily savait que c'était l'épisode dépressif de Goldie qui la faisait vérifier si sa fille se portait bien. Elle savait également qu'Otto l'observait avec attention pour détecter tout signe de dépression post-partum, mais elle avait la certitude qu'elle allait bien. Avec le recul, elle réalisait qu'elle avait souffert de dépression après l'agression qui lui avait fait perdre son premier enfant, mais avoir Posie avait été la meilleure des choses pour elle. Elle n'avait pas oublié sa première fille, mais Posie et l'amour d'Otto l'avaient reconstruite.

— Maman, pourrais-tu faire ta sauce salade ? demanda Daisy en s'approchant, et en tendant les bras pour prendre le bébé.

Goldie se leva et lui donna Posie, ce qui fit sourire Lily. C'était une chance que sa fille soit un bébé placide, qui ne voyait pas d'inconvénient à changer de mains.

Tenir un bébé te va bien, dit-elle dans la langue des signes tandis que Daisy prenait le siège vide.

Sa plus jeune sœur avait toujours eu une âme de madone.

Est-ce qu'Ajay et toi parlez déjà de bébés ?

— Ajay aimerait avoir d'autres enfants, et j'en serais heureuse, mais si cela doit arriver cela arrivera, et sinon j'ai déjà tout ce que je voulais, répondit Daisy en haussant une épaule. J'ai trouvé l'homme de ma vie, et il est arrivé avec un bonus sous la forme de Niki. Je n'ai besoin de rien de plus.

— Le déjeuner est prêt, annonça Otto en les rejoignant. Veux-tu que j'aille coucher Posie pour la sieste ?

— Merci, répondit Lily avec reconnaissance.

Tenir sa fille ne l'ennuyait jamais, mais même elle pouvait admettre qu'il était plus facile de manger sans avoir un bébé dans les bras.

Otto souleva Posie des genoux de Daisy et la cala contre son épaule. Lily ne se lassait jamais de le regarder avec leur fille. Posie adorait son père, et il l'adorait. Comme Daisy, elle avait tout ce qu'elle avait toujours désiré, même si elle serait heureuse d'avoir un autre enfant. Mais elle avait le temps, Otto n'allait nulle part et elle non plus.

Il s'avérait que Daisy avait raison, pensa-t-elle en se levant pour embrasser d'abord la joue de Posie, puis celle d'Otto.

Il n'y avait qu'un seul homme pour elle.

Vous avez aimé *Le chirurgien de Bondi Beach* ?
Retrouvez en numérique tous les héros de Bondi Beach !

1. *Le sauveteur de Bondi Beach*
2. *L'enfant d'une secouriste*
3. *Une maman pour son fils*
4. *Le chirurgien de Bondi Beach*

JULIETTE HYLAND

La tendre escale d'un prince

Traduction française de
MARIE-JOSÉ LAMORLETTE

BLANCHE

HARLEQUIN

Titre original :
THE PRINCE'S ONE-NIGHT BABY

1.

Le Dr Kostas Drakos se glissa dans son siège de première classe et mit immédiatement ses écouteurs. La première partie de son voyage de l'État de Washington à son île natale de Palaio durerait près de six heures, et il n'avait aucune envie de la passer à parler à une inconnue. Il avait presque vingt-quatre heures de vol pour rentrer chez lui. Vingt-quatre heures avant que le Dr Kostas Drakos, obstétricien, ne redevienne un prince. Une journée avant que l'homme qu'il était devenu au cours des douze dernières années ne se retrouve en permanence sous les feux des projecteurs comme membre de la famille royale.

Il sortit son téléphone et relut le mail de son frère. Ioannis lui avait demandé de revenir suite au départ à la retraite du premier obstétricien de la capitale. Un autre que lui aurait peut-être pu refuser, mais Ioannis ne « demandait » pas vraiment. C'était moins la question d'un frère qu'un ordre royal.

Quand Ioannis était monté sur le trône l'année précédente, Kostas n'était revenu sur l'île que le temps de remplir ses devoirs officiels. Le fils de son frère avait déjà trois ans, et il était actuellement en deuxième ligne pour la succession. La délicieuse épouse d'Ioannis, la reine Eleni, était de nouveau enceinte, et il suspectait qu'il perdrait encore quelques places étant donné l'amour qui existait entre eux. Un amour qui s'affichait devant tout le pays chaque fois qu'ils étaient ensemble.

Et c'était très bien pour Kostas.

Toutefois, son éloignement de la Couronne ne le dispensait pas de certaines obligations, comme la requête d'Ioannis le lui avait gentiment rappelé. Faisant rouler ses épaules, il s'efforça de se mettre à l'aise – même s'il doutait d'y parvenir malgré le confort de la première classe. Il retournait à Palaio, retournait au palais… et aux journalistes omniprésents.

Qu'il ne doive jamais régner n'avait pas empêché la presse de l'île de spéculer sur ses perspectives de trouver une princesse. Durant toute son absence, il y avait eu des gros titres sur le prince prodigue, posant la question de savoir s'il rentrerait finalement sur l'île afin de se choisir une épouse. Seul le couronnement de son frère avait chassé un moment son nom de la première page.

Ioannis était l'enfant doré de Palaio, mis sur un piédestal dès sa naissance. Kostas était moins respecté.

Eleni avait offert de lui présenter une de ses amies pour qu'il n'assiste pas seul au couronnement. Elle lui avait dit que la jeune femme était aimable et comprenait qu'il ne devait pas rester. Inutile de s'inquiéter d'une relation à long terme.

Cette attention avait été gentille, mais il n'existait pas de relation anodine avec un membre de la famille royale. La vie royale avait anéanti sa mère et brisé la seule jeune fille à laquelle il avait été attaché durant son adolescence. Toutes deux avaient quitté l'île à la suite des titres à sensation – mensongers – de la presse.

Kostas avait été élevé en sachant que son existence serait publique, mais Maria avait simplement commis l'erreur de penser qu'un jeune prince était mignon. Et cela avait presque détruit sa vie. La presse avait fait courir le bruit qu'elle avait été enceinte et avait perdu son enfant. Une rumeur infâme lancée par une connaissance jalouse, sur laquelle les médias s'étaient jetés.

Kostas n'avait aucune intention de placer de nouveau une autre personne dans cette situation.

Lorsqu'il était à Palaio, il était le prince Kostas. Le fils rebelle, qui en réalité avait juste voulu être un jeune homme ordinaire. Mais on lui avait tendu des micros, et il avait dit des choses très sèches au sujet de son père, de son désir de quitter l'île, sur le fait qu'il détestait être membre de la famille royale. Cela avait fait les gros titres sur l'île d'ordinaire tranquille, et il avait compris que sa vie ne lui appartenait pas vraiment. Il n'hériterait jamais du trône, mais il serait toujours prince, ce qui signifiait que, s'il tombait amoureux, l'élue serait enfermée comme lui dans une cage dorée.

Il resterait à la clinique un certain temps, trouverait un nouvel obstétricien et retournerait à Seattle. Il ne lui faudrait qu'un an sur l'île, pas plus.

Une main toucha son épaule, et il sursauta, ses écouteurs glissant de ses oreilles. Levant les yeux, il vit qu'une très belle fille aux cheveux sombres le fixait. Son regard noisette capturait le sien.

— Puis-je vous aider ?

La jeune femme était superbe, mais sa présence semblait déplacée en première classe. Son sac à dos rapiécé, son jean et son sweat-shirt trop grand ne correspondaient pas au standing habituel dans cette partie de l'avion.

Ai-je été reconnu ? se demanda Kostas.

La royauté britannique fascinait les Américains, mais ils identifiaient rarement des membres de familles royales d'autres pays. Cependant, quelqu'un le reconnaissait parfois et quelques femmes avaient stupidement espéré que cette rencontre conduise à une fin de conte de fées.

Mais la vraie vie royale n'avait rien d'une série télévisée. Les fins heureuses étaient pour d'autres personnes.

— Hum…

Elle regarda son billet puis les numéros des sièges, et ramena les yeux sur Kostas, ses joues rosissant tandis qu'elle se mordait la lèvre.

— Je crois que vous êtes à ma place.

— Quoi ?

Il porta une main à sa poche arrière et vit l'hôtesse de l'air se diriger vers lui.

— J'ai la 2F, ou en tout cas je le pense.

La jeune femme se mordit de nouveau la lèvre et tourna vivement son regard vers l'hôtesse.

Il put voir l'appréhension qui l'habitait. *Super, une passagère nerveuse,* se dit-il. Il fallait espérer qu'elle se comporterait bien durant leur long vol. Il n'avait pas vraiment envie de répondre aux questions et aux inquiétudes de quelqu'un qui volait rarement.

C'était égoïste, il le savait, mais il essayait de se préparer à sa descente d'avion à Palaio.

— Y a-t-il un problème ?

L'hôtesse sourit à Kostas tout en regardant la jeune femme debout dans l'allée, et n'essaya pas de cacher le jugement qu'elle portait sur elle. Visiblement, elle pensait comme Kostas que cette personne n'était pas à sa place.

Et tous deux la jaugeaient.

Il se rabroua mentalement. Il n'était pas encore à Palaio. Il n'avait aucune raison d'avoir des soupçons.

Il regarda son billet et se rabroua encore plus vivement. Il occupait bien le siège de sa voisine.

— Non, il n'y a pas de problème, répondit-il. J'ai la 2D, pas la 2F.

Lorsqu'il commença à se lever, la jeune femme tendit la main.

— Vous pouvez rester là. À moins que vous ne vouliez changer ?

— Puis-je voir votre billet, madame ? demanda l'hôtesse.

Elle lui jeta un bref coup d'œil et hocha la tête.

— Vous êtes en stand-by ?

— Oui, répondit la jeune femme d'un ton un peu trop guilleret, rappelant à Kostas ses infirmières lorsqu'elles essayaient de mettre leurs patientes à l'aise. Mon vol a été annulé à cause de la météo, et on m'a dit que je pouvais me rendre à New York demain ou essayer d'embarquer ce soir en stand-by…

Elle s'interrompit et se glissa dans le siège tandis que l'hôtesse s'éloignait pour continuer à préparer le décollage.

Kostas hocha la tête et remit ses écouteurs.

— Tu aurais dû mettre autre chose que ce vieux sweat-shirt et ce jean confortable, Calla. Au moins, tu aurais peut-être paru à ta place en première classe.

Les mots chuchotés n'étaient pas destinés à Kostas. Sa voisine avait sans doute supposé qu'il écoutait de la musique ou autre chose. Mais il avait causé l'incident qui l'avait mise si mal à l'aise, se dit-il. Il devait réagir.

Enlevant ses écouteurs, il se tourna. Les sièges de première classe étaient plus spacieux que ceux de la classe affaires ou économique, mais il était encore trop proche à son goût de la jeune femme assise à côté de lui. Elle avait les yeux fermés, et quelques larmes coulaient de sous ses lunettes et sur ses joues. Elle avait des taches de rousseur sur le nez.

— Je suis désolé, dit-il doucement, car il savait qu'elle était déstabilisée. Je rentre chez moi pour répondre aux attentes de ma famille… et je suis un peu tendu à l'idée d'être de nouveau la cible des regards. J'ai reporté cette contrariété sur vous, ce qui est injuste. Il n'y a rien de gênant dans votre apparence.

Elle passa une main sur sa joue et lui sourit.

— Vous rentrez chez vous, et je pars de chez moi.

Elle prit une grande inspiration.

— C'est la raison pour laquelle je pleure. Ce n'est pas parce que l'hôtesse ou vous avez pensé que je n'étais pas à ma place en première. Ce n'est pas la première fois que l'on me juge, loin de là.

Il y avait une histoire, là derrière, mais pas une histoire que devaient partager deux parfaits étrangers.

— Mais merci de vous être excusé.

Elle lui sourit de nouveau, puis tourna la tête vers l'hôtesse qui commençait à donner les instructions de sécurité.

Sa voisine ne s'attendait visiblement pas à continuer la conversation, ce qui n'était pas surprenant étant donné sa grossièreté du début et ses écouteurs. Il détestait voyager à côté de quelqu'un de bavard. Toutefois, il avait envie d'en savoir plus sur la femme qui était installée à côté de lui.

C'était peut-être à cause de ce qu'elle avait dit à propos d'être jugée ; il comprenait cela mieux que personne. Et il était poussé par un besoin qu'il ne pouvait expliquer.

— Je m'appelle Kostas. Serez-vous longtemps loin de chez vous ?

Ses yeux noisette l'étudièrent, et elle parut soupeser sa réponse.

— Calla Lewis, dit-elle en soupirant, et elle haussa les épaules tandis qu'elle ramenait ses jambes sous elle.

Il se sentit un peu jaloux de la voir s'ajuster si aisément au siège inconfortable. Avec son mètre quatre-vingt-dix, il avait du mal à caser ses jambes, même en première.

— J'ai accepté une mission d'un an. Je vais remplacer une femme en congé maternité, dit-elle avec une moue. Enfin, j'espère que je rentrerai après ça.

Elle souffla et repoussa une mèche de cheveux qui s'était échappée de son chignon en désordre.

— Mais la vie a le don de changer les plans les mieux élaborés. D'après mon expérience, en tout cas.

— C'est la mienne aussi.

Kostas rit. Calla eut un petit rire doux.

— Les plans les mieux élaborés ne tiennent pas face au chaos de la vie.

L'avion commença à avancer, et elle se pencha un peu plus près.

— Cela vous ennuie si je regarde par le hublot ? Je n'ai jamais quitté Seattle.

— Allez-y, bien sûr.

Il souhaita qu'ils puissent échanger leurs places, mais ils ne pouvaient le faire alors que l'appareil décollait.

Elle s'inclina devant lui, et un flot d'énergie sembla passer sur sa peau tandis que son parfum léger lui montait aux narines. Il prit une grande inspiration, essayant de contrôler cette réaction inhabituelle. Il ne réagissait pas ainsi… en particulier vis-à-vis d'étrangers.

— Impossible de faire ceci sans envahir votre espace personnel.

Calla sourit en lui lançant un coup d'œil, mais il pouvait voir les larmes qu'elle retenait.

Contrairement à elle, il était déjà parti de chez lui. Il avait fui, pour être plus exact. Il se rappelait le mélange d'excitation, d'appréhension et de mal du pays qui avait accompagné ce premier vol.

— Qu'est-ce que vous préférez à Seattle ? demanda-t-il.

— La pluie.

Elle mit sa main sur sa bouche tandis que les lumières de la ville se faisaient plus petites. Puis le paysage tout entier disparut sous les nuages.

Elle s'appuya de nouveau à son siège, tout en gardant son corps tourné vers lui.

— J'adore la pluie. Je connais des gens venus d'ailleurs qui se plaignent qu'il pleut tout le temps, mais ce n'est pas vrai.

— Cela arrive assez souvent pour avoir l'impression qu'il pleut sans arrêt, déclara Kostas avec un grand sourire.

— Statistiquement, nous avons moins de pluie que beaucoup d'autres États. Mais il pleut plus souvent qu'ailleurs.

Il rit et se pencha un peu plus près. Parler de la pluie ne devrait pas être revigorant, mais il prenait plaisir à voir la flamme qui brillait dans les yeux de Calla.

— C'est quelque chose dont seul quelqu'un né à Seattle se vanterait. Il y a de la mousse qui pousse sur les immeubles.

Elle ouvrit la bouche mais, au lieu de défendre sa ville natale, elle fit claquer sa langue et désigna Kostas du doigt.

— Je suppose que vous vous rendez dans un endroit chaud et ensoleillé.

— Plus chaud et plus ensoleillé que Seattle, ce qui n'est pas difficile.

Il fit un clin d'œil, sans répondre directement à la question. Il adorait l'île de Palaio, mais il ne voulait pas en parler. Il n'avait pas envie de penser aux responsabilités qui l'attendaient.

— Est-ce que vous vous arrêtez à New York ? demanda-t-il.

Elle secoua la tête et bâilla.

— Non. Mais j'aimerais bien. C'est la première escale sur mes quatre changements. De New York à Londres, puis dans des aéroports de plus en plus petits.

— Moi, je vais de New York à Paris. Ensuite, j'ai un minuscule aéroport et un bateau.

— L'aventure !

Calla sourit, mais il pouvait voir l'inquiétude dans ses yeux tandis qu'elle regardait vers le hublot. Seattle était loin derrière eux ; avec la vitesse de l'avion, ils devaient avoir couvert les deux tiers de l'État, maintenant.

L'appareil fut secoué, et elle lui attrapa la main. Ses joues se colorèrent, et elle le lâcha immédiatement.

— Oh ! mon Dieu. Pardon. Je… je ne suis manifestement jamais montée dans un avion.

Les doigts de Kostas brûlaient de reprendre sa main. De la toucher. C'était une pensée dangereuse. Il ne connaissait pas Calla, et leurs chemins ne faisaient que se croiser durant ce vol, mais une partie de lui avait envie de la connaître. De tenir sa main. C'était une sensation inconfortable, mais il ne souhaitait pas l'écarter.

— Ça ne fait rien.

Il posa sa main sur l'accoudoir qu'ils partageaient et fit un clin d'œil.

— Elle est là pour le cas où vous en auriez besoin. Mais j'espère que l'avion ne traversera pas de vraies turbulences.

— Vous avez déjà vécu ça ?

Elle plissa le nez et se frappa le front de sa paume.

— Ce n'est pas une question qu'une passagère nerveuse devrait poser à son voisin. D'autant plus qu'il n'y a aucune chance que nous soyons sur le même vol une fois que nous aurons atteint notre destination.

Elle fit la moue et remua dans son fauteuil.

— Mais même si nous étions dans le même avion, nous ne serions pas assis à côté, car je serai en classe économique pour le reste du trajet. Néanmoins, cela est agréable !

C'était agréable, en effet. Il savait qu'elle voulait parler de la place qu'ils avaient et du service rapide. Mais lui qui avait parcouru le monde en avion depuis qu'il était petit garçon, il n'avait jamais vécu une expérience aussi amusante. Elle bâilla de nouveau, et il sut que leur conversation se terminait.

C'était le problème avec les vols de nuit. Celui-ci était censé s'arrêter à New York à 4 heures du matin. Son avion pour Paris décollerait à 6 heures, et il ne reverrait jamais la femme assise à côté de lui.

Une pointe de tristesse l'envahit tandis qu'elle couvrait sa bouche pour son troisième bâillement en moins de cinq minutes. Il leva une main pour éteindre les petites lampes au-dessus d'eux.

— Vous devriez vous reposer. Vous serez épuisée par le

voyage, mais dormir maintenant facilitera la transition. Vous pouvez me croire.

— Eh bien, vous semblez être un expert en voyages. Merci de me faire me sentir mieux, Kostas. L'année qui vient de passer…

Elle s'interrompit en regardant le hublot, puis laissa ses yeux revenir à lui dans la pénombre de la cabine.

— Elle a été difficile. Quoi qu'il en soit, merci encore.

— Je suis à votre disposition, quand vous voudrez.

C'était une phrase que tant de gens prononçaient sans y penser. Une formule qui en vérité ne voulait rien dire. Mais pour la première fois depuis toujours, Kostas souhaita qu'elle signifie vraiment que Calla puisse faire appel à lui n'importe quand. Qu'ils avaient un lien.

Manifestement, ses nerfs étaient plus à vif qu'il ne voulait le reconnaître à l'idée de rentrer chez lui. Mais au moins, sa voisine lui avait procuré quelques minutes de répit.

La sage-femme Calla Lewis était fatiguée, mais elle ne pensait pas pouvoir dormir. L'épuisement qui habitait son corps refusait de prendre le dessus sur les vagabondages de son esprit. Elle en était au premier tronçon de son voyage de plus de vingt-quatre heures vers la petite île au large de la Grèce.

Lorsqu'elle s'était entretenue pour la première fois avec le recruteur du programme d'infirmières itinérantes, un programme international, elle ne s'était pas vraiment attendue à ce que cela la mène quelque part. C'était juste l'une des nombreuses options qu'elle avait explorées afin de rembourser sa dette le plus vite possible. Mais le recruteur lui avait appris qu'il y avait une opportunité sur la petite île indépendante de Palaio ; une de leurs sages-femmes prenait un congé maternité d'un an. C'était un poste qui s'accompagnait d'un appartement meublé et d'un excellent salaire, pour compenser la pénurie internationale d'infirmières.

Elle avait été avertie que la clinique opérait certains changements. Le médecin principal se retirait après avoir travaillé près de soixante ans, et il n'y avait que deux autres sages-femmes ainsi qu'un gynécologue-obstétricien en mission temporaire.

La communauté qui vivait sur l'île était petite, mais les femmes avaient droit à des conditions de sécurité optimales pour accoucher. Et le roi de Palaio était déterminé à recruter les meilleurs éléments pour ses sujets, en sachant que l'infirmière que Calla remplacerait comptait revenir après son congé. C'était une mission d'un an, avec la possibilité de rester si la clinique en avait besoin. Mais une année était tout ce qu'il lui fallait pour retomber sur ses pieds.

Calla avait encore du mal à concevoir que le roi de Palaio accorde autant d'intérêt à cette maternité. Il n'avait pas pu assister à l'entretien d'embauche qu'elle avait passé, en compagnie du représentant de l'agence, mais il avait fait parvenir ses excuses. C'était un peu intimidant.

Mais cela n'avait pas d'importance. Elle devait à Liam près de quarante mille dollars.

Liam.

Dans un autre monde, elle serait censée ce jour-là profiter de sa lune de miel en Jamaïque. Elle se pinça les paupières, comme si en fermant les yeux plus fortement les souvenirs s'éloigneraient. Son pouce alla à son annulaire gauche, qui ne portait plus de bague.

La bague n'était plus là depuis près d'un an. Au début, Calla n'avait pu croire qu'après cinq ans passés ensemble, des années à projeter une vie, à se soutenir l'un l'autre – et, pour elle, à faire tout ce que Liam lui demandait pour impressionner ses parents impossibles – il ait pu faire passer l'argent de sa famille avant elle. Puis exiger qu'elle lui rembourse le « prêt » qu'il lui avait offert pour ses études de sage-femme.

Elle n'avait pas demandé à Liam de racheter son prêt étudiant. Il l'avait fait parce que ses parents pensaient déjà qu'elle n'était pas assez bien pour leur fils. Il lui avait fallu trois mois après la rupture de ses fiançailles pour réaliser que Liam ne l'avait jamais jugée assez bien pour lui, non plus.

C'était cuisant. Pas que son ex soit un goujat, mais qu'elle l'ait laissé la contrôler. Qu'elle ait fait de son mieux pour se couler dans le moule qu'il désirait. Qu'elle ait teint ses cheveux lorsqu'il avait dit qu'il préférait les blondes, qu'elle se soit habillée comme ses parents et lui aimaient. La seule chose qu'elle n'avait pas faite avait été de renoncer à sa carrière.

Et c'était ce qui avait causé la rupture. Très bien, mais que Liam réclame le remboursement de ce qu'il avait appelé un cadeau était la raison pour laquelle elle était dans cet avion. La raison pour laquelle elle partait à des milliers de kilomètres du seul endroit qu'elle avait jamais connu.

Le salaire incluait logement et pension. Avec un peu de chance et de parcimonie, elle le rembourserait et remettrait sa vie sur ses rails d'ici la fin du contrat.

L'avion fut de nouveau secoué, et Calla faillit saisir la main de Kostas. Elle en avait envie, terriblement. Il le lui avait offert, et elle avait jugé cette offre sincère, mais après tout il lui avait fallu plus de cinq ans pour réaliser qui était Liam. Elle n'était pas sûre de pouvoir encore se fier à son instinct pour ce qui était des hommes.

Par chance, les soubresauts s'arrêtèrent au bout de quelques secondes. C'étaient juste des secousses normales qui devaient accompagner tout voyage aérien, supposa-t-elle. Le temps qu'elle atterrisse à Palaio, elle se sentirait peut-être dans la peau d'un vétéran des voyages. Mais elle en doutait.

Elle bâilla une fois de plus et remua dans son siège. Son épaule toucha celle de Kostas, et son corps s'échauffa à ce contact. C'était ce qui lui manquait le plus, dans le fait qu'elle n'avait plus de relation avec un homme : les contacts physiques. Se tenir par la main, s'étreindre après une rude journée, se donner un coup de hanche en plaisantant, s'endormir sur l'épaule de quelqu'un. Cela faisait un an qu'elle ne partageait plus ces plaisirs simples. Une année de solitude.

Néanmoins, elle préférait rester seule que de se plier au contrôle qu'elle avait laissé Liam exercer sur elle. Jusqu'à la fin de sa vie, s'il le fallait. Qui elle était lui plaisait, et elle ne changerait plus jamais pour quelqu'un d'autre.

Elle bâilla pour la centième fois depuis qu'elle était montée dans l'avion, au moins, mais son cerveau lâcha enfin prise. Elle soupira tandis que son corps, lentement, perdait son combat contre la fatigue.

Calla n'eut pas l'impression d'avoir dormi longtemps quand l'oreiller sous sa tête bougea et quand ses lunettes de travers lui entrèrent dans la joue. Il lui fallut un moment pour réaliser qu'elle n'avait pas d'oreiller, et elle se sentit mortifiée lorsque Kostas remua à côté d'elle.

Bonté divine. Elle s'était endormie sur son épaule. Et cet homme était superbe. Grand, avec des cheveux sombres et bouclés un peu longs et une barbe d'un jour. Il portait un pantalon droit et une chemise ample qui venaient visiblement des meilleurs stylistes. Il avait tout d'un mannequin, comparé à sa tenue de voyage négligée. Et elle s'était endormie sur lui !

— Je suis désolé de vous réveiller, mais on demande un docteur.

La voix de Kostas était chaude. Il appuya sur le bouton pour appeler l'hôtesse.

— Non, c'est moi qui suis désolée. Je ne voulais pas…

Calla s'interrompit quand l'hôtesse s'approcha d'eux.

— Êtes-vous médecin ?

— Je suis obstétricien.

Cette réponse acheva de dissiper le brouillard ensommeillé qui occupait l'esprit de Calla. Elle écouta la conversation.

— Oh ! le ciel soit loué. Nous avons en économique une passagère qui pense être en travail.

Calla défit sa ceinture de sécurité en déclarant :

— Je suis infirmière praticienne et sage-femme.

L'hôtesse se détendit visiblement. Avoir un médecin à bord était une chance, mais avoir exactement les professionnels voulus était un miracle.

Kostas hocha la tête.

— Vous êtes parfaite.

Parfaite. Calla s'efforça de ne pas tiquer à ce terme. La perfection était ce que Liam exigeait, et elle n'avait jamais réussi à l'atteindre.

— Pas vraiment, répondit-elle. Voulez-vous que je me lave

la première pendant que vous examinez la patiente, ou préférez-vous le faire en premier ?

Un avion n'était pas le meilleur endroit pour se stériliser les mains. En outre, à défaut d'un hôpital, elle aurait préféré une dizaine d'autres lieux pour mettre un bébé au monde plutôt qu'un avion qui volait à des milliers de kilomètres de la terre. Mais on travaillait avec ce que l'on avait.

— Je vais examiner la patiente, dit Kostas. Il faut espérer que ce sont de fausses contractions, de type Braxton-Hicks.

Calla hocha la tête en se dirigeant vers les toilettes. Elle le souhaitait aussi mais, si ça ne l'était pas, ils devaient être préparés.

L'hôtesse la suivit, et elle se tourna pour lui demander :

— Avez-vous des gants qui ne soient pas en latex, si nous devons ausculter la mère ?

Moins de 1 % des gens étaient allergiques au latex, mais elle ne voulait pas prendre de risque supplémentaire.

— Oui, je vais les chercher.

Calla se lava aussi vite que possible dans le minuscule compartiment. Puis elle enfila les gants, et alla rejoindre Kostas et la patiente.

Entrer en classe économique était comme pénétrer dans un autre monde. Tout l'arrière de l'avion était éveillé, et elle put voir quelques téléphones brandis. Nul doute que ceci serait sur les réseaux sociaux dès qu'ils atterriraient. Et peut-être avant.

Elle se dirigea vers la femme assise à l'avant et remarqua la petite flaque sous son siège. *Du liquide amniotique ?*

Elle regarda Kostas et le vit hocher la tête.

— Becky, je vous présente la sage-femme Calla.

Puis il se tourna vers l'hôtesse.

— Si nous allions en première ? Il y aurait plus de place… et plus d'intimité, dit-il en indiquant les téléphones prêts à prendre des photos.

— Bien sûr.

Kostas sourit à la parturiente.

— Calla va aller avec vous en première et vous examiner pendant que je me lave. Calla, voici Becky. Elle est enceinte de trente-trois semaines de sa deuxième fille. Les contractions sont régulières et espacées de six minutes.

Ainsi, ils allaient faire un accouchement dans les airs ! C'était encore plus l'aventure qu'elle ne l'avait pensé.

— Mon obstétricien m'a donné l'autorisation de voyager, dit Becky, dont la lèvre inférieure tremblait.

Kostas l'accompagna et la fit s'allonger sur une couverture étalée sur le sol.

— J'en suis sûr. Vous n'avez rien fait de mal, Becky. Rien du tout.

Il fallait qu'elle comprenne qu'un accouchement prématuré n'était pas une punition. Cela arrivait, voilà tout. La bonne nouvelle, c'était qu'à trente-trois semaines sa fille aurait une excellente chance de raconter cette histoire à ses amis, plus tard.

— Je suis enchantée de vous rencontrer, Becky, dit Calla. Je vais vous examiner, afin de savoir où vous en êtes.

Elle garda un ton égal pour rassurer sa patiente terrifiée par cette situation hautement improbable. Puis elle regarda les hôtesses et les stewards tendre des couvertures pour procurer une certaine intimité à Becky, même si les quatre autres passagers avaient l'amabilité de se concentrer sur leurs téléphones.

Calla sourit en commençant son examen, mais elle ne put s'empêcher de changer de mine lorsqu'elle sentit le cordon ombilical dans le canal vaginal. *Prolapsus.*

— Qu'y a-t-il ? demanda Becky, très blanche. Et ne me dites pas que ce n'est rien, je ne le croirai pas.

— Vous avez raison, répondit Calla en soulevant doucement le cordon pour soulager le bébé. Le cordon ombilical est descendu, ce qui signifie…

— Je le sais. Et nous sommes dans un avion. Oh ! mon Dieu.

— Je sais que cela est difficile et effrayant, mais je veux que vous respiriez profondément avec moi.

Becky obéit et l'imita.

— Maintenant, je vais ôter ma main. Il faut que vous vous mettiez à quatre pattes, la tête posée sur le sol.

— La position du petit chien, dit Becky en ravalant un sanglot. Je suis professeure de yoga. Et maintenant ?

— Je vais tenir le cordon relevé jusqu'à ce que vous soyez dans un hôpital.

Avant que Calla puisse prévenir les hôtesses et stewards de la situation, Kostas jeta un œil par-dessus les couvertures. Quand il vit la position de Becky, ses épaules se raidirent. Puis il regarda calmement les employés de la ligne aérienne.

— Nous devons atterrir. Aussi vite que possible, avec une ambulance qui nous attendra pour nous emmener dans un hôpital où l'on pourra pratiquer une césarienne. Prévenez tout de suite le pilote. C'est une urgence médicale.

Becky lâcha un nouveau sanglot, et Kostas se pencha vers elle.

— Je suis désolé, Becky. Mais nous allons vous fournir la meilleure aide dès que possible. Jusque-là, essayez de ne pas pousser. C'est compris ?

— Oui.

Kostas se tourna vers Calla.

— Ils vont effectuer un atterrissage d'urgence. La descente sera rapide. Normalement, les passagers doivent être assis.

— Ce n'est pas possible.

Elle cala ses jambes contre les sièges de chaque côté d'elle. Elle sentait le bébé bouger contre sa main. Pour le moment, la petite fille allait encore bien. Mais si elle changeait de position ou si Becky s'asseyait, la pression du cordon pourrait tuer l'enfant.

— Je sais, dit Kostas, l'air aussi déterminé qu'elle.

Calla s'adressa à Becky.

— Acceptez-vous de rester allongée par terre ? Mes pieds sont calés contre les sièges pour nous empêcher de glisser.

— N'importe quoi pour ma fille.

Calla hocha la tête et regarda Kostas.

— Il faut que vous vous asseyiez et mettiez votre ceinture. Si quoi que ce soit arrive, l'un de nous devra prendre soin de Becky et du bébé.

Il regarda le siège vide, celui où elle s'était endormie sur son épaule. La place qui était en réalité la sienne. Il boucla sa ceinture juste comme l'annonce était faite.

— Mesdames et messieurs. Comme beaucoup d'entre vous le savent, nous avons une urgence médicale à bord. Nous allons atterrir à Dayton, Ohio, dans dix minutes.

Les hôtesses et stewards qui tenaient les couvertures les tendirent aux autres passagers. Puis ils commencèrent à donner des ordres.

L'avion s'inclina, et Calla se prépara pour la descente. Ces dix minutes allaient être les plus longues de sa carrière.

— Calla.

La voix de Kostas était ferme quand elle croisa son regard sombre.

— Vous avez la situation en main.

Elle hocha la tête. Et espéra qu'il comprenait combien elle appréciait la foi qu'il plaçait en elle.

Ils se connaissaient à peine. Leur lien était provisoire – même s'ils étaient unis maintenant par cette urgence médicale. Quand l'avion atterrirait, elle se rendrait à l'hôpital avec Becky et il continuerait son voyage vers Paris.

Même s'il voulait s'occuper de Becky, comme il exerçait dans l'État de Washington, il n'en avait pas le droit. Calla regrettait de savoir que le bel inconnu qui l'avait laissée dormir sur son épaule, qui lui avait offert une relation sincère – contrairement à Liam – allait disparaître de sa vie. Cette rencontre avait été un baume sur son âme.

Dès que les roues de l'avion touchèrent le sol, elle lâcha un « hourra » discret. La pire partie était presque terminée.

Kostas défit sa ceinture et se baissa au niveau de Becky.

— Comment allez-vous ?

— Je suis… toujours là.

Il regarda Calla, un sourcil levé.

— Et vous ?

Elle lui dédia un sourire qu'elle espéra rassurant.

— Toujours là aussi.

Il se leva et regarda par le hublot.

— Je vois l'ambulance.

La porte principale de la cabine s'ouvrit, et il se pencha pour la dernière fois. Elle le scruta, souhaitant désespérément se rappeler ses beaux traits quand elle raconterait cette histoire plus tard. L'histoire du superbe et gentil médecin qui l'avait assistée lors de l'accouchement le plus éprouvant de sa carrière. Ses yeux sombres brillaient, et il avait quelques taches de son sur le nez. Elle devrait se contenter de ça.

— Bonne chance, Becky, dit-il.

— Merci.

— C'était un plaisir de vous rencontrer, Kostas.

Calla espéra que ces quelques mots contenaient toutes les émotions qu'elle éprouvait.

— J'ai été heureux de vous connaître aussi, Calla. Bonne chance dans votre mission.

— Bonne chance chez vous. J'espère que ce ne sera pas aussi stressant que vous le craignez.

Elle lui sourit tandis que les urgentistes arrivaient derrière lui. Il hocha la tête et se tourna pour leur dire ce qui se passait. Puis il se fondit dans le chaos qui régnait dans l'avion.

Calla fut triste de le voir partir. Il y avait d'autres choses sur lesquelles se concentrer, mais une partie d'elle se sentait frustrée à l'idée qu'elle ne le reverrait jamais.

2.

Calla étouffa un bâillement tandis qu'elle regardait Becky et sa fille. Alors que la course vers l'hôpital de Dayton lui avait paru durer une éternité, il s'était écoulé moins de quarante minutes entre le moment où l'avion avait atterri et celui où les médecins du Miami Valley Hospital avaient mis au monde le bébé. Un véritable exploit.

Et maintenant que l'adrénaline refluait, Calla ne tenait plus debout. Elle était soudain très consciente que toutes ses affaires, y compris son sac à main, étaient restées…

Bon, elles étaient quelque part, même si elle ne savait pas où. Ce serait un problème à régler lorsqu'elle aurait dit au revoir à Becky.

La petite fille était stable et respirait sans oxygène. Elle était un peu plus grande que la moyenne pour un bébé de trente-trois semaines, ce qui était bon signe. Becky et elle resteraient quelques jours à l'hôpital, mais leur pronostic était excellent.

Les yeux de Becky exprimaient la fatigue et l'émerveillement de toutes les nouvelles mamans après l'accouchement.

— Calla. Je ne peux vous remercier assez. Sans vous…

Elle parut au bord des larmes, et Calla s'approcha d'elle.

— Tout va bien. Et je suis si contente que Kostas et moi ayons été là.

Kostas… Ce prénom sur ses lèvres lui coupa le souffle. Elle l'avait connu moins de quatre heures, lui avait parlé moins de vingt minutes. Elle ne devrait pas pouvoir se rappeler si aisément ces yeux d'un brun foncé, à l'iris bordé d'éclats dorés. Elle devrait le voir comme une relation passagère. *C'était une relation passagère.*

— Je vous serai toujours reconnaissante d'avoir été là. Et

ma fille, Caroline Calla, entendra parler de la sage-femme qui l'a sauvée.

Calla, très émue, serra la main de Becky.

— Merci, murmura-t-elle, touchée par cet honneur.

— Mon mari est en route, ajouta Becky. Il a cherché un vol dès que nous avons atterri.

— Qui l'a prévenu ?

— Kostas.

Becky rit doucement.

— Je ne sais comment il a appelé Mitch. Je suis trop fatiguée pour m'interroger davantage.

— Vous devriez vous reposer. Félicitations pour votre petite fille. Je vous souhaite une vie entière de bonheur et d'amour.

Calla se dirigea vers la porte, se demandant comment Kostas avait pu joindre le papa. Les règles des compagnies aériennes étaient strictes, concernant la vie privée. En tout cas, c'était un geste attentionné.

Ses yeux sombres s'imposèrent à sa mémoire, de nouveau, tandis qu'elle longeait le couloir, et elle se secoua mentalement. Elle devait trouver un moyen de retourner à l'aéroport et elle espérait que ses affaires n'étaient pas parties pour Londres sans elle. Même son portable était dans le sac à dos qu'elle avait laissé dans l'avion.

Lorsqu'elle poussa la porte de la salle d'attente, elle se figea sur place. Kostas était assis sur une chaise.

— Quoi ? s'exclama-t-elle, tandis qu'il se levait en lui souriant.

C'est alors qu'elle remarqua les bagages à ses pieds. Sa lèvre trembla en reconnaissant sa vieille valise et son sac au vert passé. Kostas les lui tendit.

— Je me suis dit que votre vie serait plus facile si vous aviez ces choses-là.

— Merci, murmura-t-elle. Mais… votre voyage ?

Il haussa les épaules.

— Il y aura d'autres vols. J'ai prévenu ma famille de mon retard. Mon frère est déçu, mais ce n'est pas nouveau.

— Kostas, dit-elle en posant sa main sur la sienne.

Il la pressa et ajouta :

— Je m'envolerai demain matin. Pour Paris, l'Italie… et chez moi.

Calla nota son hésitation. Elle se demanda s'il serait bien accueilli. Elle, fille unique, avait eu la chance d'avoir des parents extraordinaires. S'ils avaient encore été en vie, ils auraient fêté son retour, quelles qu'en soient les circonstances. Mais tout le monde n'était pas logé à la même enseigne.

Elle ne connaissait pas l'histoire de Kostas, mais un homme qui patientait des heures dans la salle d'attente d'un hôpital avec les bagages d'une quasi-inconnue était quelqu'un qu'elle avait envie de connaître. Il l'attirait d'une façon dont elle ne l'avait jamais été.

Et il était séduisant… pour ne pas dire absolument torride. Il avait l'air d'être fait pour figurer sur des affiches. Ses cheveux bouclés retombaient sur ses oreilles, et sa barbe d'un jour lui donnait un air un peu rugueux qui avait de quoi mettre l'eau à la bouche de n'importe quelle femme. Enfin, ses yeux sombres semblaient lire dans son âme.

L'apparence de Kostas suffisait pour la faire rêver de l'embrasser. Son côté attentionné, sa compassion lui donnaient envie de passer à l'action. Hélas, ils n'étaient que deux navires qui se croisaient dans la nuit.

Il lui pressa encore la main, puis se pencha plus près. Un instant, elle songea à ce qui pourrait se passer si elle relevait la bouche et frôlait sa joue de ses lèvres.

Il soutint son regard, une énergie étonnante crépitant entre eux, puis il lâcha sa main et prit quelque chose dans sa poche.

— Vous devez appeler ce numéro pour reprogrammer vos vols. J'ai loué une voiture ; alors si vous pouvez partir aujourd'hui, je peux vous conduire à l'aéroport.

— Et si je ne peux pas partir avant demain ?

Calla le regarda et vit les coins de ses lèvres se relever. Elle n'avait jamais été aussi directe. Mais elle avait envie de passer la journée avec lui, elle voulait garder de lui un souvenir qui lui tiendrait chaud durant ses nuits solitaires à Palaio.

— Alors nous devrons manger quelque chose et voir ce que nous pourrons faire pour nous tenir occupés jusqu'à notre départ.

Il eut un grand sourire, et le corps de Calla s'échauffa face au désir qui se lisait dans ses yeux.

Une journée avec l'homme qu'elle avait devant elle était la façon parfaite de commencer son aventure.

Kostas sourit largement en regardant Calla s'écarter pour appeler le numéro qu'il lui avait donné. À son insu, il avait parlé avec la compagnie aérienne et s'était assuré qu'on la ferait voyager en première classe durant tout son trajet. Le service client avait refusé de lui communiquer son itinéraire, ce qu'il comprenait, mais il avait accepté de prendre son numéro de carte bancaire pour le mettre dans le dossier de Calla. Et d'appeler ça un surclassement pour le service qu'elle avait rendu à Becky.

Elle avait mérité d'être choyée et d'avoir plus de place pendant son long voyage. Si ses bagages usés étaient un indice, elle ne devait pas souvent être gâtée. Il savait aussi qu'il y avait généralement des sièges libres en première pour les vols transatlantiques. Il était donc possible qu'il doive la conduire à l'aéroport dès qu'elle raccrocherait.

Le secrétaire de son frère avait pris la nouvelle de son retard avec plus de grâce qu'Ioannis avait dû le faire. Et certainement plus que leur père l'aurait fait. Mais ce délai ne pouvait être évité.

Enfin… c'était ce qu'il avait décidé.

Il aurait pu rester sur le même vol avec les autres passagers. S'il l'avait fait, il serait en route pour Paris, maintenant. Mais pour rien au monde il n'échangerait avec cette situation l'expression de Calla quand elle l'avait vu dans la salle d'attente.

Il voulait passer plus de temps avec l'infirmière qui s'était endormie sur son épaule, s'était mise en danger lors de l'atterrissage et n'avait même pas demandé aux hôtesses de lui donner ses affaires avant de monter dans l'ambulance. Elle avait touché une part de lui qui était en sommeil depuis longtemps.

Kostas restait sur son quant-à-soi. Les quelques femmes avec qui il était sorti à Seattle se plaignaient toujours qu'il les tenait à distance. Ce qu'il comprenait. Mais comment expliquer que c'était pour leur bien ? Que la vie d'une fiancée royale était bien loin d'un conte de fées. Que votre existence ne vous appartenait jamais vraiment. Une cage dorée restait une cage.

Vivre aux États-Unis lui avait octroyé plus de liberté qu'il n'en avait à Palaio, mais cela n'avait pas changé qui il était. Dr Kostas Drakos était le titre qu'il avait gagné par son travail, celui qu'il aimait. Mais il ne remplaçait pas le titre de prince de Palaio. Ne l'exemptait pas des responsabilités auxquelles il retournait.

Dans sa position, il était plus facile de rester célibataire. En outre, aucune femme ne lui avait donné envie de remettre cette idée en question.

Calla… Son cœur s'accéléra lorsqu'elle remit son portable dans sa poche. Calla piquait sa curiosité. Il avait voulu la revoir. Voulu passer avec elle plus que les quelques heures qu'ils avaient partagées lors de ce vol de nuit.

Ce n'était pas une histoire d'amour « pour toujours ». Mais pendant quelques heures, il pouvait prétendre que la femme qui touchait son cœur, qui semblait comprendre son hésitation à rentrer chez lui, était quelqu'un de spécial. Puis ils prendraient des vols séparés, et il redeviendrait le prince Kostas.

— Je ne peux pas partir avant demain matin, non plus.

— Sommes-nous sur le même vol pour New York ?

Kostas ne put retenir un grand sourire. Si elle n'était pas assise à côté de lui, il pourrait demander à quelqu'un de changer de place avec elle. Quelques heures de plus.

La façon dont elle pinça les lèvres lui tordit l'estomac.

— Je ne passe plus par New York. La façon la plus rapide d'atteindre ma destination est de passer par Charlotte. J'aurai un jour de retard. J'en ai informé mon contact, et ils comprennent, mais…

— Mais rien du tout.

Kostas lui prit la main et la pressa. À ce moment-là, son estomac gargouilla et il haussa un sourcil.

— On dirait qu'il est temps de nous nourrir.

— Pas de cuisine d'hôpital, dit-elle, se mordant la lèvre quand il rit.

— Bien sûr que non ! Je ne sais pas ce que nous pourrons trouver à Dayton, mais ce sera sûrement mieux que la cafétéria de l'hôpital.

Il prit sa valise tandis qu'elle chargeait son sac à dos.

— Qu'est-ce qui vous tenterait ? demanda-t-il.

— N'importe quoi !

Le grand sourire de Calla le parcourut d'une onde de bonheur.

— Je ne suis pas difficile, surtout quand j'ai faim.

Le petit bistrot qui se vantait d'offrir les meilleurs burgers de la ville bourdonnait de conversations tandis que Calla trempait une frite dans du ketchup.

— Alors, Kostas... où travailliez-vous à Seattle ? Moi, je faisais partie des sages-femmes de la région. Nous avions surtout des accouchements à domicile, mais je suis allée quelquefois au Seattle General Hospital et je ne vous ai jamais vu.

Son emploi du passé fit courir un frisson dans le dos de Kostas. Il n'aimait pas considérer son séjour à Seattle comme terminé. Il avait promis à son frère de gérer la clinique de Palaio pendant un certain temps et de recruter du personnel supplémentaire. Ioannis croyait qu'il resterait, mais ce n'était pas son plan. Toutefois, il n'avait pas pu demander à son directeur de le garder dans l'organigramme pendant son absence. Il avait donc donné sa démission, ce qu'il avait détesté faire.

— Je travaillais parfois au Seattle General, mais je voyais la plupart de mes patientes au Grace Hospital.

— Ah.

Calla trempa une autre frite dans la sauce, mangeant plus de ketchup que de pomme de terre. Puis elle se resservit en sauce. Voyant le regard de Kostas, elle rit.

— Mes parents disaient toujours que je pourrais manger du ketchup à la cuillère, mais je ne le fais pas.

Il rit doucement et haussa les épaules.

— Je préfère la moutarde.

— Avec les frites ?

Il hocha la tête, prenant plaisir à voir son air horrifié. Elle feignit de frissonner. Il rit et leva les mains.

— C'est bon, je vous le promets.

— Je veux bien vous croire, mais je n'essayerai pas.

Elle fit un clin d'œil et pressa son genou contre le sien. C'était déjà arrivé, vu l'étroitesse des banquettes, mais chaque fois elle s'était écartée. Là, elle ne bougea pas.

Cette légère connexion le submergea d'une intense chaleur, tandis que le regard noisette de Calla soutenait le sien. Puis elle bâilla, et il ne put s'empêcher de bâiller aussi.

— Vous êtes épuisé, dit-elle en souriant et en trempant sa dernière frite dans le ketchup.

— Vous avez bâillé la première.

Kostas lui donna un coup de genou, savourant le rose qui lui montait aux joues. Elle était adorable.

Calla fit signe à la serveuse et demanda l'addition. Quand il sortit son portefeuille, elle leva la main.

— Vous m'avez apporté mes bagages, m'avez attendue et avez convaincu la compagnie de me surclasser pour le reste de mon voyage. C'est pour moi.

Il voulut protester, mais il retint sa langue. Elle était très sérieuse. Elle voulait payer, et pourquoi lui enlever quelque chose à quoi elle tenait ? Il prit sa main libre pendant qu'elle posait l'argent sur la table et disait à la serveuse de garder la monnaie. Calla regarda sa main dans la sienne et rougit de nouveau tandis qu'il passait son pouce sur sa paume. Il n'avait jamais connu une telle aisance avec quelqu'un. C'était peut-être parce qu'ils n'avaient pas de projets ensemble. Ils comprenaient tous les deux que, quoi qu'il y ait entre eux, cela ne durerait pas.

L'heure sonnerait le lendemain matin. Le cœur de Kostas se serra à cette pensée. Il ne voulait pas penser aux adieux. Mais elle était également épuisée, et il ne tenait plus debout.

Il était à peine 3 heures de l'après-midi heure locale mais, maintenant qu'ils avaient le ventre plein, ils combattaient la fatigue. Une bataille qu'ils étaient destinés à perdre.

— J'ai une chambre d'hôtel.

Les yeux de Calla s'élargirent tandis qu'il s'empressait de continuer :

— C'est la suite en terrasse, et elle comporte deux chambres.

Il avait envie d'elle, brûlait de connaître le contact de ses lèvres, quel goût elle avait, mais il ne lui imposerait jamais ses avances.

Elle regarda leurs doigts emmêlés, comme s'ils se connaissaient depuis des jours ou des semaines, et non des heures.

— Et si je ne voulais pas prendre la deuxième chambre ?

Avant qu'il puisse répondre, elle bâilla de nouveau. Il avait beau souhaiter suivre la piste qui l'intéressait aussi, apparemment, ils étaient tous les deux trop fatigués pour vraiment l'apprécier.

— Vous êtes libre de dormir où vous voulez. Mais je pense que nous avons besoin tous les deux d'une douche brûlante et de quelques heures de repos. Après, nous pourrons voir comment passer le reste du temps. Ça vous va ?

— Ça me va, répondit Calla en étouffant un autre bâillement.

Tandis que l'eau brûlante ruisselait sur elle, Calla essayait de rassembler ses pensées. Elle était dans la suite d'un hôtel de luxe, dans une salle de bains plus grande que son appartement de Seattle. C'était un peu perturbant.

Elle se sentait comme un poisson hors de l'eau, sauf qu'elle appréciait l'expérience. Beaucoup trop, peut-être. Elle n'avait jamais couché avec un homme qu'elle connaissait à peine. Ni même envisagé de le faire. Mais quelque chose en Kostas l'appelait.

Dans un roman, ce serait le moment où chacun trouverait son âme sœur, le basculement du destin entre deux partenaires faits l'un pour l'autre. Les connexions instantanées arrivaient, mais elles étaient surtout fondées sur le désir physique. Et elle désirait certainement cet homme.

Les pointes de ses seins étaient dures lorsqu'elle noua la serviette autour d'elle. Kostas prenait sa douche dans l'autre salle de bains. *Une chambre d'hôtel avec deux grandes salles de bains.* Même lorsqu'elle était avec Liam, ils n'avaient jamais séjourné dans un tel endroit.

Mais Kostas ne semblait pas être ennuyé de l'aider, et ne paraissait pas se soucier non plus des différences très apparentes entre leurs comptes bancaires. Il semblait juste aimer être avec elle. C'était enivrant. Elle enfila une longue chemise et pénétra dans la chambre.

Kostas était déjà allongé sur le lit. Il posa sa tablette. Il était torse nu et portait un jean qui avait l'air confortable. Calla eut l'eau à la bouche en voyant sa poitrine musclée. Sapristi, il était sublime.

Une partie d'elle souhaitait être revêtue d'une chemise de nuit en dentelle. Une idée ridicule alors qu'ils se connaissaient si peu – et qu'elle n'avait pas de chemise de nuit en dentelle.

Elle avait les nerfs à fleur de peau en s'approchant du lit. Kostas sourit, et elle se sentit fondre. Mais il ne la bouscula pas, se rendant manifestement compte qu'elle était encore en partie incertaine.

— Calla…

Son nom sur ses lèvres scella sa décision. Elle avait envie de s'allonger près de lui. Elle avait envie de lui. Elle se coula dans ses bras, savourant le contact de sa peau chaude contre la sienne. Avant qu'il puisse dire autre chose, elle pressa ses lèvres sur les siennes.

L'étreinte de Kostas se resserra tandis qu'elle ouvrait la bouche. Sa langue dansa avec la sienne, et elle soupira. Ce moment était juste. C'était un fantasme, elle le savait. Mais un fantasme qui paraissait si parfait.

Elle approfondit le baiser, ravalant un bâillement. Elle avait une vie entière pour se reposer ; elle avait moins de quinze heures avec Kostas, et elle voulait les faire durer.

— Tu es fatiguée.

Il interrompit le baiser, promenant les doigts sur son flanc comme s'il ne pouvait s'empêcher de la toucher.

— Toi aussi.

Elle posa un baiser sur ses lèvres.

— Mais ça ne fait rien.

C'était la vérité. Elle ne voulait rien rater de l'alchimie qui les poussait l'un vers l'autre. Elle pourrait dormir dans l'avion, le lendemain. Mais quelque chose lui criait que, si elle manquait cette opportunité, si elle ne couchait pas avec lui, elle le regretterait le reste de ses jours.

Elle l'embrassa de nouveau, puis s'écarta.

— Mais si tu as besoin de dormir…

Il la regarda fixement.

— J'ai besoin de toi.

Ces mots eurent quelque chose de primal en quittant ses lèvres ; ses pupilles étaient dilatées par la passion.

Il glissa les mains sous la chemise qu'elle portait et trouva ses tétons. Il passa ses pouces dessus tout en l'embrassant de nouveau. Chaque caresse enflammait la peau de Calla, tandis qu'il l'explorait.

Il laissa échapper un son guttural lorsqu'elle suivit de ses lèvres la ligne de son cou, et elle sourit contre lui, adorant sa réaction. Il fit passer sa chemise par-dessus sa tête et se renversa en arrière, l'étudiant.

Elle aurait peut-être dû se sentir gênée. Mais la honte ou la nervosité qu'elle aurait cru éprouver en couchant avec un homme qu'elle venait de rencontrer ne se manifestèrent pas. Son corps brûlait d'être touché par lui. C'était un cadeau qu'elle refusait d'écarter.

— Tu es tellement adorable, dit-il d'une voix sourde, en faisant glisser sa main vers le haut de sa cuisse. Tellement, tellement adorable.

— Tu l'as déjà dit.

Elle poussa un soupir quand il promena sa bouche sur son ventre.

— Cela supporte d'être répété.

Il caressa ses tétons de ses lèvres, les suçant avec une douceur qui la consuma.

— Kostas…

Il fit passer ses doigts à l'intérieur de sa cuisse, tout près de l'endroit où elle le voulait. Ou elle avait *besoin de lui.*

Elle le sentit sourire contre sa poitrine tandis qu'il léchait la pointe d'un sein, avant de descendre le long de son corps. Ses gestes étaient lents, affreusement lents. Et elle adorait chacun d'eux.

Il atteignit son nombril, puis remonta jusqu'à ses seins, s'attardant tandis qu'elle prenait une grande inspiration. Les doigts de Kostas effleuraient son corps, tantôt légers comme des plumes, tantôt paraissant sur le point de s'emparer d'elle.

Il traça ses courbes de sa langue en redescendant enfin le long de son corps. Il la taquina en approchant ses doigts de son sexe sans le toucher.

— Kostas…

— J'aime entendre mon nom sur tes lèvres, Calla.

Il appuya son pouce sur son clitoris, et elle laissa échapper un cri, arquant le dos tandis que son corps explosait de plaisir.

— C'est peut-être le plus parfait des sons, dit-il. Regarde-moi, ma douce.

Elle ouvrit les yeux, tremblant sous la pression de ses doigts. Il sourit en la touchant, et son sourire s'élargit quand il la regarda savourer le plaisir cuisant qu'il lui prodiguait. C'était exaltant.

Il continua à la caresser.

— Calla.

Entendre son nom sur ses lèvres tandis qu'il la contentait la fit jouir de nouveau.

— Kostas…

Elle était hors d'haleine. Elle aurait dû se sentir repue après deux orgasmes à couper le souffle, mais elle voulait plus. Avait besoin de plus.

— J'ai besoin de toi.

Il posa ses lèvres sur les siennes, mais elle empoigna les deux côtés de son visage.

— Je te veux… Tout entier, maintenant.

Elle joignit alors sa bouche à la sienne, adorant son goût, et glissa une main entre eux pour défaire le bouton de son jean. Puis elle descendit la fermeture Éclair et coula sa main à l'intérieur, trouvant ce qu'elle désirait le plus.

— Calla.

Il murmura son nom en enlevant son jean. Puis il sortit un préservatif de la poche arrière, et elle s'en saisit.

Soutenant son regard embrumé, elle ouvrit le sachet et recouvrit son sexe tendu. Après quoi elle l'enfourcha, regardant ses lèvres s'entrouvrir pendant qu'elle descendait lentement sur lui.

Il s'empara de ses hanches, mais ne la brusqua pas.

Il passa un long moment à l'amener de plus en plus près de l'orgasme, avant de lui donner enfin ce qu'elle voulait. Elle se promit de lui rendre la faveur de la façon la plus délicieuse possible.

Ils se fondirent l'un dans l'autre, et le reste du monde parut s'évanouir. Les sensations qu'elle éprouvait étaient presque trop fortes. Elle émit un grognement avant de s'abandonner aux besoins entêtants qui les habitaient tous les deux. Lorsqu'elle jouit pour la troisième fois, ce fut avec le nom de Kostas sur les lèvres.

La respiration régulière de Calla résonnait dans la chambre sombre quand Kostas l'attira dans ses bras. Leurs alarmes se déclencheraient dans moins d'une heure. Et dans moins de quatre heures, ils seraient dans des avions différents, leurs chemins partant pour toujours dans des directions différentes. Il haïssait cette pensée.

Il n'était pas juste de vouloir davantage d'elle. En particulier en sachant qu'il ne pouvait pas l'emmener à Palaio. Sur l'île, l'homme qu'il était, l'homme qu'il désirait être, se transformait en prince. Et cette fois il était déterminé à faire un sort à l'étiquette de « fils rebelle » que lui avait value une adolescence coléreuse. Désormais, il serait l'homme dont le royaume avait besoin, un médecin talentueux mais froid, distant, s'assurant toujours de suivre le protocole.

Il avait fui après ce qui était arrivé avec Maria. Quand son père avait refusé de réfuter les rumeurs ignobles et fausses qui couraient sur elle. Il était adulte et mûr, à présent, et il ne laisserait pas passer des mensonges. Mais pendant l'année à venir, il doutait qu'il y ait beaucoup de nouvelles sur lesquelles la presse se jetterait. Il avait un rôle à jouer, des attentes à remplir. Et il serait parfait.

Parfait ! Cela ne voulait pas dire qu'il n'avait pas envie de demander à Calla de lui rendre visite. De vouloir lui montrer l'eau claire comme du cristal qui venait lécher les plages. Et tous les endroits qui étaient spéciaux pour lui.

C'était plus qu'égoïste. Si elle atterrissait à Palaio et que la presse s'apercevait de la connexion entre eux, les journalistes feraient de sa vie un enfer. Elle finirait par lui en vouloir, comme Maria l'avait fait.

Il avait été blessé quand Maria s'était enfuie, mais il avait compris. Il connaissait à peine Calla, mais il suspectait que voir la déception grandir dans ses yeux serait tout aussi douloureux. *Peut-être pire.*

Cette journée, cette période de vingt-quatre heures, devrait combler ses désirs pour le reste du temps. Il promena les doigts sur son corps délicat, savourant les petits soupirs qui lui échappaient. Elle était tellement belle.

Il posa ses lèvres à la base de son cou. La veille, quand il l'avait fait, elle avait crié son nom. Puis il caressa légèrement sa hanche. Sa peau était si douce sous ses doigts. Il voulait garder en mémoire son contact, son goût, la façon dont elle s'accordait parfaitement à lui. Il laissa sa main remonter jusqu'à ses seins, passa un doigt sur un téton, souriant en le sentant se durcir.

Elle se tourna dans ses bras, et ses yeux rencontrèrent les siens dans la pénombre. Elle suivit de ses lèvres la ligne de son menton, tandis que sa main descendait sur son ventre.

— Est-ce que je peux t'aider, Kostas ?

Il ne se soucia pas d'édulcorer ses mots. Il ne voulait pas cacher le besoin qu'il éprouvait.

— Je te veux, Calla. Terriblement.

Elle eut un grand sourire et l'embrassa.

— Ce sentiment est totalement mutuel.

Il s'empara d'elle et roula avec elle, se perdant dans les sensations qui étaient Calla, tout simplement.

3.

Calla marchait le long de la plage à Palaio, les bras serrés autour d'elle tandis qu'elle regardait le soleil se lever sur la mer. Elle était sur l'île depuis moins de soixante-douze heures, et elle en avait passé la majeure partie à dormir.

Et à rêver de Kostas.

Leur séparation à l'aéroport avait été digne d'un film. De ces comédies romantiques qui font pleurer les gens. Et elle se l'était rejouée maintes fois dans sa tête. Il était resté avec elle jusqu'à ce qu'elle embarque pour Londres. Serrant sa main dans la sienne. Pendant un moment, elle avait fait comme s'il venait avec elle. C'était seulement lorsqu'elle s'était laissée choir dans son confortable siège de première, seule, qu'elle avait laissé l'émotion de leur dernier baiser la submerger.

Elle avait passé presque tout le voyage à retenir ses larmes. Il était ridicule de pleurer sur une aventure d'une nuit. Une magnifique aventure d'une nuit. Un souvenir qu'elle chérirait toujours, comme si elle avait laissé son âme sœur à Dayton. Oui, c'était ridicule, mais une partie d'elle avait eu envie de redescendre la rampe en courant, de se jeter dans ses bras et de lui dire qu'elle voulait voir si la connexion entre eux était plus que physique.

Mais elle avait un poste qui l'attendait à Palaio. Le salaire lui permettrait de couper les derniers liens avec son passé. Monter dans l'avion pour Palaio avait été la chose à faire.

Calla relâcha son souffle tandis que les vagues s'écrasaient à ses pieds. Elle avait fait ce qu'il fallait. Ce qui ne voulait pas dire qu'elle n'aurait pas souhaité qu'une autre option soit possible.

Elle commençait ce jour-là à la Clinique gynécologique de Palaio. Elle luttait encore contre le décalage horaire, mais elle s'en moquait. Une fois qu'elle serait en poste, le travail serait son unique préoccupation. Elle adorait son métier de sage-femme. Puis elle pourrait laisser le souvenir de Kostas, de ses baisers et de ses caresses glisser à l'arrière de sa mémoire. Elle souffla dans la lumière du matin, sceptique, et resserra encore ses bras autour d'elle.

En tout cas, ce souvenir ne pourrait pas occuper toutes ses pensées lorsqu'elle travaillerait.

Elle ramassa un coquillage et en dessina les contours en relâchant son souffle. Le serrant dans sa main, elle invoqua le visage de Kostas. Elle revit ses pommettes hautes, sa barbe d'un jour qui lui allait si bien, les yeux sombres qui la percevaient si clairement.

— Adieu, Kostas.

Elle leva le coquillage au-dessus de sa tête, se préparant à le jeter. Un rituel idiot auquel elle avait pensé en se tournant et se retournant dans son lit, la nuit précédente. Mais sa main refusa de le lâcher.

C'est pathétique, Calla. Pathétique.

Dans quelques jours, elle pourrait y arriver. Elle tourna les talons pour rejoindre l'appartement que la clinique lui avait alloué. Il était charmant, plus grand que celui de Seattle, et garni de meubles plus beaux qu'elle n'en avait jamais eus. Palaio était formidable et, si elle n'avait pas rencontré Kostas, son cœur serait plus heureux que jamais.

Mais elle l'avait rencontré.

Une autre personne marchait le long de la plage, et son souffle se coinça dans sa gorge. L'homme se mouvait comme Kostas, avait le même port presque royal que lui. Sa gorge se serra tandis qu'elle l'observait, son cœur la pressant de courir vers lui.

Heureusement, il lui restait encore un peu de bon sens. La chance qu'il s'agisse de Kostas était si minuscule qu'elle refusait de la prendre en compte. Elle regarda une dernière fois l'homme dans le lointain, puis prit la direction de son appartement sans se retourner.

Kostas laissa le sable mouillé s'insinuer entre ses orteils tandis qu'il fixait la femme qui s'en allait, plus loin sur la plage. Une minute, il s'était demandé si c'était Calla. À distance, avec les ombres du matin, il avait été trop facile de se dire que c'était peut-être elle. Il passa une main dans ses cheveux beaucoup plus courts et se tourna pour regarder la mer.

Il était à Palaio. Il y était depuis près de trois jours, et l'identité du prince Kostas, deuxième en ligne pour le trône, s'était drapée autour de lui dès qu'il avait pénétré dans le palais. Il avait coupé ses cheveux après de multiples commentaires des conseillers de son frère. Il aurait voulu s'opposer à eux, dire que ses boucles n'étaient pas moins professionnelles que la coupe courte d'Ioannis, mais il n'avait pas souhaité discuter.

Il pourrait toujours laisser repousser ses cheveux lorsqu'il partirait. D'ici là, il porterait le masque du prince Kostas, le rebelle repenti. C'était tout.

En outre, tout ce qu'il avait désiré faire depuis son arrivée était de penser à la femme qu'il avait embrassée à l'aéroport pour lui dire adieu. Rien ne paraissait compter davantage. Il regrettait une relation qui n'avait jamais existé.

Mais qui aurait pu être.

Il secoua la tête en entrant dans la mer, laissant les vagues cerner ses chevilles. Il était stupide de se repasser sans cesse le film de leur dernier baiser. Stupide de souhaiter lui avoir demandé son adresse e-mail ou son numéro de téléphone. Ils avaient pris des chemins différents, mais il avait passé le plus clair des derniers jours à la chercher. Pensant qu'il pourrait l'apercevoir dans la rue ou sur la plage. Son esprit ne cessait de l'invoquer.

Il entendit un bruit derrière lui et se tourna. Un photographe avec un téléobjectif se tenait en haut de la dune. Il refit face aux vagues, la réalité de sa position lui pesant.

Même si Calla était à Palaio, ce qui n'était pas le cas, il le savait, cela n'aurait pas d'importance. Ici, il n'était pas son Kostas. Il n'était pas l'homme qui l'avait tenue contre lui dans son sommeil. Sur cette île, il était le prince Kostas.

Il secoua la tête. Aujourd'hui était une nouvelle journée, et il devait se concentrer sur son rôle à la clinique. Ce serait son premier jour – et celui de la nouvelle sage-femme, aussi. Lorsqu'il avait appris ça, il avait presque hurlé à Natalia de lui révéler son nom. Il avait envisagé la possibilité que Calla et lui aient emprunté des chemins très différents pour se rendre au même endroit.

Son assistante personnelle avait sursauté face à son éclat. Puis elle s'était abondamment excusée de ne pas avoir cette information. Elle avait promis de se la procurer, mais Kostas lui avait fait signe de partir, en regrettant son mouvement d'humeur. En outre, il saurait tout sur la sage-femme quand il arriverait à la clinique.

Sa montre sonna, et il ferma les yeux, le visage tourné vers le soleil levant. Aujourd'hui, son compte à rebours commençait. Peut-être, lorsqu'il s'en irait, chercherait-il à localiser Calla.

Comment ?

Cette question l'avait obsédé pendant des jours. Il savait que son nom était Calla Lewis, mais il n'avait pas d'autre information sur elle. Il n'avait pas retenu l'adresse inscrite sur les étiquettes de ses bagages – une erreur qu'il s'était reprochée presque tout le long de son vol pour Paris.

Il savait comment elle embrassait, connaissait la sensation de sa peau contre la sienne, mais cela ne lui permettrait pas de la retrouver.

— Adieu, Calla, murmura-t-il.

Il se retourna. Il fallait qu'il se concentre sur sa mission actuelle. Qu'il fasse ce dont l'île avait besoin… avant de s'en aller. Pour de bon, cette fois.

— J'espère que ces photographes ne prévoient pas de camper tous les jours devant la clinique, marmonna Alexa dans le petit bureau où Calla et elle attendaient l'arrivée du nouvel obstétricien.

— Pourquoi sont-ils là ? demanda Calla.

Alexa avait souri quand elle était arrivée près d'une heure avant son service. Calla avait expliqué que c'était parce qu'elle voulait s'organiser, apprendre à connaître la clinique et les procédures avant que leurs patientes n'arrivent. En vérité, elle avait tourné en rond dans son appartement. Regarder les dossiers des patientes, établir son planning la calmait.

Et cela me permet de penser à autre chose qu'à Kostas.

Il y avait eu un photographe assis dans une voiture lorsqu'elle était arrivée, et d'autres étaient apparus au cours de la dernière heure. À Seattle, elle avait vu de temps en temps des reporters devant l'hôpital, mais jamais devant la maternité.

— Ils attendent notre nouvel obstétricien, répondit Alexa en poussant un soupir. Quelques-uns campent par-derrière, aussi. Je suppose qu'ils veulent guetter toutes les arrivées.

— Est-ce qu'il a tourné dans un film, à un moment donné ?

Calla gloussa en levant les yeux. Le regard appuyé de sa collègue la fit taire.

— Sérieusement, il a fait du cinéma ?

— Non, dit Alexa en croisant les bras. Ne vous a-t-on vraiment pas dit que vous alliez travailler avec le frère cadet du roi Ioannis ? Le prince Kostas ?

— Kostas ?

La gorge de Calla s'assécha. Impossible que son Kostas soit un prince. Il aurait dit quelque chose, non ?

L'incertitude l'envahit. Le lui aurait-il révélé ? Leur relation physique avait été profonde, électrique, magique, mais ils n'avaient pas parlé de l'endroit où ils se rendaient. Elle avait mentionné une aventure, et il avait juste dit qu'il rentrait chez lui. *Et qu'il redoutait les attentes de sa famille…*

Non. Cela ne voulait rien dire. Bien trop de gens étaient écrasés par les impératifs familiaux.

Kostas et elle n'avaient pas partagé grand-chose, mais c'était une façon de se protéger, de protéger leur cœur. Leur intense attirance flambait entre eux, mais ne laissait pas de place à l'avenir. Du moins, c'était ainsi que Calla le voyait et elle avait supposé qu'il en était de même pour lui.

Mais s'il s'agissait d'autre chose ?

Il avait fallu près d'un an à Liam pour lui dire à quel point sa famille était riche. Il avait prétendu que d'autres petites amies s'étaient servies de lui à cause de sa fortune. Elle se mordit la lèvre. Son Kostas, l'homme avec qui elle avait passé la journée la plus passionnée de sa vie, n'était sûrement pas un prince. C'était juste un nom.

— S'il est moitié aussi beau qu'il l'était pour le couronnement de son frère, il pourrait faire du cinéma. Mais le prince prodigue de Palaio a choisi la médecine.

La façon dont Alexa avait prononcé les mots « prince prodigue » avait quelque chose de réprobateur mais de maternel à la fois. Comme si elle comprenait le désir du prince, mais ne pouvait tout à fait soutenir son choix.

— Où travaillait-il, avant ?

— Dans une ville des États-Unis. Sea… Sea quelque chose.

— Seattle.

Calla posa sa tablette et s'appuya au bureau.

— C'est ça !

Kostas. Elle avait la bouche sèche. Kostas *était* là. Son cœur tambourina dans sa poitrine tandis qu'elle tentait de définir ce que cela signifiait. *Cela signifie-t-il quelque chose ?*

Ils avaient passé ensemble une nuit de rêve. Mais ils avaient cédé à la passion parce qu'ils ne comptaient pas se revoir – du moins était-ce la raison pour laquelle elle s'était abandonnée à ses désirs.

Ses joues s'enflammèrent au souvenir de ses doigts sur sa peau.

— Je vous ai dit de partir ! Ceci est une clinique médicale, et les patientes n'ont pas besoin d'appareils photo braqués sur elles. Elles ont besoin de soutien pour leur bébé !

La voix de Kostas porta à travers la clinique, et Alexa quitta le bureau. Calla, elle, ne pouvait pas bouger. Elle avait rêvé de le retrouver depuis qu'ils s'étaient dit adieu à Dayton. Mais elle ne se serait jamais attendue à ce que ce fantasme se réalise.

Certainement pas à Palaio, ou après avoir découvert qu'il était prince. C'était une histoire pour une série télévisée, pas la vraie vie.

— Prince Kostas. C'est un tel plaisir de vous voir.

Le ton d'Alexa, dans le couloir, était cordial et respectueux. Comment était-elle censée s'adresser à une personne royale ?

se demanda Calla. En particulier une personne royale à qui elle s'était cramponnée. Nue.

— Dr Drakos ou Kostas suffiront, Alexa. Et je vous en prie, ne vous inclinez pas. Je suis deuxième en ligne pour le trône, et je serai bientôt troisième quand ma belle-sœur accouchera. Je ne veux pas que nos patientes soient mal à l'aise. Dans cette clinique, je suis le Dr Kostas Drakos, rien d'autre.

Il s'éclaircit la gorge et ajouta :

— Quand doit arriver la nouvelle sage-femme ?

— Elle est déjà là. Calla ?

Calla entendit Alexa se tourner. Elle était sans doute surprise qu'elle ne l'ait pas suivie pour saluer le docteur. *Le prince.*

Calla attrapa sa tablette et s'empressa de contourner le bureau.

— Me voici. Désolée, je…

Ses yeux croisèrent ceux de Kostas, et son cœur brûla d'aller à lui. Il semblait fatigué. Il avait pris plusieurs avions pour arriver ici, comme elle. Mais son épuisement paraissait plus profond. Il n'avait plus les boucles qui lui allaient si bien ; ses cheveux courts lui donnaient un air royal. Mais cela ne lui allait pas.

Kostas la fixa, visiblement aussi surpris de la voir qu'elle l'était de sa présence. L'air dans la pièce était à couper au couteau. Qu'était-elle censée faire ?

Alexa se racla la gorge, et Kostas rompit la connexion avec elle.

— Je viens de réaliser que Calla travaillait à Seattle, aussi. Avez-vous travaillé ensemble ?

— Non, répondit-il d'une voix tendue, en secouant la tête. Nous n'avons jamais travaillé ensemble. Seattle est une ville immense. Il y a plusieurs hôpitaux importants. Heureux de vous rencontrer, Calla.

Elle battit des cils en absorbant ses mots. Ils n'avaient pas à divulguer la nature exacte de leur relation, mais l'écarter ainsi, la traiter comme une parfaite inconnue ! La chaleur de ses yeux sombres, qui l'avait séduite, avait disparu.

C'était le prince qui se tenait là, maintenant. À Seattle ou à Dayton, elle était assez bonne pour une nuit. Mais ici, chez lui, elle était une étrangère.

Liam ne l'avait pas jugée assez bonne pour lui, non plus. Liam s'était trompé, mais Kostas était une personne royale. Sa gorge se serra. Cependant, elle refusa de lui laisser voir à quel point ses mots l'avaient blessée. Elle écarta la douleur qui rayonnait en elle. Elle s'en occuperait ce soir, seule.

S'il voulait faire comme s'ils ne s'étaient jamais rencontrés, très bien. Elle pouvait suivre ce scénario.

— Ravie de vous connaître aussi, prince Kostas.

— Je préfère Kostas.

Il la regarda, ses traits s'adoucissant un instant.

Elle le savait. Elle l'avait entendu corriger Alexa. Mais elle utilisait son titre pour elle-même. Un rappel pour Calla Lewis qu'elle avait passé les derniers jours à rêver d'un homme qui la considérait comme au-dessous de lui. Un homme qui ne voulait même pas reconnaître qu'ils se connaissaient.

Sapristi, ils auraient pu partager l'histoire du travail de Becky en plein vol, par exemple. Il y avait tant de manières dont il aurait pu évoquer leur rencontre. Mais s'il ne le voulait pas, tant pis !

— Je me réjouis à l'avance de travailler avec vous, docteur Drakos.

Elle garda un ton égal, ne se fiant pas à elle-même pour en dire plus. Il ouvrit la bouche, la referma aussitôt. Puis il hocha la tête.

— Je dois voir certaines choses au bureau, avant que mes premières patientes n'arrivent.

Il passa près d'elle sans un coup d'œil. Alexa le suivit, papotant sur le programme de la journée, les patientes et les ragots de l'île.

Le regard de Kostas croisa brièvement celui de Calla avant qu'il ne ferme la porte du bureau, mais il ne sourit pas, ne montra aucune réaction face à sa présence.

Elle releva le menton et ferma les yeux. Son escapade avec Kostas était un souvenir plaisant. Mais elle ne poursuivrait pas un homme qui ne voulait pas d'elle. Elle n'accorderait pas d'intérêt à un prince qui saluait une amante sans gentillesse.

Elle était à Palaio pour une raison qui n'avait rien à voir avec le prince Kostas Drakos. Et elle ne partirait pas. Alors elle espérait que Son Altesse royale ne s'attendait pas à ce qu'elle s'étiole sous son regard indifférent. Après Liam, elle s'était juré de ne plus jamais changer pour quelqu'un. De ne plus jamais laisser quelqu'un la contrôler. Elle était bien décidée à tenir cette promesse.

Kostas avait envie de dire à Alexa qu'il n'avait que faire des potins de l'île. C'était l'un des nombreux aspects de la vie à Palaio qui ne lui avait pas manqué. Un peu plus de cent mille personnes vivaient dans le royaume. Et toutes les villes, y compris la capitale, fonctionnaient comme de petites bourgades. Tout le monde était au courant des affaires de tout le monde, en particulier des scandales. *Ou de ce que l'on voyait comme un scandale.*

Seattle comptait sept fois la population de l'île, et vingt fois celle de la capitale. Là-bas, il était facile de se perdre dans le tumulte quotidien. Facile de ne voir ses patientes qu'à l'hôpital. Si par hasard il en croisait une au supermarché, il lui adressait un signe de main, plaisantait un peu et continuait son chemin.

Pour la première fois de sa vie, Kostas avait été quasi invisible. Il avait pu être simplement l'homme qu'il voulait être, sans les contraintes d'un titre. Qu'il ait pu sortir avec Calla sans se soucier des photos et des rumeurs, par exemple… Il inhala et écarta cette pensée.

— Cela ne vous ennuie pas de me laisser seul quelques minutes pour consulter ces dossiers ? demanda-t-il, coupant Alexa dans son histoire.

Elle hocha la tête et se dirigea vers la porte.

— C'est un plaisir de vous avoir de nouveau ici, Votre Altesse.

Avant qu'il puisse la corriger, elle disparut. Calla passa devant la porte ouverte, mais elle ne s'arrêta pas et ne le regarda pas. Non pas qu'il puisse lui en vouloir.

Son corps s'était enflammé dès qu'il l'avait vue. Seule la présence d'Alexa l'avait fait ne pas bouger. Quand l'infirmière avait demandé s'ils se connaissaient, il avait vu l'excitation pétiller dans ses yeux. Elle aurait voulu qu'ils disent « oui », et elle se serait empressée d'apprendre à ses amies que non seulement le prince Kostas était revenu, mais qu'il connaissait la sage-femme de Seattle, en plus.

Les ragots auraient vite été incontrôlables. Alors il avait menti – et perçu la blessure dans les yeux de Calla. Il l'avait vue ravaler ses paroles. Puis elle l'avait appelé « prince Kostas », et il était presque certain qu'elle l'avait fait exprès.

Il ne savait pas très bien pourquoi.

Il fit pivoter son cou et se força à ranger le besoin qui l'habitait dans le compartiment mental qu'il avait soigneusement élaboré à la suite des désastres qui avaient touché sa mère et Maria. Les photographes l'avaient suivi de l'aéroport au palais, puis à la clinique. Il fallait espérer que d'ici quelques jours la routine de ses activités les lasserait et qu'ils disparaîtraient.

Mais si la rumeur courait qu'il s'intéressait à Calla… Qu'il avait passé une nuit avec elle… La meute rassemblée dehors ne serait rien comparée à l'agitation frénétique qu'ils auraient à supporter. Il ne pouvait pas lui faire ça.

Il ne le ferait pas.

Mieux valait la blesser maintenant que de la soumettre pendant des semaines et des mois à un examen au microscope. Même si une partie de lui avait envie qu'elle le rejoigne, avait envie de voir si elle supporterait peut-être l'invasion de sa vie privée. C'était la petite voix égoïste qu'il avait appris à ignorer des années plus tôt – mais il était surpris de voir à quel point il souhaitait y céder.

— Oui, je suis rayonnante ! Regardez mon ventre : on dirait que j'attends des jumeaux. C'est peut-être le cas !

Kostas fit une grimace alors que la voix de sa belle-sœur parvenait jusqu'au bureau. Il savait qu'Eleni n'avait pas de rendez-vous ce matin-là. Alors que faisait-elle ici ?

Elle venait vérifier comment il allait. Il soupira en se rendant dans la salle d'attente.

Elle croisa son regard, les mains sur son ventre, et émit un petit rire.

— Des jumeaux. Cette histoire devrait les tenir occupés au moins pour quelques jours.

Elle était ravissante et, à huit mois de grossesse, elle ne paraissait pas attendre des jumeaux.

— Tu n'as pas de rendez-vous, Eleni, dit Kostas en haussant un sourcil et en s'appuyant à la porte du bureau.

La reine avait coutume de faire ce qui lui plaisait, au grand dam de ses agents de sécurité, et elle avait un emploi du temps bien moins chargé que Kostas ou Ioannis. En particulier maintenant qu'elle avait décidé de prendre un congé maternité.

— Pas avec toi !

Eleni sourit largement en se tournant et en agitant la main.

— Je suppose que vous êtes la nouvelle sage-femme ?

— Oui. Calla Lewis, Votre Majesté. Vous êtes juste à l'heure pour votre rendez-vous.

— Oh ! foin de ces solennités. Appelez-moi Eleni, je vous prie. Pas besoin d'être formels. J'ai tellement entendu parler de vous par Ioannis. Il était fou de joie quand vous avez accepté le poste. Il pensait que Kostas et vous travailleriez bien ensemble.

La rougeur envahit le cou de Calla tandis qu'elle s'éclaircissait la gorge.

— Je suppose que nous nous adapterons. Si vous voulez bien me suivre…

Eleni regarda Kostas, ses yeux sombres le transperçant avant qu'elle suive Calla. Pas grand-chose n'échappait à sa belle-sœur. Elle avait certainement vu rougir Calla, mais être avec des personnes royales mettait souvent les gens mal à l'aise. Il fallait espérer qu'Eleni accepterait cette réponse si elle lui en parlait plus tard.

C'était un problème mineur à régler en son temps, mais Kostas suivit les deux femmes. Il avait envie – besoin – d'être près de Calla.

— Vous faut-il quelque chose, docteur ?

Calla releva le menton, le défiant.

— Je vous le promets, je suis plus que capable de prendre soin de votre belle-sœur.

Elle avait raison, bien sûr. Il n'avait pas besoin de les suivre. Il savait que la reine, à trente-trois semaines de grossesse, était venue régulièrement consulter. Et arriver avant les autres patientes lui procurait un peu d'intimité.

En supposant que les photographes s'en aillent.

— Elle me plaît !

Eleni fit un clin d'œil à Kostas.

— Tout le monde ici te traite comme un prince ou un petit frère. Personne ne te tient tête.

— Tu l'as toujours fait.

Kostas croisa les bras et laissa glisser son regard sur Calla, un instant, avant de ramener son attention sur sa belle-sœur.

— C'est différent. Je suis de la famille.

Eleni s'allongea sur la table d'examen et désigna le moniteur cardiaque posé sur le comptoir.

— Je me moque qu'il reste, mais je voudrais entendre le cœur de mon bébé.

Calla prit la sonde et se concentra sur sa patiente, ignorant complètement Kostas.

— Allez-vous avoir un garçon ou une fille ?

— Nous ne le savons pas.

La reine sourit largement.

— Nous l'avons su pour notre premier, comme c'est la tradition à Palaio, mais j'étais enceinte avant notre mariage, ce qui était nouveau sur l'île !

Elle gloussa en regardant Calla.

— Ces photographes m'ont suivie pendant des mois, devinant que j'avais conçu avant mes noces, même si nous ne l'avons jamais confirmé officiellement.

— Cela ne les regarde pas, dit Calla en prenant le gel. Je vous préviens, ça va être froid.

Elle regarda Kostas.

— On devrait réchauffer le gel, avant de le passer.

Puis elle ramena son attention sur Eleni, faisant comme s'il n'était pas là.

— Alors Ioannis et vous allez avoir une surprise, avec le sexe de ce petit. C'est plaisant, non ?

Kostas remarqua qu'elle n'avait aucun problème pour appeler

son frère par son nom. Ce qui ne devrait pas le blesser. Il se mordit la lèvre en regardant Calla, souhaitant qu'ils soient ailleurs. N'importe où, mais ailleurs.

Eleni soupira tandis que la sonde trouvait le battement de cœur.

— Oui. J'ai dû taper du pied et exiger que nous fassions quelque chose de différent. Les traditions sont bien jolies, mais les changements ont du bon aussi.

Sa belle-sœur ne le regarda pas, mais Kostas comprit que le message lui était destiné. Elle ne s'était jamais souciée des traditions. Élevée dans un royaume voisin par une mère issue d'une famille royale et un père roturier, Eleni était le souffle d'air frais dont la monarchie avait besoin.

Ioannis et elle étaient tombés très amoureux, très vite. Leur amour était évident. Mais la presse s'en était donné à cœur joie avec Eleni. Insinuant qu'elle n'était pas assez noble pour le roi de Palaio, qu'elle n'avait pas l'étoffe d'une reine, qu'elle n'était pas vierge – ce qui ne les regardait pas, pour reprendre les mots de Calla.

Mais Eleni n'avait pas seulement survécu, elle s'était épanouie dans cet environnement. Elle adorait se mêler aux journalistes et les envoyer sur de fausses pistes.

Son frère avait trouvé la femme qui lui convenait. Kostas en était heureux pour lui, mais beaucoup de femmes n'avaient pas grandi en se moquant de ce que pensaient les gens, comme Eleni.

— Vous n'avez pas à vous préparer pour une patiente ?

Le ton de Calla n'était pas hostile, mais elle le renvoyait bel et bien. Il n'avait pas besoin de s'attarder. D'un point de vue professionnel, en tout cas.

— Comment vous êtes-vous sentie cette semaine ? Des contractions, des crampes, de l'inconfort ?

Calla ne le regarda pas tandis qu'il sortait.

— De l'inconfort ? rétorqua la reine. Vous avez déjà vu une femme enceinte de presque neuf mois qui se sent à l'aise ?

Le rire de Calla se joignit à celui d'Eleni, et le cœur de Kostas se serra. Les deux femmes pourraient être des amies… des sœurs.

Non. Il écarta cette pensée égoïste. Ils avaient eu une nuit parfaite. Il fallait que cela suffise.

4.

— Passez une bonne soirée, Calla. Et ne restez pas trop tard ! lança Alexa en se dirigeant vers la porte de la clinique.

Calla lui rendit son signe de main et alla dans la salle de repos prendre son sac et son panier-repas. La clinique était presque silencieuse – une étrange sensation. En général, les hôpitaux avaient des périodes de calme, mais ils n'étaient jamais silencieux.

Alexa, l'autre sage-femme et elle habitaient assez près de la clinique pour n'être pas obligées d'assurer une présence de vingt-quatre heures, sauf si une patiente venait d'accoucher. Et le palais de Kostas était à moins de quinze minutes, une commodité qui ferait rêver bien des médecins de Seattle.

C'était une toute petite clinique, et cependant Kostas s'était arrangé pour l'éviter durant la semaine et demie qui venait de s'écouler. À part le premier jour, où elle avait examiné la reine Eleni, il était toujours avec une patiente ou dans le bureau, la porte fermée, quand elle était libre.

Elle en avait assez. Croisant les bras, elle regarda la porte close et sentit ses sourcils se nouer. Kostas et elle n'avaient pas à être amis – elle doutait que ce soit possible après leur nuit ensemble –, mais elle refusait d'être ignorée. Elle pouvait faire irruption dans le bureau, mais une meilleure idée lui traversa l'esprit.

Posant son panier-repas sur le comptoir de la réceptionniste, elle alla à la porte d'entrée, l'ouvrit et la referma. Elle savait que la sonnerie retentirait dans le bureau. Kostas avait dû entendre partir Alexa, et il devait savoir qu'elle était la dernière à rester – et qu'elle aurait déjà dû terminer son service.

— Dix… neuf… huit…

Appuyée à la porte d'entrée, elle entama son compte à rebours. Kostas ouvrit la porte du bureau, et elle poussa un soupir frustré.

— Je n'ai même pas eu le temps d'aller jusqu'à cinq !

Une certaine émotion passa dans ses yeux sombres, puis il reprit son masque du premier jour.

— Jusqu'à cinq ?

Elle lui expliqua son manège, tout en essayant de contrôler les émotions qui bouillonnaient en elle. C'était puéril, mais au moins cela avait le mérite de prouver qu'elle ne s'était pas trompée. Il n'était pas si occupé. Et cela faisait disparaître du même coup le dernier petit espoir qu'elle avait nourri.

Mieux valait accepter la vérité que de se faire des illusions.

— Vous n'avez pas à craindre que j'accorde trop d'importance à notre nuit ensemble. Ou que je veuille ruiner votre réputation, Votre Altesse.

Elle fit une révérence, avant de tendre la main vers son panier-repas.

— Ce n'est pas ma réputation qui est le problème, Calla.

Son nom sur ses lèvres l'immobilisa. Mais ce furent ses mots qui allumèrent un feu dans son ventre. Elle n'était peut-être pas la bonne petite amie pour un prince, mais cela ne voulait pas dire qu'il valait mieux qu'elle.

— *Ma* réputation se porte très bien, Votre Altesse. Mais peut-être n'est-elle pas assez bonne pour vous.

Elle avait des larmes de colère dans les yeux, mais elle refusait de les laisser couler.

— Toutefois, on ne me dira pas de nouveau que je vaux moins que quelqu'un d'autre.

— De nouveau ?

Kostas releva brusquement la tête en faisant un autre pas vers elle. Calla redressa les épaules.

— Vous n'êtes pas le premier homme à me dire que je ne suis pas assez bien. Mais nous sommes collègues et vous devriez agir en conséquence. Me traiter comme les autres sages-femmes.

Une larme lui échappa, et elle l'essuya vivement, furieuse d'avoir perdu le contrôle. Il fallait qu'elle sorte de là ; se confronter à lui était une mauvaise idée.

— Je ne peux pas le faire, Calla.

Il saisit son poignet, et elle détesta la chaleur qui monta en elle, même lorsqu'il la relâcha. Pourquoi son corps ne pouvait-il accepter ce que son cerveau avait admis ? Le prince Kostas ne voulait pas d'elle.

Cela lui était déjà arrivé. Et si elle avait été piquée au vif avec d'autres hommes, avec Kostas cela lui faisait mal.

— Je ne dis pas que vous n'êtes pas assez bien.

Il passa une main dans ses cheveux, puis secoua la tête.

— Vous n'êtes pas comme les autres sages-femmes. Je n'ai jamais…

Il s'approcha encore plus près d'elle. Lorsqu'il ne termina pas sa phrase, elle haussa un sourcil et l'acheva pour lui.

— Vous n'avez jamais couché avec elles ? Vous ne leur avez jamais dit adieu dans un aéroport, pensant que vous n'auriez plus jamais à les revoir ? Vous n'avez jamais prétendu ne pas les connaître alors que le destin vous réunissait ?

Les mots tombaient de ses lèvres tandis qu'elle lui jetait un regard noir. Elle s'abandonnait enfin à la blessure et à la fureur que son inattention lui causait.

Elle avait fait des études d'infirmière. Elle était allée au bout du monde pour travailler sur une île où elle ne connaissait personne. Calla Lewis était parfaite telle qu'elle était.

— Je vois que je dérange.

La voix d'Eleni résonna dans la pièce. Calla battit des cils en s'écartant de Kostas. La reine les regarda tour à tour, ses yeux sombres soutenant ceux de son beau-frère assez longtemps pour créer un malaise.

— Je vous fais mes excuses. Evan, mon garde du corps, m'a conseillé d'utiliser l'entrée de derrière. Je rentrais d'une obligation et je voulais voir si tu venais dîner ce soir, Kostas. Je ne voulais pas que la presse s'inquiète pour le bébé, alors…

Elle haussa les épaules.

— Je vais ressortir.

Calla releva le menton, sachant qu'elle paraissait minuscule par rapport à Kostas et à Eleni. Elle rassembla ses dernières réserves en regardant la reine dans les yeux.

— Je suis navrée que vous ayez entendu ça. J'apprécierais votre discrétion, Eleni.

— Vous l'appelez par son prénom, mais vous refusez d'utiliser le mien ?

C'était une récrimination ridicule, et elle rit doucement en prenant ses affaires. Un rire triste qui était la seule chose pouvant réprimer les sanglots qui montaient de son âme.

— Elle prend acte de ma présence. J'ai dû vous jouer un tour pour parvenir à vous voir. Alors pourquoi devrais-je utiliser votre prénom, Votre Altesse ?

Elle n'attendit pas la réponse. Elle tourna simplement les talons et quitta la clinique.

— Ne dis pas un mot.

Kostas pivota sans regarder sa belle-sœur en face. Il avait passé plus d'une semaine à éviter Calla. À arriver tôt, à partir tard, à se ruer d'une salle d'examen à une autre en s'assurant qu'elle était occupée avec ses patientes. Cela avait été une torture.

Mais il ne pouvait s'empêcher de réagir quand il était près d'elle. Même quand elle était furieuse contre lui, tout ce qu'il désirait était lui demander pardon et passer le reste du temps à l'embrasser. Il ne faudrait pas longtemps pour que les gens remarquent sa posture vis-à-vis d'elle.

Et en essayant de la protéger des rumeurs que cette île aimait faire courir, il l'avait fait se sentir indigne de sa présence. Il n'existait pas de châtiment suffisant pour ça dans le monde… même s'il suspectait l'intervention de la justice divine pour s'assurer qu'Eleni ait tout entendu.

— Si tu penses que j'ai l'intention de fermer ma bouche, c'est que tu ne me connais pas du tout.

Eleni s'avança vivement dans la pièce – du moins aussi vivement que son corps alourdi le lui permettait.

— Au moins, maintenant, je peux dire à Ioannis pourquoi tu as été un tel ours. Je suis passée sans me faire annoncer, ce soir, parce que je doutais que tu répondes au téléphone.

Il n'aurait pas répondu, en effet, mais il ne le dit pas.

Il avait assisté au dîner formel du dimanche soir organisé

par son frère, mais il avait pris tous ses autres repas dans ses appartements privés… en pensant à Calla.

— Je n'ai aucune intention de discuter de cela avec Ioannis.

Eleni se laissa choir sur la chaise en face du bureau et sourit.

— J'ai dit que je le dirais à Ioannis. Peu m'importe ce que tu feras.

Il fit claquer sa langue.

— Je ne le crois pas un instant, Eleni. Tu te soucies des autres. Et de moi.

Le sourire de sa belle-sœur s'élargit.

— Oui. Ton frère sait que revenir sur l'île ne t'a pas enchanté. Il n'a pas réalisé que tu complotes déjà en vue de ton départ…

Kostas ouvrit la bouche, mais elle leva une main.

— On n'interrompt pas la reine.

— Tu ne joues pas souvent cette carte, marmonna-t-il.

Elle poursuivit comme si elle ne l'avait pas entendu.

— Ioannis est occupé, mais je sais ce que vouloir s'échapper signifie. J'ai essayé une fois avant d'avoir trouvé ma place.

— La mienne est à Seattle, dit Kostas entre ses dents. Cette île n'a rien à m'offrir.

— Calla…

— Elle finirait comme maman ou Maria. Dévorée par la presse et me haïssant.

Il se sentit rougir. Eleni soutint un moment son regard avant de se relever.

— Tu es le prince Kostas de Palaio. Cela, tu ne peux pas le changer.

Elle se dirigea vers la porte.

— Et Maria était une adolescente. En laissant courir les rumeurs, ton père n'a pas bien agi. Crois-tu vraiment qu'Ioannis ferait de même ?

Kostas eut envie de répondre non. Il voulait croire que son frère ferait passer la partenaire de son cadet avant les besoins de la Couronne. Mais si la pression était trop forte… Il ne savait plus, alors il garda ses pensées pour lui.

— Ta mère…

Eleni marqua une pause, soupesant ses mots.

— Ton père aurait dû la protéger. Mais cette génération-ci ne supportera pas que quelqu'un soit blessé. En particulier pour ce code d'honneur démodé de la famille royale qui veut que l'on ne fasse pas de commentaires à la presse. Moi, je commente tout le temps – exactement comme ça me plaît.

— Parce que personne ne peut obtenir de toi que tu suives les règles du protocole.

Elle agita une main.

— Je suis les règles, mais à ma façon. Et quiconque dont tu tomberas amoureux fabriquera aussi ses propres règles, si tu lui en laisses l'occasion.

Il ouvrit la bouche pour répliquer, mais Elena était déjà partie sans dire au revoir. L'épouse de son frère avait vraiment une manière bien à elle de faire son entrée et d'orchestrer sa sortie.

— Kostas !

La voix de Calla s'éleva de devant la clinique, et son cœur s'accéléra. Finalement, elle l'avait de nouveau appelé par son prénom. Mais sa joie fut de courte durée quand il la vit soutenir une de leurs patientes, Narella, qui semblait à peine lucide.

— Son mari m'a appelée, déclara Calla tandis que Kostas se plaçait de l'autre côté de la patiente. Elle lui a dit qu'elle allait à la clinique, mais d'une voix absente. Je l'ai trouvée au bord du parking, en pleine confusion. En outre, elle est irritable. Cela pourrait-il être un DGS ?

Le diabète gestationnel sucré, couramment appelé « diabète de grossesse », était un trouble métabolique fréquent chez les femmes enceintes. Les symptômes décrits par Calla étaient classiques.

Ils conduisirent Narella à l'intérieur et l'installèrent dans une salle d'examen. Ils mesurèrent son taux de glycémie et le trouvèrent très bas. Calla lui donna à boire un jus de fruits pour le faire remonter. Au bout de quelques minutes, la patiente retrouva ses esprits. Puis son mari, Carlos, arriva, très inquiet, et Kostas et Calla décidèrent de les laisser seuls un moment. Ils sortirent ensemble de la salle.

— Voulez-vous la garder jusqu'à demain, docteur Drakos ? demanda Calla. Je suis de garde cette nuit.

L'énergie qui leur avait permis de coopérer d'une manière très fluide un moment plus tôt s'évapora une fois la porte de la salle d'examen refermée.

— Calla…

— Répondez juste à ma question, docteur. Je ne veux pas parler d'autre chose.

Sa lèvre inférieure trembla, et Kostas regretta pour la millième fois depuis qu'il l'avait rencontrée de ne pas être simplement le Dr Drakos.

Il répondit que Narella avait déjà fait l'expérience de ce trouble lors de ses deux premières grossesses, et que son mari et elle étaient à même de gérer les crises.

— Avez-vous encore besoin de moi ? demanda Calla.

— Oui.

Le mot sortit avant que Kostas ait pris le temps de réfléchir.

— Je vais retourner voir Narella et son mari pour leur donner mes instructions, mais pouvez-vous m'attendre dans le bureau ? Ou ici… Attendez-moi, s'il vous plaît.

Elle croisa les bras, mais ne discuta pas. Il lui devait des excuses. Elle les attendrait.

Quand Kostas fut retourné auprès de sa patiente, Calla se rendit dans la petite salle de repos. Elle savait qu'il voulait discuter de son éclat et elle ne voulait pas le faire dans le bureau, son domaine.

Une fois là, elle souhaita avoir la force de s'en aller. Seulement une partie d'elle désirait une explication – en avait besoin. Mais si Kostas pensait qu'elle s'excuserait, il pourrait attendre longtemps.

Elle entendit Narella et son mari le remercier, et son estomac se crispa. Kostas allait venir la trouver… et dire ce qu'elle ne lui avait pas laissé dire plus tôt. Elle n'aimait pas l'admettre, mais elle avait été fière de partir sans l'écouter. C'était quelque chose qu'elle n'avait jamais pu faire avec Liam. Il avait toujours eu le dernier mot. Pourtant, cette bravade ne lui avait pas apporté autant de satisfaction qu'elle l'avait espéré.

Parce que Kostas n'est pas Liam !

Qu'en savait-elle ? Qu'ils aient passé une nuit ensemble ne voulait pas dire qu'elle le connaissait.

Il aurait eu tout le temps de lui dire qu'il était prince, cette nuit-là. Et il ne l'avait pas fait. Il n'avait pas dit où il allait, n'avait rien partagé de personnel. Leur connexion était purement physique. Alors pourquoi son cœur était-il si certain que Kostas était différent ?

Avant qu'elle ait éclairci ce point, il entra. Sa haute silhouette s'encadra sur le seuil, mais il ne s'avança pas, gardant ses distances. Elle aurait dû en être heureuse, mais ses pensées n'avaient rien de rationnel, en sa présence.

Comme il ne disait rien, elle haussa les épaules.

— Je suppose que vous n'aviez besoin de rien, docteur Drakos.

— Je vous dois une excuse.

— Juste une ?

Calla tiqua à son ton acerbe et ferma les yeux, se balançant sur ses talons.

— Pardon. Ce n'était pas mérité.

— Si, répondit Kostas d'une voix chaude. C'était tout à fait mérité. Je vous dois tant d'excuses. J'aurais dû vous dire qui j'étais à Dayton.

Il passa une main dans ses cheveux courts, et un muscle de sa joue tressauta.

— Le Dr Drakos, obstétricien, est le titre que j'aime. Celui dont je souhaite qu'il me définisse. Celui que j'ai gagné par mon travail. Quand je ne suis pas ici, j'essaye d'oublier que j'ai un titre héréditaire. Je serai bientôt le troisième en ligne pour le trône. Je ne serai jamais roi, et cela me convient. Mieux que bien.

Il secoua la tête en étudiant Calla.

— Quand vous m'avez rencontré, j'étais le Dr Kostas Drakos. Ce que je suis toujours. Hélas, c'est le prince Kostas qui seul compte sur cette île.

— Ce n'est pas vrai. Les gens d'ici vous appellent plus souvent Dr Drakos ou Kostas que « prince » ou « Votre Altesse ». Vous êtes plus que votre titre. Si vous voulez l'être.

Elle détesta alors l'expression de ses yeux sombres. C'était celle qu'elle voyait si souvent reflétée dans son miroir. Le sentiment d'être indigne. Elle ne voyait pas de quoi Kostas, médecin et prince, se sentait indigne. Mais c'était le cas.

— Peut-être, dit-il.

Ce qui voulait dire non, mais elle ne le pressurerait pas. Lui seul pouvait trouver ce qu'il valait dans la vie qu'il menait.

— Cela ne change pas le fait que j'ai mal réagi quand je vous ai vue à la clinique le premier jour, reprit-il. J'avais passé trois jours sur l'île à vous imaginer, à essayer de trouver un moyen de prendre contact avec vous, et puis…

Sa voix s'éteignit, et il se secoua.

— Et puis vous étiez là, soudain, et Alexa nous observait, et la presse était dehors. Cela m'a empêché de faire ce que je voulais vraiment faire, ou simplement de vous traiter comme une collègue que j'avais vue gérer une urgence médicale de la manière la plus stupéfiante qui soit.

Il marqua une pause et reprit :

— Je suis vraiment désolé, Calla. Et je regrette de vous avoir évitée, après ça. Ce n'était pas professionnel.

Cela faisait beaucoup de mots à ingurgiter.

— Qu'est-ce qui ne va pas avec ma réputation ? demanda-t-elle.

Ce n'était pas la seule question qui lui trottait dans la tête, mais c'était celle à laquelle elle voulait une réponse. Si elle l'entendait dire à voix haute qu'une infirmière américaine sans le sou n'était pas la candidate idéale pour être une petite amie princière, cela mettrait peut-être fin aux fantasmes qui peuplaient ses rêves, la nuit.

— Elle n'a rien qui ne va pas.

— Mais vous avez dit…

— Je sais ce que j'ai dit et comment vous l'avez interprété, Calla.

Kostas fit un pas vers elle, et elle eut désespérément envie de le rejoindre. Mais elle força ses pieds à ne pas bouger. Et elle resserra encore plus ses bras autour d'elle en attendant qu'il continue.

— Calla.

Son nom glissa de ses lèvres, et elle sentit sa peau s'échauffer. *Quelle était cette emprise qu'il avait sur elle ?*

— Vous êtes parfaite. C'est moi qui suis le problème. Je sais à quoi ressemble une histoire qui se finit bien avec un prince qui veut passer incognito, au cinéma. J'ai vu les éditions spéciales que les gens adorent, et où tout se met en place entre un prince et une boulangère, ou une journaliste, ou…

— Une infirmière ?

Il hocha la tête.

— Ou une infirmière. De multiples photographes ont capturé ma photo chaque jour depuis que je suis revenu ici. Il y a des rumeurs sur mon âge avancé…

— Votre âge avancé ! Vous avez quoi, Kostas ? Trente-sept ans ?

— Trente-huit.

Il lui dédia un grand sourire et fit un autre pas en avant.

— N'importe quelle femme attachée à moi, même si ce ne sont que des ragots, sera prise en chasse par la presse de l'île. C'est brutal pour celles qui tombent dans le piège.

Il était certain de ce qu'il disait. Elle l'entendait dans sa voix. Il avait vu d'autres personnes blessées de cette manière. Il avait voulu la protéger. C'était gentil, même si elle l'avait vécu comme un traumatisme.

— Quelqu'un que vous aimiez en a souffert ?

C'était une question personnelle, et elle n'était pas sûre qu'il y réponde. Mais elle vit la douleur qui planait dans ses yeux.

— Aimer est un bien grand mot, même si toutes les premières relations passent pour de l'amour, surtout quand on est adolescent. Ma petite amie, Maria, a été harcelée par la presse. C'était stressant, mais elle en riait. Jusqu'à ce qu'une prétendue amie dise aux journalistes qu'elle avait été enceinte et avait perdu son bébé.

— Oh…

Calla se couvrit la bouche, horrifiée.

— Elle a quitté l'île peu de temps après. Elle est heureusement mariée, à présent, mais les rares fois où elle est revenue voir ses parents elle a toujours été accueillie par un ou deux journalistes. J'ai appris il y a quelques années qu'elle paye le voyage à ses parents, maintenant. Elle ne revient plus chez elle à cause de moi.

— C'est terrible.

Mais ce n'était pas sa faute. Il n'avait pas fait courir la rumeur…

— Oui. Néanmoins, j'aurais dû vous parler. Vous expliquer.

Il se passa une main sur la nuque, la regardant.

— Pouvons-nous prendre un nouveau départ… en tant que professionnels ? Collègues ?

— Collègues.

Elle hocha la tête, espérant que la douleur de son cœur ne filtrait pas dans sa voix.

— Nous travaillons bien ensemble. Nous l'avons prouvé par deux fois, maintenant.

Elle fit un clin d'œil, détestant les sentiments qui l'habitaient. Elle avait envie de crier. De lui dire que ce qu'il y avait entre eux était peut-être spécial. Que c'était peut-être vraiment quelque chose. Ne pouvaient-ils pas au moins essayer de s'en assurer ?

Mais peut-être avait-il raison. Peut-être que toutes ces émotions, et la petite voix à l'arrière de sa tête qui insistait sur la valeur de ce qu'ils avaient partagé, n'étaient juste qu'un fantasme qui se faisait jour.

Oui, il avait raison ; la vie n'était pas faite pour les téléfilms. Même quand on avait vraiment envie qu'elle le soit. Il était temps pour elle de partir avant que ses pensées désordonnées ne franchissent ses lèvres. Cela ne rimait à rien de se mettre dans l'embarras alors qu'ils avaient finalement réglé les problèmes entre eux.

— Bonsoir, Kostas.

Elle passa près de lui, si près que sa chaleur toucha son épaule.

Non, ce sont encore des fantasmagories, Calla.

— Bonsoir, Calla.

5.

— Vous avez fait la grimace !

Des rires fusaient dans la salle de repos où les sages-femmes déjeunaient. Kostas prit son panier-repas et commença à se diriger vers son bureau. La clinique octroyait une pause d'une heure et demie pour le déjeuner, ce qu'il n'avait jamais connu à Seattle. C'était un aspect de la vie à Palaio qu'il appréciait.

Parvenu à la porte de son bureau, il hésita. Il y serait seul, et ses pieds le brûlaient de revenir en arrière. Il regarda la salle de repos. S'il se joignait à ses collègues, ce jour-là ? En supposant qu'elles n'y verraient pas d'inconvénient.

Quand il revint, toutes les têtes se tournèrent vers lui. Mais ce fut le regard de Calla qu'il chercha. Les yeux noisette qui hantaient ses rêves lui sourirent tandis qu'il levait son panier-repas.

— Cela vous ennuie si je me joins à vous ?

— Nous serions fâchées si vous ne le faisiez pas, maintenant que vous êtes là.

Alexa adressa un clin d'œil à Calla et à Kali.

— En outre, vous pourrez peut-être nous dire ce qui ne va pas avec notre ketchup.

Calla souffla, tandis que ses collègues riaient.

— Il n'a rien qui ne va pas. Il est bon. C'est juste qu'il n'est pas…

— Pas comme il faut, dit Kali en hochant la tête.

Alexa passa la coupelle de ketchup et les frites à Kostas.

— Vous êtes resté si longtemps en Amérique, dites-nous ce qui cloche, docteur Drakos.

Il plongea une frite dans la sauce tomate tout en soutenant le regard de Calla. Elle était délicieuse. Il trempa une deuxième frite, puis une troisième qu'il porta à ses lèvres.

— Cette sauce est excellente, mais elle n'est pas sucrée.

— Sucrée ? entonnèrent les autres sages-femmes, une main sur le cœur.

Calla hocha la tête.

— Oui. Elle n'est pas douce comme le ketchup avec lequel j'ai grandi. Elle est bonne, mais ce n'est pas du ketchup.

— C'est du ketchup grec, dit Kali. Il est meilleur.

Calla rit et trempa une autre frite dans la sauce, mais moins généreusement qu'il l'avait vue faire à Dayton.

— Les frites sont parfaites.

— La poisse ! lança Kali. Demain, j'essayerai de nouveau. Nous allons trouver quelque chose qui vous plaît.

— C'est gentil, mais pas nécessaire.

Calla prit les mains de sa collègue et les pressa.

La jalousie et le désir qui frappèrent Kostas le surprirent. Les trois sages-femmes étaient proches. Des amies… Mais il ne pensait pas pouvoir être ami avec Calla. Pas vraiment. Pas quand ce n'était pas ce qu'il brûlait d'avoir. Le lendemain, il mangerait dans son bureau.

Calla plaisanta encore, disant qu'elle aurait dû apporter des bouteilles de ketchup de Seattle. Des bouteilles en verre, bien sûr. C'était bien meilleur. Son rire emplit la pièce. C'était un son délicieux, qu'il adorait entendre.

Quand elle porta le bout de ses doigts à ses lèvres pour les embrasser, ce fut un geste si amusant, qui lui ressemblait tant, que le cœur de Kostas en frémit.

— Une experte en ketchup.

Il secoua la tête et tendit la main vers elle. Puis il se rendit compte qu'Alexa et Kali le regardaient, l'air stupéfait, alors il déglutit et se rabattit en arrière sur sa chaise. Il lui avait presque pris la main devant ses collègues. Et celles-ci l'avaient remarqué.

Comment auraient-elles pu ne pas le voir ?

— Je sais que c'est ridicule, dit Calla d'un ton moins enjoué, ce qui le peina. Mais nous avons tous nos marottes stupides. La mienne, c'est le ketchup.

— Kali, ce sont les boules à neige, dit Alexa en riant. Elle en a des dizaines sur ses étagères.

— Et toi, tu collectionnes les vieilles poupées. Affreuses, de préférence.

Tout le monde pouffa. Alexa haussa les épaules.

— J'aime les poupées à l'air triste, celles qui ont été abandonnées.

— Tu as un cœur d'artichaut, dit Kali.

Kostas pensait que les trois femmes l'avaient oublié, mais leurs regards se tournèrent vers lui.

— Quoi ? demanda-t-il.

— Allons, docteur Drakos, dit Calla d'une voix taquine, tandis qu'elle le regardait dans les yeux. Nous avons toutes dévoilé nos marottes, c'est à vous.

— Je n'ai pas de marotte.

— Si, vous en avez sûrement, déclara-t-elle avec un grand sourire.

Il détestait les décevoir, mais il ne pouvait penser à rien de particulier. Ses appartements au palais étaient luxueux, mais il n'avait rien choisi. Il se força à finir son déjeuner, avala et leur offrit sa vérité.

— Je ne trouve rien, vraiment. Être membre d'une famille royale signifie être conformiste.

Kali gloussa.

— Conformiste ! Vous aviez coutume de dire à la presse ce que vous pensiez exactement de votre père, autrefois. Je ne pense pas que le prince prodigue se conformait aux usages.

— Cela a été une dure leçon, déclara Kostas. Mais même les princes prodigues peuvent apprendre.

Il fit un clin d'œil à Alexa, puis regarda Calla. Elle soutint un instant son regard, avec une expression qu'il ne put déchiffrer. Il se força à baisser les yeux ; il serait facile de se perdre dans les profondeurs de ses prunelles noisette… de nouveau. Et ce second écart n'échapperait pas à Alexa et à Kali.

La sonnerie de l'entrée résonna dans la salle de repos, et les deux sages-femmes se levèrent. Elles sortirent vivement, disant qu'il s'agissait sûrement d'une de leurs patientes. L'espoir de Kostas qu'elles n'aient pas noté la tension entre Calla et lui s'évapora.

— Vous avez quelque chose qui vous tient à cœur, j'en suis sûre, dit Calla en tapotant la table de ses doigts.

Brûlait-elle de tendre la main vers lui, comme lui ?

— Non. Ma chambre au palais…

— Qu'y avait-il dans votre appartement de Seattle ? Qu'est-ce que vous rapportiez tout le temps chez vous ?

Il aurait aimé pouvoir lui répondre. Mais son appartement n'avait rien eu d'un « chez-soi ». C'était simplement l'endroit où il dormait. Les murs étaient nus, les placards pleins de vaisselle blanche, même le jeté de lit était gris clair. Il n'avait aucune personnalité.

— Je pourrais vous parler du mug humoristique que j'ai failli acheter. Il disait : « Un médecin plein de sagesse a écrit… » et c'était suivi de gribouillis illisibles.

— Vous avez eu envie de ce mug, n'est-ce pas ?

— Je l'ai trouvé drôle. Il y en avait un autre qui était trop vulgaire pour le bureau, mais qui m'a fait rire.

Soudain, Calla se pencha vers lui. Son cœur bondit lorsqu'il sentit son léger parfum fleuri. Le parfum qui lui avait fait perdre la tête la nuit où il lui avait fait l'amour. L'envie de l'embrasser, de jeter toute prudence par la fenêtre, le traversa comme une flèche.

— Ne vous inquiétez pas. Je ne dirai à personne que vous aimez les mugs amusants.

Puis elle s'éclipsa.

Calla regarda la porte fermée du bureau, puis la petite boîte qu'elle tenait à la main. Elle l'avait trouvée dans un magasin pour touristes. Après avoir cherché dans de multiples boutiques.

Elle se mordit la lèvre et essaya de se forcer à aller jusqu'à la porte. Kostas ne l'évitait pas – en tout cas, pas comme la première semaine. Mais la semaine passée, il était redevenu le parfait médecin qui n'avait pas le temps de bavarder ni de prendre une pause-déjeuner.

Elle était sûre qu'il se nourrissait de barres de céréales et de yaourts. Et après leur échange à propos du ketchup, Alexa et Kali lui avaient demandé tour à tour s'il y avait quelque chose entre elle et Kostas. Elle avait répondu honnêtement que non.

Et cela lui avait brisé le cœur de le faire.

Elle revint à son paquet. Il n'y avait aucune raison qu'elle lui offre un cadeau. En particulier un cadeau aussi intime.

Ce n'est qu'un mug, Calla.

Mais cela avait quelque chose d'intime. Elle savait sur le prince Kostas un détail qu'il n'avait sûrement partagé avec personne d'autre.

Elle se secoua et rejoignit la porte. Des collègues pouvaient se faire un cadeau.

S'il te plaît, Calla.

Se justifier ne changerait pas la vérité. Elle avait cherché un mug pour Kostas. Elle en avait examiné de toutes sortes avant de trouver exactement celui qu'il voulait. Le marchand l'avait regardée bizarrement quand elle avait glapi de joie.

Elle passa les doigts sur ses joues en feu, puis leva une main pour frapper. Juste avant qu'elle ne le fasse, la porte s'ouvrit et Kostas baissa les yeux sur elle. Son regard sombre semblait buter sur sa personne, comme s'il avait envie de s'attarder mais n'osait pas le faire.

— Vous n'avez pas besoin de frapper, Calla. Le bureau est à tout le monde.

— Mais vous êtes le seul à vous y cacher, dit-elle, espérant prendre un ton léger.

Le voir lui avait manqué. Elle ne devrait pas ressentir ce manque, mais savoir cela et comprendre pourquoi elle se sentait si attirée par l'homme debout devant elle étaient deux choses bien différentes.

— Je pourrais arguer que je suis occupé, que je ne me cache pas.

Il fit un clin d'œil avant de s'écarter pour la laisser entrer dans le bureau.

— Mais vous mentiriez, dit-elle en lui rendant son clin d'œil pendant qu'il fermait la porte.

L'air de la pièce parut s'épaissir tandis qu'ils se regardaient dans les yeux. La tension qui existait entre eux devait être visible à l'œil nu, comme le prouvait la réaction d'Alexa et de Kali.

— J'ai quelque chose pour vous, dit-il, la prenant de court.

Il contourna le bureau, sa hanche frôlant la sienne.

— Moi aussi, j'ai quelque chose pour vous.

Calla leva sa boîte et rit tandis qu'il lui tendait un paquet enveloppé d'un joli papier et orné d'un énorme nœud – comme dans un film.

Elle porta les yeux de sa boîte toute nue à ce cadeau, et se sentit rougir de nouveau. Elle n'avait même pas pensé à emballer le mug dans du papier cadeau. La différence entre eux apparaissait clairement à travers ce détail.

— Je n'ai pas empaqueté le vôtre, je suis désolée…

Kostas vint à côté d'elle et lui prit des mains la simple boîte en carton – ses doigts glissant sur les siens. Un feu s'alluma dans son ventre tandis qu'elle combattait l'envie de se hausser sur la pointe des pieds et de poser un léger baiser sur ses lèvres.

— Les dames d'abord.

La voix grave de Kostas tourbillonna autour d'elle alors qu'il lui donnait son cadeau. Elle le prit, surprise par son poids.

— Vous n'avez pas empaqueté des pierres ?

Elle défit soigneusement l'emballage et lui donna un léger coup de hanche, pour plaisanter. Elle le regretta aussitôt quand le désir l'envahit.

Lorsqu'elle souleva enfin le couvercle de la boîte, elle ne put retenir une exclamation.

— Kostas !

Partagée entre le rire et les larmes, elle sortit la première bouteille – en verre – de véritable ketchup. Il y en avait six.

— Quelles que soient les recettes que les autres sages-femmes vous feront essayer, elles ne vaudront jamais celle-ci, dit-il.

— Non, même si elles sont bonnes. Merci.

Elle essuya une larme.

— Pardon. Je n'ai pas encore eu le mal du pays, mais là il me submerge. Pour du ketchup !

Kostas lui prit la bouteille des mains et la remit dans la

boîte, puis il l'attira contre lui. Elle soupira quand sa chaleur l'enveloppa. Elle apprécia le réconfort de cette accolade. Est-ce que les matins pluvieux lui manquaient aussi ? Le ciel gris, les murs couverts de mousse ? Son île natale était magnifique, mais c'était si différent.

Elle inspira, adorant le parfum de mer et de menthe qui lui montait aux narines. Kostas. Elle l'étreignit, puis s'écarta.

— Bon, assez pleurniché. Tout ça ne vaut pas un mois de bon ketchup…

— Un mois ? Je pensais que cela vous durerait au moins six mois !

Il eut un large sourire en ouvrant la petite boîte en carton qu'elle lui avait donnée, et resta bouche bée en en sortant le mug. Il le tint avec soin en le faisant tourner. « Un médecin plein de sagesse a écrit… », la phrase suivie de graffitis illisibles.

Le silence s'étira tandis qu'il le contemplait. S'était-elle trompée ? Était-ce un cadeau minable ? Peut-être avait-il plaisanté au sujet de ce mug. Il était prince, après tout.

— C'est un mug très populaire chez les docteurs, et vous m'en avez parlé. Alors quand je l'ai vu…

— Calla.

Kostas posa le mug et tendit la main vers elle. Il lui caressa le menton.

— C'est le meilleur cadeau qu'on m'ait jamais offert.

— J'en doute.

Elle tremblait tandis que ses doigts dansaient sur sa peau, et elle avait un besoin criant de l'embrasser.

— Je ne mens pas. Ce mug est parfait.

Il la regarda. Il y avait tant de raisons pour lesquelles elle aurait dû s'écarter. Il avait établi clairement – et douloureusement – que la fréquenter ne l'intéressait pas, en tout cas sur cette île. Il était prince, et elle était la fille de deux simples restaurateurs qui avaient travaillé dur. Elle possédait moins de mille dollars. Cendrillon était un conte de fées.

Mais ce soir-là elle voulait croire un instant à la féerie. Un moment d'abandon. Levant la tête, elle effleura ses lèvres des siennes.

— Calla.

Elle frissonna quand il prononça son nom. Elle craignit qu'il ne s'écarte, mais il passa un bras autour de sa taille et la serra contre lui. Elle eut la sensation de rentrer chez elle, de regagner l'endroit où elle devait être. C'était temporaire, mais durant quelques minutes elle allait s'accrocher à ce fantasme.

Il avait un goût de menthe, un goût de mer, un goût de rêve et de tout ce qu'elle ne pouvait pas avoir. C'était à la fois précieux et douloureux. Elle jeta les bras autour de son cou. Kostas… Là, c'était son Kostas.

Pas le prince. Juste l'homme avec qui elle avait eu une relation quelques semaines auparavant.

— Calla…

Cette fois, quand son nom se glissa entre eux, ce fut pour mettre un terme à l'enchantement qui les tenait captifs. Elle ne se cramponna pas à lui, même si une partie d'elle le voulait désespérément. À la place, elle serra ses bras autour d'elle, espérant conserver un peu de la chaleur de Kostas.

— Vous n'avez pas besoin de dire quoi que ce soit, Kostas, dit-elle. Je sais que ceci – elle les désigna tous les deux – n'est pas ce que vous voulez.

Il pencha la tête de côté, et elle vit la douleur passer dans ses yeux.

— À l'instant où je vous ai vue dans cette clinique, j'ai eu envie de vous prendre dans mes bras. De vous embrasser. De remercier le sort que d'une manière quelconque, en dépit de toutes les improbabilités, vous ayez atterri sur mon île.

— Mais…

— La vie d'une personne royale n'est pas facile, Calla. Les contes de fées n'existent pas.

Il lui prit la main, son pouce frottant le bord de sa paume.

— Calla…

Il ferma les yeux, comme s'il soupesait quelque chose, puis il les rouvrit.

— Si nous essayons de nous voir, vous serez harcelée. Il faut que vous le compreniez.

Le cœur de Calla s'emballa.

— Si nous essayons…

— Maria n'est pas la seule femme que j'ai vue détruite. Ma mère… est partie. La vie royale était trop pesante pour elle.

Il déglutit, et Calla put voir la douleur qui l'irradiait.

— Maman, la reine Sofia, était tellement magnifique. Elle a fait tout ce que mon père et le pays exigeaient d'elle. Mais cela n'a pas suffi. À cause de ses réponses discrètes, de son sourire timide, on a dit qu'elle était snob. Qu'elle se croyait au-dessus des habitants de l'île.

Les mots coulaient de sa bouche, et Calla s'approcha de lui pour poser la tête sur son épaule. Elle voulait lui faire savoir qu'elle était là pendant qu'il déversait son chagrin.

— Mon père pensait qu'il était indigne du palais de réagir à ces accusations. Elle a essayé de le supporter. On nous apprend cela au berceau : le devoir, la responsabilité, le pays d'abord. Elle a essayé, vraiment. Mais…

— Cela a été trop pour elle ?

— Oui. Un jour, elle est partie en vacances et elle n'est jamais revenue.

Il appuya sa tête sur celle de Calla.

— Mais même ce départ ne lui a pas apporté la paix. Elle est morte quand j'avais treize ans. Elle nageait dans la mer et…

Il prit une grande inspiration.

— Elle était bonne nageuse, mais il y avait des reporters sur la plage. Nous pensons qu'elle a essayé de longer la côte pour leur échapper, et qu'elle a été prise dans un courant. Mais honnêtement, nous ne savons pas ce qui s'est passé.

— Oh ! Kostas.

Elle l'attira à elle, le serrant de toutes ses forces.

— Je suis tellement désolée.

Il inspira encore et lui sourit.

— Elle vous aurait adorée.

Il parut étonné lui-même de ce qu'il venait de dire. Calla l'étreignit et lui embrassa la joue.

— J'aurais aimé la rencontrer.

Kostas posa un baiser sur le sommet de sa tête et lui dédia un sourire qui n'atteignit pas ses yeux.

— Je ne parle pas d'elle, en général, mais je veux que vous compreniez – que vous compreniez vraiment – ce que cela signifie de fréquenter une personne royale.

— Je vois.

Calla essaya de trouver les mots justes. Tant d'émotions l'habitaient.

— J'aimerais que ce ne soit pas le cas, poursuivit-il. Mais votre vie sera contrôlée par des choses souvent dénuées de sens – le protocole royal, les questions, les appareils photo. Elle ne vous appartiendra plus vraiment. Et cela ne prendra pas fin quand nous romprons, non plus. Vous serez toujours l'infirmière qui est sortie avec le prince.

Quand nous romprons…

Ces mots lui glacèrent le sang. « Quand », pas « si ».

Elle avait été disposée à essayer. Disposée à voir si elle pourrait vivre dans le cadre étroit qu'il décrivait pour lui-même et la personne à qui il tiendrait. Elle n'avait jamais ressenti une connexion comme celle qui les liait.

Sauf que Kostas voyait ceci comme temporaire. Et elle ne voulait pas entrer dans une relation où l'un des deux partenaires savait déjà qu'il y avait une date d'expiration.

— Je comprends.

Elle déglutit en regardant le mug et les bouteilles de ketchup posés sur le bureau. Des cadeaux futiles, des choses qui ne devraient pas compter. Mais ils parlaient de ce qu'il y avait entre eux. Le prince et l'infirmière. Kostas et Calla.

Son cœur eut mal tandis qu'elle prenait le carton de bouteilles de ketchup et le serrait contre elle. Ils étaient à un carrefour, et elle voulait prendre la route qui menait à eux, à elle dans les bras de Kostas, de nouveau. Mais pas s'il pensait que leur relation était déjà destinée à échouer.

Elle ne se fia pas à elle-même pour dire quoi que ce soit à ce sujet. À la place, elle regarda le ketchup, puis le dévisagea.

— Merci de m'avoir dit tout ça, Kostas. De m'avoir confié des souvenirs de votre maman.

Elle ravala sa douleur et ajouta :

— Je vais me rationner, pour le ketchup. Enfin, je vais essayer.

— Bonne nuit, Calla.

Sa voix était mélancolique, comme s'il avait espéré qu'elle accepte une liaison passagère. En sachant qu'il ne la voyait pas comme une partenaire potentielle pour la vie.

Liam ne l'avait pas vue comme une partenaire durable, non plus. Au moins, Kostas l'avait dit tout de suite.

Calla Lewis méritait mieux que du temporaire, même si son cœur le désirait terriblement.

Kostas avait mis de la distance entre eux, et elle avait fait bouger les bornes. Exigé qu'il tienne compte d'elle. Elle ne regrettait pas ce choix, mais à présent elle s'assurerait de se protéger elle-même.

— Au revoir, Kostas.

— Docteur Drakos ?

Alexa se glissa dans le bureau, la tête basse.

Kostas porta à ses lèvres le mug que Calla lui avait offert. Quoi que la sage-femme ait à dire, il doutait que ce soit une bonne nouvelle. Il était ridicule que le cadeau d'une femme qui avait fait de son mieux pour l'éviter les deux derniers jours lui apporte du réconfort, mais c'était ainsi. Et il acceptait qu'elle mette de la distance entre eux, après lui avoir dit la vérité sur ce que sortir avec lui impliquait.

Il ne se lasserait jamais d'elle. Il en était quasiment certain, même s'il ne devrait pas l'être. Il l'avait connue le temps d'une nuit spectaculaire et avait travaillé avec elle pendant un peu plus de deux mois. Ce n'était pas suffisant pour nourrir une telle certitude, mais son âme en était sûre.

Si Calla s'était glissée dans ses bras, l'autre soir, et lui avait dit qu'elle voulait essayer de vivre quelque chose avec lui, il l'aurait embrassée profondément. Lui aurait indiqué l'entrée privée du palais et aurait passé la nuit à la vénérer. Il écarta ces pensées et regarda Alexa.

— Qu'est-ce qui ne va pas ? Est-ce une patiente ?

Elle fit signe que non, l'air piteux.

— Je plaisantais avec mon voisin, l'autre jour, et j'ai dit quelque chose que je n'aurais pas dû dire.

Elle releva vers lui ses yeux pleins de larmes.

— Je suis vraiment désolée, Votre Altesse.

Qu'elle utilise son titre fit passer des picotements d'appréhension sur la peau de Kostas. Il se leva, et conserva une voix basse et calme.

— Je suis sûr que, quoi que ce soit, ce n'est pas si grave, Alexa.

Elle pinça les lèvres.

— Il m'a demandé comment c'était de travailler avec vous, et m'a questionné sur la nouvelle sage-femme. Vous savez combien l'île peut paraître minuscule. Tout le monde veut tout savoir.

Il hocha la tête, une vive tension naissant dans son ventre. *Calla*. Elle était un élément extérieur, une belle étrangère qui était arrivée juste après lui, le prince prodigue…

— Qu'avez-vous dit ?

— Qu'à mon avis vous formeriez un beau couple.

Le soupir d'Alexa résonna dans le bureau.

— C'était une plaisanterie, je le jure. Je ne pensais pas…

— Vous ne pensiez pas quoi ?

Elle sortit son portable de sa poche, balaya l'écran, puis le lui mit sous le nez.

Le *Weekly Times,* le journal à sensation de l'île et de ses voisins, affichait une photo de Calla quittant la clinique. Une photo qui n'était pas très flatteuse. Ils auraient pu trouver mille fois une meilleure image… s'ils l'avaient voulu.

Mais le gros titre rendait évident que le but du magazine n'était pas de placer Calla Lewis sous un éclairage favorable. « Une étrangère tentant d'infiltrer la famille royale ? »

Il détesta cette phrase, mais se demanda comment Alexa pouvait penser que c'était sa faute.

— Alexa, c'est regrettable, mais honnêtement peu de choses se sont passées depuis mon retour. Alors qu'ils concoctent une histoire lors d'un jour creux n'est pas du tout surprenant.

Il lui rendit son téléphone. Il fallait qu'il trouve Calla, s'assure qu'elle allait bien. Et qu'il rassure Alexa.

— Vous vous rappelez l'histoire d'Ioannis se mariant dans la famille royale britannique, avant son union avec Eleni ? C'était n'importe quoi. Mais le gros titre a fait vendre, ce qui est tout ce que ces torchons recherchent.

— Merci, dit Alexa. Malheureusement…

Elle relâcha son souffle et fit de nouveau défiler les pages de son portable avant de le présenter de nouveau à Kostas.

— Les mots soi-disant d'une source anonyme sont ceux que j'ai dits à mon voisin.

Pour tous ceux qui les approchent, il est évident que Calla et le prince Kostas partagent une attirance. Ils sont comme des aimants qui tournent l'un autour de l'autre, brûlant de se rejoindre.

— Je pensais que l'image des aimants était bien trouvée, mais maintenant que je la vois imprimée…

La lèvre d'Alexa trembla.

— Je vais vous donner ma démission, si vous voulez.

— Ce n'est pas nécessaire. J'aimerais être un collègue ordinaire, mais je ne le suis pas.

À ce moment-là, la voix de Calla retentit depuis l'avant de la clinique.

— Je n'essaye pas d'infiltrer quoi que ce soit ! Je mets simplement des bébés au monde. Excusez-moi.

Pendant qu'Alexa pivotait, Kostas contourna précipitamment le bureau et fut dans la salle d'attente quelques secondes après la sage-femme. Mais il était déjà trop tard. Alexa s'expliquait et s'excusait.

— Ce n'est pas une affaire.

Calla étreignit sa collègue, mais ne regarda pas Kostas, comme elle l'avait fait ces derniers jours.

Que ne ferait-il pas pour voir ces beaux yeux noisette fixés sur les siens, de nouveau…

— Calla, est-ce que ça va ? demanda-t-il.

Elle rit.

— Bien sûr, docteur Drakos. Sauf qu'ils auraient pu choisir la photo qu'ils ont prise de moi sur la plage, l'autre jour, et pas celle où je sors épuisée de la clinique, vêtue de mon uniforme.

— Sur la plage ? Quand est-ce arrivé ?

— Il y a deux jours.

Elle pressa la main d'Alexa.

— J'étais bien, ce matin-là. Coiffée, maquillée et tout. Très en forme, ce qui est étonnant vu que je semble encore lutter contre le décalage horaire après plusieurs semaines.

Elle bâilla et haussa les épaules.

Kostas croisa les bras sur sa poitrine tandis que l'envie de l'attirer à lui l'envahissait. Quelqu'un l'avait photographiée, et elle ne le lui avait pas dit. *Pourquoi l'aurait-elle fait ?*

Ils étaient des collègues, pas des aimants. Mais cela lui faisait mal qu'elle n'ait rien dit. Qu'elle n'ait pas demandé son aide.

— Vous êtes sûre que ça va ?

Elle paraissait très fatiguée, et cela ne pouvait pas être le décalage horaire, pas après six semaines. En outre, à part un accouchement de nuit la semaine passée, le rythme à la clinique avait été assez léger. Est-ce qu'il y avait autre chose ? Plus que des reporters sur la plage ? Ils ne campaient sûrement pas devant chez elle pour un ragot mineur !

Enfin, elle croisa son regard.

— Je suis sûre que tout cela se calmera bientôt, docteur Drakos. Inutile de vous inquiéter pour moi.

Dr Drakos. Pendant quelques belles journées, il était redevenu Kostas. Mais depuis qu'elle lui avait offert le mug et s'en était allée, c'était fini. Et il détestait ça.

— Si cela ne se calme pas…

— Cela se calmera.

La porte de la clinique s'ouvrit avant qu'il puisse répliquer.

— Calla, je ne me sens pas très bien. Pouvez-vous s'il vous plaît m'examiner rapidement ?

Eleni, la voix aiguë, referma la porte et fit un clin d'œil à Kostas.

— J'espère qu'Ioannis comprend que tu fais simplement marcher la presse, dit-il en serrant les poings sur ses côtés.

Sa belle-sœur s'empressa de rejoindre Calla, devenue sa sage-femme favorite. S'il n'y avait pas de complications nécessitant une césarienne, qu'il pratiquerait, c'était Calla qui mettrait au monde le bébé royal. Les deux femmes s'entendaient bien, mais il espérait qu'Eleni n'escomptait pas davantage.

Elle en savait tellement plus que ce qu'Alexa avait subodoré. Mais il était certain qu'elle ne le dirait à personne en dehors de son mari. Tous deux n'avaient pas de secrets l'un pour l'autre. Il les enviait. Ils s'aimaient tant ! Et ils adoraient leur fils. Ils le traitaient comme leur enfant, pas comme l'héritier du trône.

Être auprès d'eux avait rendu Kostas jaloux. Mais comme le montraient les ennuis actuels de Calla, il y avait un prix à payer quand on tombait amoureux d'une personne royale – ou qu'on était supposé le faire.

— Que se passe-t-il, Eleni ? Vous jouez encore la comédie pour les journalistes ?

Calla sourit tandis que la reine passait son bras sous le sien.

Calla comprend-elle à quel point c'est unique ? Comment Eleni la protège à sa façon ? Comment elle la protégerait s'ils étaient visés ?

— Ce ne sont pas des journalistes. Juste des gens qui espèrent prendre une photo ou choper une histoire qu'ils pourront vendre.

Eleni fit une grimace et se massa le dos.

— Oh ! comme mon dos me fait mal ! La douleur va et vient par vagues.

— Avez-vous mesuré la fréquence de ces douleurs ? demanda Calla en regardant Kostas.

Il pinça les lèvres et consulta la pendule pendant que sa belle-sœur respirait profondément.

— Vous pensez que c'est le travail, mais je ne crois pas. Ça ne ressemble pas à ce que j'ai eu pour Mateo.

— Le travail au niveau du dos est courant quand le bébé est en position occipitale postérieure, déclara Kostas.

Eleni lui jeta un regard noir, puis regarda Calla.

— Ce qui veut dire ?

— Cela veut dire que le bébé est tourné vers l'arrière, et que sa tête pousse contre votre dos et non contre votre ventre, répondit calmement Calla. Ce n'est pas ennuyeux pour l'enfant mais, s'il ne se retourne pas, cela signifie que le travail sera plus dur pour vous.

— Oh ! formidable.

Eleni fronça les sourcils et porta de nouveau une main à son dos.

— Kostas…, dit-elle d'une voix haletante.

— J'appelle Ioannis ? demanda-t-il tandis qu'elle luttait contre la douleur.

Les contractions étaient espacées de huit minutes. Eleni était en travail, mais elle avait probablement encore un bon moment à tenir.

— Oui, dit-elle dans un souffle. C'est lui qui m'a mise dans cette situation, ajouta-t-elle d'un ton mordant.

— Si vous veniez avec moi en salle d'accouchement ? suggéra Calla. Je vous masserai le dos, ce qui vous soulagera.

— Au moins, la presse aura quelque chose de mieux à se mettre sous la dent que Calla infiltrant la famille royale ! lança Eleni alors que Kostas regagnait son bureau.

Calla rit.

— Comme c'est gentil à vous d'entrer en travail dans mon intérêt, Eleni. Comment vous le revaudrai-je ?

— Si vous me massez le dos, je promets de faire tout ce que vous voudrez.

La reine leva les yeux et vit Kostas qui se tenait encore sur le seuil du bureau.

— Ioannis ! Tout de suite ! ordonna-t-elle.

6.

Calla bâilla et massa son dos tendu. Après s'être occupée de ses patientes et avoir aidé Eleni dans son travail – qui n'avait pas beaucoup progressé au bout de douze heures –, elle était harassée.

La reine s'était excusée maintes fois d'être venue trop tôt. Elle n'avait vraiment pas pensé que ses douleurs étaient le début du travail. Elle était juste passée à la clinique pour plaisanter avec Kostas et donner du grain à moudre à la horde qui attendait dehors. Mais une fois qu'Ioannis était arrivé, le petit groupe de reporters amateurs avait été remplacé par de vrais journalistes. La clinique serait quasiment sous séquestre jusqu'à ce que le bébé royal fasse son entrée.

Les rendez-vous de toutes les femmes qui n'avaient pas besoin d'être vues ce jour-là avaient été reportés. Restait une poignée de futures mères dont la grossesse était avancée et qui avaient dû traverser la foule. Calla et les autres sages-femmes les avaient escortées à travers le parking, ignorant les questions qu'on leur posait. C'était de la folie !

— Si vous êtes fatiguée, vous pouvez rentrer chez vous, dit Kostas d'une voix douce en entrant dans la salle de repos. J'ai donné du stadol à Eleni. Elle somnole. Lorsqu'elle se réveillera, il faudra commencer la pitocine si la dilatation n'a pas progressé. Mais il faut espérer que ce repos accélérera les choses.

Calla le souhaita. La pitocine ferait avancer l'accouchement, mais intensifierait aussi les contractions. Eleni avait perdu les eaux une heure auparavant.

— Calla, si vous avez besoin de vous reposer…

— Je vais bien. J'ai dormi un peu après ma dernière patiente. Les couchettes de la pièce de derrière sont plus confortables que celles de la maternité où je travaillais. C'était du béton !

Elle espéra que son ton léger dissimulerait son épuisement. Elle aurait dû répondre plus tôt à Kostas, mais ces temps-ci elle avait l'esprit embrumé. Elle ne savait pas à quoi c'était dû.

Elle voulait croire qu'elle allait bien, mais ce n'était pas tout à fait vrai. Elle était fatiguée. Elle ne semblait jamais pouvoir être complètement reposée. C'était comme si ses batteries internes ne pouvaient se recharger qu'à 80 %. Et elle ne comprenait pas pourquoi.

Ce jour-là, cela faisait huit semaines qu'elle était arrivée sur l'île. Il ne pouvait plus s'agir du décalage horaire. Elle n'avait pas de rhume ni de virus. Elle vérifiait sa température chaque matin, juste pour s'assurer qu'elle ne présentait pas de danger pour la santé de ses patientes et des bébés.

Peut-être décompressait-elle après des années de travail frénétique ? La clinique de Palaio offrait un environnement tellement plus détendu qu'à Seattle. Elle voyait de sept à dix patientes par jour, au lieu de vingt à vingt-cinq auparavant. Elle connaîtrait une vie professionnelle parfaite, si elle ne bâillait pas sans arrêt !

— Avez-vous besoin de quelque chose ? demanda doucement Kostas.

Elle savait qu'il ne parlait pas de sa fatigue, ni d'Eleni. L'envie de s'appuyer contre lui, de lui dire qu'elle voulait davantage, la submergeait presque. Mais avant qu'elle puisse penser à quelque chose, Ioannis entra dans la pièce, interrompant le moment qu'ils auraient pu partager.

— Le dîner !

Le roi, accompagné d'odeurs de burgers et de frites, souriait largement.

— Si l'un de vous dit à ma femme que j'ai craqué pour un burger pendant qu'elle dormait, je l'exilerai de l'île !

Calla s'écarta du mur auquel elle s'appuyait.

— Je ne suis pas sûre que votre frère considère l'exil comme une punition.

Elle adressa un clin d'œil à Kostas et le regretta aussitôt quand son regard soutint le sien. Elle avait si bien réussi à garder ses distances, dernièrement. Pas parce qu'elle le désirait, mais parce que c'était nécessaire. Et les palpitations de son cœur lui rappelaient combien il était facile pour elle de réagir face à cet homme.

— C'est vrai. Mais je pourrais menacer de vous exiler, vous, dit-il en plaisantant. Là, la menace serait plus sérieuse.

Calla dut se contrôler fermement pour ne pas porter les mains à ses joues échauffées, tandis qu'elle guettait la réaction de Kostas. Elle prit son burger et ses frites, l'eau à la bouche et l'estomac gargouillant de faim.

— Elle est l'une des meilleures sages-femmes avec qui j'ai jamais travaillé. Non ! La meilleure ! dit-il, son regard s'attardant un instant sur elle avant de se tourner vers son frère. Tu ne voudrais pas priver l'île de son expertise !

Rassérénée, Calla prit une frite en en savourant à l'avance le goût salé. Depuis une semaine, elle avait envie de manger des choses salées, un changement pour elle qui adorait le sucre. L'île faisait peut-être vraiment d'elle une personne différente.

— Attendez. J'ai apporté du ketchup !

Ioannis gloussa, cherchant visiblement à dissiper la gêne qu'il avait causée par sa plaisanterie. Calla ne douta plus qu'Eleni lui avait parlé de la conversation qu'elle avait surprise.

Il sortit une bouteille de son sac.

— Kostas a dépensé une petite fortune pour le faire venir des États-Unis. J'en ai chipé une bouteille et je dois admettre que j'ai été agréablement surpris, Calla. Il est sucré…

Calla se força à sourire. Le cadeau de Kostas était très gentil. Mais elle n'aimait pas le goût de ce ketchup.

Elle le trouvait acidulé… et fade. Elle avait ouvert deux bouteilles pour s'en convaincre.

— Qu'est-ce qui ne va pas ? demanda Kostas en lui tendant la sauce. Et ne me dites pas qu'il n'y a rien. D'ordinaire, la vue du ketchup vous tire un grand sourire. Et là, vous avez froncé les sourcils.

Elle se mordit la lèvre et mangea la frite qu'elle tenait. Elle la trouva délicieuse. Elle en saisit une autre, prenant soin d'éviter le regard de Kostas.

— Je ne lui trouve pas bon goût, avoua-t-elle, consternée de lui gâcher son plaisir.

C'était peut-être dû au transport, ou alors… ses goûts changeaient sur cette île méditerranéenne.

— Je me rappelle que, quand Eleni était enceinte de notre premier, elle s'est mise à détester les palourdes, tout à coup, alors qu'avant elle les adorait, déclara Ioannis en enfournant une frite dans sa bouche. En ce qui vous concerne, vous devez trouver notre nourriture si bonne que vous n'avez plus envie d'en masquer le goût avec du ketchup !

Calla rit, espérant que cela sonnait juste.

— La nourriture ici est merveilleuse, c'est vrai. Mais c'est dommage pour les palourdes. Mes parents servaient une délicieuse crème aux palourdes dans leur restaurant.

Soudain, elle eut la nostalgie de la petite cuisine où ses parents essayaient de nouveaux plats. C'était stupide. Ils étaient morts depuis des années, et le restaurant était fermé depuis longtemps. Décidément, ses émotions étaient à fleur de peau. C'était peut-être la fatigue ou l'excitation de la naissance toute proche, se dit-elle. Elle avait toujours été émerveillée par l'arrivée d'un nouveau-né.

— Je pêchais des palourdes pendant des heures, quand j'étais enfant, dit Kostas avec un grand sourire, avant de se tourner vers son frère. Pour changer de sujet, j'ai peut-être trouvé une obstétricienne. Tu te souviens du Dr Bandi ? Elle est en Grèce, actuellement, mais elle souhaite rentrer.

Ils continuèrent à parler de ce recrutement. Calla aurait dû les écouter, car le choix d'un médecin était capital pour une clinique. Mais ses oreilles bourdonnaient tandis qu'elle pensait à l'histoire d'Eleni et des palourdes. Mentalement, elle calcula la date de ses dernières règles. Deux semaines avant son arrivée à Palaio.

Sapristi.

Elle avait du retard. Plusieurs semaines de retard. Sa gorge se serra.

Tous ses symptômes faisaient sens, brusquement. La fatigue, l'esprit embrumé, l'envie de dormir, le dégoût pour des aliments qu'elle adorait autrefois… Même ses seins étaient sensibles. Elle était sage-femme. Comment avait-elle pu ignorer des signes dont elle parlait avec tant de femmes ?

Parce qu'elle n'avait pas considéré comme possible d'être enceinte. La seule personne avec qui elle avait couché depuis un an était assise à côté d'elle. Et ils s'étaient protégés. Mais combien de fois avait-elle expliqué à des femmes stupéfaites que les préservatifs n'étaient sûrs qu'à 98 %, même quand on les utilisait parfaitement ?

Ce qui signifiait que, sur cent personnes utilisant cette méthode de contraception, deux tomberaient enceintes.

Elle mordit dans son burger tout en s'efforçant de contraindre son esprit à tout considérer. Elle était enceinte. Du bébé de Kostas… son bébé royal.

— Je sais que tu es épuisée, Eleni, mais tu dois pousser, dit Kostas d'une voix égale et ferme à sa belle-sœur qui le fusillait du regard.

— Tu peux le faire, mon chou.

Ioannis se pencha pour frotter l'épaule de sa femme, mais elle leva une main.

— Si tu me touches, je te griffe !

Elle laissa échapper un sanglot et se laissa retomber sur le lit.

— Je suis désolée.

Elle poussa un gros soupir et ferma les yeux.

— Je n'en peux plus.

— Bien sûr, dit Calla en s'approchant pour arranger les oreillers. Donner naissance est éreintant. Ce n'est pas pour rien que nous parlons de « travail ».

Elle pinça les lèvres en regardant Kostas. Il y avait dans son regard quelque chose qu'il ne put déchiffrer. Cela disparut rapidement.

Ensemble, ils décidèrent d'essayer l'accouchement en position accroupie. Calla garda un ton enjoué pour expliquer les bénéfices d'un changement de position, avec la gravité qui aiderait la future mère. Elle contrôlait totalement la situation, ne songeant pas un instant qu'elle donnait des instructions à une reine.

Kostas savait que c'était l'une des raisons pour lesquelles Eleni avait demandé que Calla soit sa sage-femme principale. Celle-ci la traitait comme n'importe quelle autre patiente, ce qui était un cadeau sans prix pour elle.

Calla avait donné à Eleni une barre à laquelle se cramponner. Elle respirait entre ses dents, sifflant presque quand la contraction suivante arriva.

— Cramponnez-vous et poussez ! C'est ça, poussez !

La contraction reflua, mais Kostas put voir que sa belle-sœur était plus détendue.

— Si c'est plus facile ainsi, pourquoi accoucher sur le dos ? demanda-t-elle.

— Un roi de France préférait cette position, répondit Calla en riant.

Kostas connaissait l'histoire. On disait que Louis XIV aimait regarder accoucher ses épouses et ses maîtresses.

— Je jure que cette petite fille m'apprécie plus, maintenant ! déclara Eleni sans lâcher la barre.

— C'est une fille ? s'exclama Ioannis en lui massant le dos.

— J'ai rêvé d'elle la nuit dernière, comme j'avais rêvé de Mateo. Et elle est têtue… comme moi.

— C'est une des choses que j'adore chez toi.

— J'ai toujours envie de te tuer !

Kostas regarda Calla se mordre les lèvres en suivant les progrès d'Eleni. Elle croisait et décroisait les bras. Quelque chose l'inquiétait-elle ? Les constantes vitales du bébé étaient très bonnes, et Eleni se comportait bien. Pourtant, elle semblait ailleurs. Et elle ne cessait de porter les yeux sur lui, puis de les écarter.

— C'est fini, dit Ioannis en embrassant le front de sa femme quand une nouvelle contraction cessa.

Son frère adorait Eleni, leur fils et leur bébé à venir. Kostas regarda de nouveau Calla et ressentit de la jalousie.

Il voulait avoir ce que son frère avait. Plus qu'il ne l'avait jamais admis avant de rencontrer Calla. Ioannis était parfait ; il était le contraire. Le faire-valoir du roi aimé de tous. Non, ce n'était pas vrai, mais ce n'était pas la vérité qui faisait vendre les journaux et les espaces publicitaires.

Calla et lui n'étaient pas ensemble, mais la presse avait tout de même publié l'article insinuant qu'elle cherchait à infiltrer la famille royale. *L'infiltrer !* Quel mot affreux. Un terme qui ne s'appliquait pas à elle. Et qui voulaient-ils qu'il épouse ? Personne… et tout le monde.

— Vous faites des progrès, Eleni, dit Calla rayonnante, en le regardant. Je pense que dans trois ou quatre poussées le bébé sera là. Docteur Drakos, voulez-vous le recueillir ?

— Absolument.

Il se mit en position, les mains sous Eleni. S'occuper des femmes et de leurs enfants durant ces premiers instants de vie était chaque fois un miracle. C'était sa vocation, et il n'avait jamais envisagé une autre spécialité. Mettre au monde l'enfant de son frère était un cadeau auquel il ne s'était pas attendu, et il était reconnaissant à Ioannis de l'avoir fait rentrer à Palaio.

Quand la petite princesse glissa dans ses mains, nantie d'épais cheveux noirs, il fit un signe de tête à Eleni.

— Votre fille est magnifique.

La reine poussa un doux soupir et essuya une larme, tandis que le nouveau-né poussait son premier cri. Calla l'aida à se rallonger et prit le bébé à Kostas pour le poser sur la poitrine de la jeune mère.

— Zelia, murmura-t-elle en embrassant le sommet de la tête du nouveau-né.

Elle ferma les yeux, trop concentrée sur sa fille pour remarquer l'évacuation du placenta. Au bout de quelques minutes, Calla demanda si elle pouvait nettoyer le bébé. Quand elle le prit dans ses bras, le cœur de Kostas se serra douloureusement, mais il repoussa ce désir. S'il était le mauvais garçon de la famille royale, et si les femmes à qui il tenait étaient des intrigantes, que dirait-on de ses enfants ? Les protéger de tous les flashs, les ragots et les blessures serait impossible.

Un moment plus tard, Calla redonna la petite Zelia à Kostas en lui disant :

— Vous devriez la donner à ses parents, oncle Kostas.

Il la vit déglutir.

Il remit le bébé à Eleni en les félicitant, et regarda son frère se pencher sur sa femme pour caresser le mignon petit visage de sa fille.

— Elle ressemble à sa maman, dit le roi d'une voix étranglée.

Kostas se détourna pour leur laisser un moment d'intimité. Calla avait disparu, et il ne put s'empêcher de froncer les sourcils. Il avait besoin de la trouver. *Pour des raisons qu'il ne voulait pas passer trop de temps à analyser.*

— Remercie Calla pour nous, dit doucement Ioannis. Et dis-lui que j'espère que le ketchup aura bientôt bon goût.

— Profitez bien de votre petite, déclara Kostas avant de s'en aller.

Il avait besoin de trouver Calla. *Tout de suite.*

Calla se glissa dans la salle d'examen silencieuse, et serra ses bras autour d'elle en regardant l'appareil à échographies. Elle jeta un coup d'œil à la porte, puis de nouveau à la machine. Si elle devait l'utiliser, c'était le moment.

Kostas était occupé avec sa famille. Elle avait envisagé de faire un test de grossesse, mais elle avait été tellement concentrée sur l'accouchement qu'elle était déshydratée. Et elle ne voulait pas attendre.

L'appareil bourdonna lorsqu'elle l'alluma, et elle prit le gel pour la sonde. Abaissant son pantalon d'uniforme, elle passa le produit sur son ventre et saisit la sonde, la main tremblante. Il lui fallut moins de trente secondes pour vérifier ce qu'elle suspectait.

Le petit haricot bougeait sur l'écran. Sa taille correspondait à neuf semaines et demie… ce qui coïncidait parfaitement avec sa nuit avec Kostas. Des larmes lui montèrent aux yeux, et ses lunettes s'embuèrent tandis qu'elle observait les mouvements du fœtus.

— Je t'aime, chuchota-t-elle.

Quoi qu'il advienne, quelle que soit la réaction de Kostas, elle était certaine d'une chose : elle aimait ce petit bout.

Essuyant une larme, elle essaya de penser à la suite. Comment était-elle censée le dire à Kostas ? Sa lèvre inférieure trembla. Si cela était arrivé avec Liam, elle savait qu'il l'aurait accusée de vouloir le piéger.

Que ressentirait Kostas ?

Infiltrer la famille royale… L'odieux gros titre lui traversa l'esprit. Comment allait-elle s'arranger avec les questions des journalistes ? Comment allait-elle protéger son enfant ?

Elle passa la main sur l'image, essayant de se calmer. Elle pouvait le faire. Elle le devait. Son bébé était royal, mais cela ne signifiait rien pour elle. C'était son fils ou sa fille. C'était tout ce qui comptait.

Mais cela importerait pour le reste du monde.

— Calla…

Elle sursauta quand la voix de Kostas résonna dans la petite pièce. La sonde tomba par terre, et l'image de son bébé disparut. Comment ne l'avait-elle pas entendu ouvrir la porte ?

Essuyant une dernière larme, elle attrapa la sonde et coupa l'appareil. Ce n'était pas ainsi qu'elle avait prévu de le lui dire – même si elle n'avait guère eu le temps de réfléchir à la manière de le faire. Mais repousser la chose n'était pas non plus une option. Elle se tourna, croisant les bras sur sa taille.

— Kostas…

Elle avait la bouche sèche et elle ne parvenait pas à trouver les bons mots pour expliquer ce qu'il avait vu.

Il semblait figé sur place ; seule sa bouche s'ouvrait et se refermait, sans que des mots en sortent.

— Kostas, reprit-elle, ça va aller.

Elle n'en était pas certaine à 100 %, mais elle se détendit un peu. Elle trouverait un moyen. Quoi qu'il advienne.

— Êtes-vous… Calla… Est-ce que vous êtes…

Ses yeux sombres allaient de l'appareil à elle.

— Enceinte ?

Elle sourit en terminant sa phrase. Puis elle prit une grande inspiration. C'était le moment de vérité.

— Oui.

Un petit mot, si minuscule, qui changeait tout.

Il passa une main dans ses cheveux, puis se balança sur ses talons.

— Notre bébé paraît-il en bonne santé ?

Un poids tomba des épaules de Calla à cette question. Elle ne recouvrait pas d'accusations. Kostas paraissait surpris, choqué, même, mais pas contrarié.

— Il dansait. Et durant une seconde, c'était comme s'il faisait un signe.

Elle lâcha un rire nerveux en désignant l'écran.

Kostas sourit en faisant un pas vers elle. Il regarda son visage, puis son ventre.

— Un signe ? Comme c'est mignon.

— Vous voulez voir ? demanda-t-elle, les mains tremblantes.

C'était une chose d'accepter la vérité, une autre de se sentir excitée ou heureuse.

— Oui.

Il eut un grand sourire en prenant la sonde. La dernière tension quitta Calla en voyant le bonheur sur son visage. Elle ne put retenir un grand sourire, elle aussi, en relevant sa tunique.

— Allez-y.

Il passa le gel, puis bougea tout de suite la sonde sur son ventre. Le bébé reparut sur l'écran, et elle observa Kostas avec attention.

Une série d'émotions passa sur son visage. Du choc, du bonheur, de l'inquiétude – tout ce qu'elle avait dû exprimer elle-même un instant plus tôt.

— Alors que faisons-nous, maintenant ?

Le cœur de Calla palpita. Il fallait qu'ils décident des choses à venir, mais cela n'avait pas besoin de se faire tout de suite. Ils avaient eu une longue journée, étaient tous les deux sous le coup de l'accouchement d'Eleni, et de la découverte qu'ils seraient dans la même situation dans sept mois.

— Nous nous marions.

Elle rit.

— Vous ne pouvez pas être sérieux !

Kostas se tourna, et ses traits n'avaient rien de jovial.

— Si, Calla. Nous nous marions. Vous portez un prince ou une princesse de Palaio. Cela implique beaucoup de choses, et de nombreuses responsabilités.

— Des responsabilités que vous voulez fuir ! Notre enfant ne siégera jamais sur le trône de Palaio. Ses propres enfants seront encore plus éloignés dans l'ordre de la succession.

Les mots se bousculaient sur ses lèvres. Ses peurs l'étreignaient tandis qu'elle s'efforçait de digérer tout ce qui avait changé en quelques heures.

Kostas croisa les bras et releva le menton. En cet instant, il avait tout l'air du prince qu'il prétendait ne pas vouloir être. Il était déterminé.

— Ils ne siégeront jamais sur le trône, c'est vrai, mais ils seront toujours de sang royal. C'est quelque chose à quoi ils ne pourront jamais échapper, comme je l'ai démontré.

Ses traits s'adoucirent tandis qu'il s'asseyait à côté d'elle sur le lit d'examen. C'étaient peut-être la fatigue, ou la surprise de se découvrir enceinte, ou les semaines passées loin de l'homme avec qui elle brûlait d'être, mais elle ne put s'empêcher de poser la tête sur son épaule.

Kostas passa un bras autour d'elle et, l'espace d'une seconde, le monde parut juste. Comme si elle était destinée à être là. Comme si tout, y compris les cinq années désastreuses qu'elle avait passées avec Liam, l'avait conduite là. À Kostas.

— Calla, le bébé sera en ligne pour le trône. Je ne peux rien y changer. Je ne peux pas empêcher non plus que les gens parlent, que les appareils photo le traquent.

Il la serra contre lui.

— Les gens qui le rencontreront découvriront la vérité et voudront tirer profit de lui, ou chercher à vivre un conte de fées avec lui. Je peux le protéger… et vous protéger.

Calla n'avait pas voulu d'un conte de fées, elle avait juste voulu Kostas. Elle ne s'était jamais souciée de jouer les princesses, mais les gens pourraient penser qu'elle l'avait fait. Et traiter son enfant différemment, à cause de son statut.

Et je ne suis pas en mesure de le protéger.

C'était une vérité qui lui déplaisait, mais cela ne la rendait pas moins réelle. Elle vivait dans un appartement meublé. Après avoir mis de côté une bonne partie de son salaire pour rembourser Liam, elle possédait moins de mille dollars.

Elle frémit et voulut s'écarter, mais Kostas l'attira dans ses bras et posa un baiser sur sa tête. Son corps vibrait du besoin de lui.

— Un mariage.

Elle murmura le mot. Kostas pouvait protéger leur enfant. Il pouvait lui donner tout ce qu'elle ne pouvait pas. Sa lèvre inférieure trembla. Ce n'était pas ainsi que le mariage était censé fonctionner. Ce n'était pas ainsi qu'elle s'était imaginée acceptant une proposition…

Mais Kostas ne lui avait pas fait de proposition. Il avait simplement déclaré qu'ils allaient se marier. Après la journée qu'ils avaient eue, c'était trop. Elle avait besoin de temps pour définir les prochaines étapes.

— Je vais rentrer chez moi et dormir.

Elle s'attendait à ce qu'il discute, qu'il exige une réponse, mais il la laissa s'écarter.

— Bonne nuit, Calla.

Elle entendit ces mots alors qu'elle s'enfuyait en courant de la salle d'examen, que son corps lui obéissait, mais que son cœur lui criait de retourner dans les bras de Kostas.

7.

Calla se retourna dans son lit et regarda l'heure. Presque midi. Elle battit des cils et se frotta les yeux. Elle n'avait pas mis d'alarme, la veille au soir. Elle avait pensé qu'elle dormirait jusqu'à 10 heures au moins, mais pas si tard.

Se rallongeant, elle soupira. Pour la première fois depuis des semaines, elle se sentait reposée. Peut-être qu'apprendre qu'elle était enceinte avait suffi à calmer son corps.

Elle secoua la tête. C'étaient les dix heures de sommeil, voilà tout. Elle se frotta le ventre, savourant quelques minutes de tranquillité, puis entendit frapper. Elle se redressa et attendit que la nausée passe.

Sérieusement, Calla, comment as-tu pu ignorer tous les signes de grossesse ?

Elle eut un rire nerveux, et attrapa sa vieille robe de chambre pour aller ouvrir. Elle était sûre que Kostas voulait parler davantage, et cela lui convenait. La nuit dernière, elle avait été trop fatiguée et choquée pour discuter de sa proposition de mariage. Mais maintenant il était temps.

Ouvrant la porte, elle resserra le haut de son peignoir en voyant une jeune femme bien habillée, qui tenait une tasse de café à la main et lui souriait.

— Je suis désolée. Je croyais…

Elle se racla la gorge. Elle ne devait pas d'explications à une étrangère.

— Puis-je vous aider ?

— Je suis Natalia Kilon. Le prince Kostas m'envoie. Je pense qu'il vaut mieux que nous parlions à l'intérieur.

La jeune femme franchit la porte, tandis que Calla essayait de comprendre ce qui se passait.

— Pardon ?

— Je suis son assistante.

Natalia lui tendit la tasse de café en souriant.

— C'est du déca, mais le prince Kostas a pensé que vous aimeriez commencer la journée avec du café.

— Ah oui ?

Calla prit la tasse et tenta de se calmer. Ce n'était pas la faute de Natalia si elle était là à la place de l'homme qu'elle attendait.

— Et il s'est dit que je dormirais jusqu'à midi ?

— Non. Je suis là depuis 8 heures. Heureusement, j'avais une thermos. Quand midi a sonné, j'ai attendu un peu, puis j'ai décidé de tenter ma chance.

Prenant une grande inspiration, Calla lui sourit.

— Et où est Kostas ?

— À la clinique. Il a voulu que je vienne voir comment vous alliez.

— Mais il n'est pas venu lui-même.

La fureur envahit Calla tandis qu'elle regardait la grande femme debout dans sa salle de séjour. Soit Natalia ne vit pas sa colère, soit elle l'ignora.

— Même si la majeure partie de la presse est focalisée sur la naissance de la princesse Zelia, il reste des journalistes qui se délecteraient de raconter que le prince Kostas a mis enceinte la sage-femme américaine. Le nouveau bébé royal n'aura aucune chance à côté de ce juteux ragot. Même si cela ne surprendra pas les gens que Kostas…

Elle s'interrompit vivement.

— Mes excuses, madame.

— Pour quoi ? Pour avoir dit ce qui est évident ?

Calla soupira. Elle savait combien il avait été dur pour Kostas de revenir à Palaio. Et elle détestait l'idée que sa grossesse soit si proche de la rumeur qui avait détruit sa première petite amie. Quand la presse l'apprendrait, cela causerait un scandale. Mais cela ne l'excusait pas de lui avoir envoyé son assistante.

Les joues de Natalia étaient rouges lorsqu'elle sortit une tablette et un stylet.

— Je pense que je devrais faire la liste des affaires que vous aimeriez voir transférées au palais. Je sais que les meubles sont loués. Mais qu'est-ce qui est à vous ?

— Si vous voulez bien me laisser une minute pour m'habiller, Natalia ?

Calla sortit de la pièce. Elle enfila un jean et jeta un regard noir au bouton du haut, qui fermait à peine. Elle secoua la tête. Comment avait-elle pu ignorer tant de choses jusqu'au milieu de son premier trimestre, et même plus ?

Elle enfila un grand T-shirt par-dessus sa tête, mit des chaussures et quitta la maison sans rien dire à Natalia. Elle voulait parler à Kostas, et c'était ce qu'elle allait faire.

Ce problème était entre eux, point final.

Il était presque l'heure du déjeuner, et la clinique était tranquille lorsqu'elle pénétra dans le bureau. Kostas leva la tête quand elle ferma la porte.

— Calla.

Il lui adressa un signe de tête, sans croiser son regard.

— Vous voulez bien m'expliquer pourquoi il y a une assistante chez moi, en ce moment ?

Debout face au bureau, elle croisa les bras. On frappa à la porte, et Kostas dit : « Entrez » sans même la regarder. Calla resta bouche bée tandis qu'Alexa ouvrait. Il fallait qu'ils parlent ! Maintenant !

— Calla ! s'exclama sa collègue. Vous ne devriez pas être ici, c'est votre jour de repos !

— Oui, murmura Kostas, mais elle l'ignora.

— J'avais certaines choses à régler. Je m'en occupe et je m'en vais, promis, dit-elle à Alexa, mais ses mots étaient destinés à Kostas.

Elle ne partirait pas tant qu'ils n'auraient pas parlé.

— Kali et moi allons déjeuner au bistrot voisin, annonça la sage-femme. Nous n'avons pas de patiente avant 14 heures. Mais si vous avez besoin de quelque chose, docteur Drakos…

— Allez déjeuner, Alexa.

Celle-ci s'en alla, et Calla se tourna vers Kostas.

— Expliquez-vous. Tout de suite.

Il fit pivoter sa tête et bâilla. En tant que principal obstétricien de la capitale, il n'avait pas beaucoup de jours de repos. Calla eut envie de lui laisser un peu de répit, et elle le ferait probablement, si seulement il croisait son regard.

— Il était plus sûr que Natalia se rende chez vous. Quand on apprendra que vous êtes enceinte et que nous allons nous marier, votre vie va changer d'une façon que vous ne pouvez imaginer. Je voulais vous accorder encore quelques jours de relative normalité.

— En envoyant une étrangère me demander ce que je voudrais emporter au palais ? Avant que nous ayons eu une chance de parler ?

Son corps tremblait d'émotion, mais il ne la regardait toujours pas dans les yeux. La veille, il l'avait serrée si fort. Il avait paru si excité qu'elle soit enceinte. Mais à présent…

Une nuit de repos l'avait-elle fait revenir sur sa proposition de mariage ? Cela faisait mal à Calla, plus qu'elle ne voulait le reconnaître, mais elle ne pouvait pas vraiment l'en blâmer. Une nuit de passion avait conduit à tant de changements capitaux. Quoi qu'ils ressentent l'un pour l'autre, ils étaient liés pour toujours par l'enfant qu'elle portait.

— Nous ne sommes pas obligés de nous marier, Kostas. Bien des gens élèvent ensemble leur enfant sans passer par l'église.

Ces mots eurent un goût terrible dans sa bouche quand elle les prononça. Elle ne voulait pas qu'il l'épouse pour le bébé. Mais elle était attirée par lui, avait l'impression d'être là où elle devait être quand elle était dans ses bras.

Toutefois, cela ne voulait pas dire qu'ils s'entendraient bien à long terme.

— Nous allons nous marier, Calla.

Une telle certitude. Comme un ordre du prince qu'il disait détester être. Il griffonna quelques notes, et Calla perdit le peu de calme qu'il lui restait.

— Je n'épouserai pas un homme qui ne me regarde même

pas. Un homme qui est embarrassé par la personne qu'il a mise enceinte.

Ces mots coléreux coulèrent de ses lèvres, mais ce fut le sanglot à la fin qui faillit la faire craquer. Il n'était pas juste de proférer une telle accusation, mais il était prince et elle n'était que la sage-femme qu'il avait engrossée.

Le personnel du palais était trop bien éduqué pour le lui dire en face, mais les autres… Les gros titres, les questions concernant son statut étaient inévitables. Les critiques de Liam avaient été une chose, mais qu'une nation entière la remette en question, la juge…

Elle serra les bras autour d'elle, et se força à écarter ses craintes et son inquiétude. Ce n'était pas le moment, et elle n'était pas faible. Elle était une femme forte, une future mère qui ferait n'importe quoi pour protéger son enfant. Avec ou sans Kostas, elle s'assurerait qu'il ne doute jamais qu'elle l'aimait pour qui il était. Et pas pour le titre que sa naissance lui avait octroyé.

Elle alla jusqu'à la porte, prête à foncer chez elle pour dire à Natalia de partir. Lui dire qu'elle n'allait nulle part.

Les yeux sombres de Kostas se posèrent sur elle.

— Embarrassé par qui vous êtes ? Je me moque de qui vous êtes. C'est vous qui ne vouliez pas sortir avec une personne royale. Qui est piégé par le sort, maintenant ?

Son ton désespéré la fit s'arrêter. Il se leva, vint vers elle et s'arrêta à quelques centimètres.

— Malgré votre aversion pour la royauté, et malgré la distance que vous mettez entre nous… Malgré tout, je ne peux cesser de chercher à vous voir. D'écouter les fluctuations de votre voix pour savoir si vous êtes heureuse, stressée, fatiguée.

Il se passa une main dans les cheveux en la regardant.

— La nuit dernière, quand vous avez posé votre tête sur mon épaule, j'ai eu désespérément envie de vous. Je vous veux encore.

Il prit une grande inspiration.

— J'aurais voulu être là quand vous vous êtes réveillée ce matin. Mais je veux aussi vous protéger, et je sais combien ce sera dur. Il est plus sûr pour vous, et pour notre enfant, que personne ne soupçonne rien jusqu'à ce que vous soyez en sécurité dans mes appartements au palais. Mais tout ce que je peux faire est de penser à vous, de rêver de vous, de vous chercher.

L'air de la pièce était à couper au couteau.

Calla posa une main sur le cœur de Kostas. Il battait rapidement sous ses doigts.

— Kostas…

Il y avait tant de choses qu'elle devrait dire. Tant de choses dont ils devaient encore parler, mais son âme refusait de les aborder en cet instant. Elle se hissa sur la pointe des pieds et effleura sa bouche de la sienne. Il passa ses bras autour d'elle, et la serra en approfondissant le baiser. Le monde bascula comme il l'avait fait lors de leur première nuit. Tout se mit en place.

Kostas cessa de l'embrasser, mais la garda près de lui comme s'il n'était pas prêt à la laisser partir. Elle soupira, savourant la chaleur qui émanait de lui. La fragrance subtile de linge propre mêlée de son odeur qui lui avait tant manqué.

— Tu m'as manqué, dit-il doucement en lui caressant le dos. Tellement.

— Tu m'as manqué aussi.

Elle le serra fort, avant de se forcer à entamer la conversation qu'ils semblaient remettre tous les deux.

— Il y a quelque chose entre nous. Mais le mariage est une grande affaire, Kostas. Une affaire qui doit durer toujours. Du moins, pour moi.

Elle se dégagea. Si elle ne mettait pas un peu de distance entre eux, elle perdrait le peu de courage qu'elle avait rassemblé.

— Tu portes un bébé royal, Calla.

— Oui, je sais.

Mais elle ne priverait jamais un enfant d'une famille aimante.

— Cette alchimie qui nous lie ne signifie pas que nous sommes faits pour être ensemble, cependant. Un mariage de convenance…

Elle eut un petit rire de gorge.

— Ceci n'est pas un roman historique. C'est notre vie. C'est à nous de décider.

— Un mariage avec moi protégera le bébé. Assurera que tout le poids de l'autorité d'Ioannis viendra à son secours si nécessaire.

— Ce qui ne sera pas le cas si nous ne sommes pas mariés ?

Kostas battit des cils.

— Quoi ?

— Si nous ne sommes pas mariés et que quelque chose arrive à notre enfant, s'il a besoin d'aide, le palais la lui refusera ?

— Je… Je…

Il ouvrit la bouche et la referma.

— Alors ?

Calla haussa un sourcil et l'embrassa sur la joue. Elle savait qu'Ioannis et Eleni ne feraient pas défaut à leur enfant. Le roi actuel n'était pas son père.

— Pourquoi ne prenons-nous pas un peu de temps pour nous connaître ? Pour nous fréquenter ?

— La presse…

— Elle me trouvera quand les journalistes découvriront que je suis enceinte, de toute façon. Mais jusqu'à ce que nous soyons sûrs pour le mariage, nous pouvons rester très discrets.

Calla inspira profondément. Elle ne voulait pas être le secret de Kostas, mais elle savait que, lorsque la presse apprendrait leur relation… Son estomac se crispa à l'idée de journalistes assiégeant sa porte. Mais elle ferait face. La vie était trop courte pour accepter quelqu'un par convenance.

— Mes parents s'aimaient très fort, poursuivit-elle. C'était un cadeau. Je n'ai peut-être pas grandi dans le luxe, mais mon foyer était heureux et empli d'amour. Je n'accepterai pas moins. Mon enfant – notre enfant – mérite d'avoir des parents qui s'aiment.

— Les mariages royaux ne font pas souvent bon ménage avec l'amour, dit-il d'un ton si amer que son cœur se serra pour lui.

Cette croyance était profondément ancrée en lui, apparemment. Mais qu'en était-il d'Ioannis et d'Eleni ?

— Dit l'homme qui a regardé son frère, le roi de Palaio, se pâmer devant sa femme hier encore. Roucouler avec sa fille et masser le dos de sa reine.

— Ils sont une exception.

— Peut-être. Mais notre enfant mérite de voir ça, aussi. Que ce soit entre nous deux ou entre nous et les futurs partenaires que nous pourrons avoir.

Son cerveau renâcla tandis qu'elle imaginait Kostas avec une autre. Cela lui faisait mal, mais elle devait faire le point là-dessus. Elle se mordit la lèvre.

— Si tu n'es pas intéressé de voir si ce qu'il y a entre nous est davantage que de la passion…

— Si ! coupa-t-il. Si, je suis intéressé.

Il croisa et décroisa les bras, puis prit les mains de Calla.

— Mais avec quelques règles de base, pour te protéger et protéger le bébé.

Elle lui pressa la main. Des règles de base ressemblaient beaucoup à un contrôle, mais elle était déterminée à ne pas se laisser influencer par ce qu'elle avait vécu avec Liam. Ceci serait différent. Elle s'en assurerait, ou elle s'en irait.

Kostas posa sa main libre sur son ventre et, de l'autre, il lui caressa l'intérieur du poignet.

— Nous nous verrons en secret, au moins pour le moment, accorda-t-il. Ce qui signifie pas d'allées et venues entre ton appartement et le palais. Tu garderas la sécurité du palais en numéro d'urgence sur ton téléphone et, si quoi que ce soit menace notre enfant, nous te mettrons en sûreté au palais. *Immédiatement.*

Des rendez-vous secrets. Pourquoi cela semblait-il si différent de ce qu'elle entendait par « discrets » ? Elle déglutit. Ce n'était pas idéal, mais c'était mieux qu'un mariage de convenance. En tout cas pour l'instant.

— D'autres demandes, prince Kostas ?

Il porta une main à son visage et lui caressa la joue.

— Nous trouverons du temps l'un pour l'autre, chaque jour. Même si ce n'est que dix minutes. J'ai passé des semaines avec de la distance entre nous. Je ne veux plus vivre ça.

— Il est très facile de te dire oui.

Calla se haussa pour l'embrasser. Ils allaient bien ensemble, et ils se devaient l'un à l'autre de voir si c'était leur destin. Comme ils devaient à leur enfant un foyer heureux, même si ses parents n'étaient pas ensemble. Mais son cœur refusait d'accepter cette possibilité.

Kostas arpentait le balcon de la Grotte, surveillant les arbres pour détecter des appareils photo ou des visiteurs qui ne devraient pas être là. La Grotte était un lieu sûr – surtout parce qu'elle était un refuge rarement utilisé dans les montagnes.

La naissance de la petite Zelia avait capturé l'attention de la nation, mais quand on saurait qu'un autre bébé royal était en route… Le bébé du mauvais garçon, conçu hors des liens du mariage avec une sage-femme étrangère.

Les gros titres que sa mère et Maria avaient dû affronter paraîtraient des broutilles à côté de cette révélation. Il se passa une main sur le visage en pensant aux questions qui seraient lancées à Calla.

Il voulait la protéger de toute attaque. Voulait draper le poids du palais autour d'elle pour être sûr qu'elle ne soit pas touchée. Elle ne serait jamais exposée à ce que sa mère ou Maria avaient vécu, il se le jurait. Elle se sentirait protégée, toujours.

Il inspira l'air de la montagne, se forçant à se concentrer sur le fait qu'il allait enfin avoir Calla toute à lui, de nouveau. Qu'ils pourraient passer du temps ensemble sans s'inquiéter de savoir s'ils étaient vus ou soupçonnés. Leur premier rendez-vous ! Ou bien le deuxième, s'ils comptaient le dîner à Dayton avec des burgers bon marché et des frites trop salées ?

— Tu as l'air bien pensif, Kostas.

La voix de Calla le prit de court. Il ne l'avait pas vu arriver par le chemin de derrière. Ce qui signifiait qu'il avait pu manquer d'autres personnes. Il scruta encore l'horizon, puis se tourna vers elle.

Il posa les lèvres sur sa joue, et son cœur s'apaisa tandis qu'il humait son parfum.

— Comment es-tu arrivée ? Je surveillais la route principale.

Il fit passer une mèche de cheveux foncés derrière son oreille, ses doigts ne pouvant s'empêcher de la toucher.

— Par la piste de terre. C'était une option dans le mail très détaillé que Natalia m'a envoyé cet après-midi. Apparemment, c'est l'itinéraire le plus simple depuis mon appartement. Et il est éclairé presque tout le long.

Elle s'approcha et glissa ses doigts dans les siens.

— Tu cherchais à voir des appareils photo indésirables ? demanda-t-elle en riant.

Il savait qu'elle essayait de prendrc la situation à la légère, mais elle avait besoin de faire attention. Ou de faire comme lui, se comporter en permanence comme si des objectifs étaient braqués sur lui – du moins en public. Mais plutôt que de lui faire un sermon qu'elle entendrait jusqu'à la nausée de la part du service du protocole, lorsqu'elle serait officiellement liée à lui, il lui offrit l'autre vérité.

— Je me demandais si c'était notre premier ou notre deuxième rendez-vous. Est-ce que le dîner à Dayton compte ?

— Bien sûr ! répondit-elle en ouvrant de grands yeux. C'est pourquoi nous sommes ici !

Elle posa une main sur son ventre et sourit.

— C'était définitivement notre premier rendez-vous.

— J'aime à penser que nous nous serions retrouvés ici même sans l'urgence médicale à bord de notre avion. J'aime à croire que tu serais arrivée à la clinique et que nous n'aurions pas pu ignorer ce qui nous lie.

Même si je suis prince. Mais lui aurais-je fait une place dans mon cœur si nous ne nous étions pas rencontrés auparavant ? Il n'en était pas sûr, et il détestait ça.

Elle sourit et regarda par-dessus son épaule la retraite qui allait les abriter.

— Alors, où sommes-nous ?

Il passa un bras autour d'elle et la conduisit à l'intérieur.

— C'est la Grotte, un refuge que mon père a fait construire, mais dont il s'est rarement servi. Mon frère a fait refaire quelques pièces, mais je pense que les salles de bains sont encore roses, comme dans les années 1950.

— Ton père ? Je ne crois pas t'avoir entendu le mentionner.

Kostas émit un petit grognement.

— Parce qu'il n'y a pas grand-chose à en dire. Mon père était « le roi ». En permanence. Ce qui ne nous laissait pas beaucoup de place, à notre mère et à nous. Il a cédé le trône à Ioannis après avoir eu une attaque, et il est mort quelques semaines plus tard. D'après moi, il n'avait plus de raison de vivre.

Calla resserra son bras autour de sa taille.

— Ça semble avoir été dur.

— Oui. Mon père voulait tout contrôler. Si quelque chose ou quelqu'un n'apportait rien à la Couronne, il l'ignorait. C'est pourquoi ma mère est partie.

— Alors il aurait trouvé à redire à notre relation.

— Sans aucun doute.

Son père aurait détesté que ses deux fils aient mis une femme enceinte hors des liens du mariage. Il aurait essayé de contrôler l'histoire dès qu'il l'aurait appris.

— Mais ma mère s'en serait moquée. Elle t'aurait trouvée parfaite.

Parfaite pour moi.

Calla fit la moue.

— Je suis loin d'être parfaite. Le mieux que je puisse espérer, à mon sujet, c'est que l'on me trouve « délicieusement imparfaite ».

Elle regarda la salle de séjour, autour d'elle.

— J'aime beaucoup les fenêtres qui donnent sur les montagnes. Je parie que ça doit être très beau, au lever du soleil.

— Oui. Et au coucher aussi, ce que nous verrons dans deux heures environ.

Il l'attira à lui.

— Que veux-tu dire par « délicieusement imparfaite » ? C'est une formule intéressante. Est-ce que tes parents le disaient ?

— Oh ! non !

Calla rit, mais le son parut désagréable.

— C'est Liam, mon ex, qui m'appelait toujours ainsi. Nous sommes sortis ensemble pendant trois ans, puis nous avons été fiancés pendant deux ans, mais je ne répondais pas aux attentes de sa famille.

Un homme à qui elle avait tenu, avec qui elle avait envisagé de passer sa vie, la traitait de « délicieusement imparfaite » ? C'était horrible.

— Est-ce à cause de lui que tu es ici ?

Il était si heureux qu'elle soit à Palaio, mais y avait-elle fui un ex ? Même si son passé n'importait pas pour lui, il voulait tout savoir d'elle.

— D'une façon détournée. Il m'a aidée à payer l'école d'infirmières et, quand nous avons rompu… il a voulu que je lui restitue la somme. Je suis ici parce que le salaire versé par votre clinique me permettra de finir de le rembourser en l'espace d'un an.

— Il a exigé que tu le rembourses ? répéta Kostas, bouche bée.

Quelle goujaterie, à la fin d'une relation !

Elle lui pressa la main en allant jusqu'à la fenêtre.

— Liam… se serait sans doute bien entendu avec ton père. Il voulait tout contrôler. Je ne m'en suis pas rendu compte aussi vite que je l'aurais dû. J'ai fait de mon mieux pour me couler dans le moule souhaité par sa famille et lui. Blonde, la fiancée mondaine, mais ce n'était jamais assez.

Elle haussa les épaules.

— Je suis bien plus heureuse en étant moi-même. Je n'essayerai plus jamais de m'adapter aux exigences de quelqu'un d'autre. Mais dès que j'aurai fini de rembourser Liam, je briserai mon dernier lien avec lui. Un sujet corsé pour un deuxième rendez-vous ! dit-elle en souriant largement et en cherchant la cuisine. Le bébé et moi avons faim. Que vas-tu nous donner à manger ?

Elle voulait changer de sujet. Il comprenait, mais cela ne dissipait pas la colère qu'il éprouvait pour son compte. Elle ne répondait pas aux attentes des parents de son ex ? Qu'est-ce que c'étaient que ces attentes ? Lui la trouvait parfaite, même s'il savait que personne n'est parfait. Elle était généreuse, intelligente, belle, courageuse… Que pouvait-on souhaiter de plus ?

Il nota mentalement de demander à Natalia de retrouver Liam et son prêt. De préférence à l'insu de Calla. Il le rembourserait et enverrait peut-être un mot remerciant cet homme de sa stupidité. Après tout, c'était ce qui avait conduit Calla à lui.

Il ferait la surprise à Calla quand ce serait fait. Ce serait son cadeau pour elle, un vrai cadeau, cette fois.

— Nous avons de la moussaka préparée par le cuisinier du palais, et que j'ai apportée. Et il y a des *kourabiedes* pour le dessert.

— Oh ! des biscuits au beurre ! J'en raffole ! dit-elle, les yeux étincelants. La cuisine est par là ?

Kostas lui prit la main et en baisa le dos.

— Suivez-moi, milady.

— Milady !

Elle rit d'une façon détendue, cette fois.

— Je pourrais m'habituer à ce titre.

Il lui pressa la main. Si elle aimait « milady », qu'éprouverait-elle quand les gens l'appelleraient « Votre Altesse » ou « princesse » ? Il fallait espérer qu'elle serait aussi enthousiaste à ce moment-là.

— Alors que faisons-nous, maintenant que tu m'as nourrie ?

Calla sourit largement tandis que Kostas rangeait les restes de leur dîner dans le frigo. À son habitude, elle sauta pour s'asseoir sur le comptoir. Kostas se tourna pour la regarder, et elle faillit descendre. Liam détestait ça. Mais il se plaça devant elle, les yeux brûlants de désir.

— Tu es superbe. Et maintenant que tu es rassasiée, qu'aimerais-tu faire ?

Sa voix était terriblement sensuelle, et le corps de Calla bourdonna. Elle noua ses jambes autour de lui et passa les bras autour de son cou. Elle l'avait pris au piège, mais il n'avait pas l'air de vouloir aller ailleurs. Il retint son souffle quand elle embrassa légèrement ses lèvres. Il serait si facile de se mettre au lit avec lui, de lui murmurer qu'elle voulait qu'il la porte dans sa chambre, de se perdre dans ses bras.

Une partie d'elle en mourait d'envie. Mais elle voulait aussi, terriblement, plus qu'une simple relation physique avec lui. Elle frôla sa bouche de la sienne, puis s'écarta.

Il la laissa faire, mais garda les mains sur ses genoux.

— Tu n'aurais pas un film ? demanda-t-elle. Si c'était un

deuxième rendez-vous entre des gens ordinaires, nous irions sans doute au cinéma. Nous payerions trop cher du pop-corn et des sodas, et nous nous tiendrions la main dans le noir.

Kostas rit doucement.

— Tu veux qu'on se tienne la main dans le noir ?

Il lui embrassa la joue, la souleva du comptoir et l'entraîna vers une porte sur la gauche. Il l'ouvrit avec un grand geste, et elle se couvrit la bouche de sa main quand il alluma les lumières. Elle avait face à elle un vrai petit théâtre !

— Les salles de bains sont peut-être démodées, mais Ioannis a amélioré la salle de cinéma, milady.

Il lui fit un clin d'œil en allant à la machine à pop-corn, et mit des grains de maïs dedans. Bientôt, une bonne odeur se répandit autour d'eux. Puis Kostas vanta la richesse de son catalogue, et Calla lui demanda s'il avait une série américaine appelée *Ancient Aliens*. Elle la regardait avec son père, autrefois, et la trouvait hilarante. Il avoua qu'il l'avait, et qu'il avait vu quasiment tous les épisodes.

Il l'embrassa sur la joue, et elle sentit le bonheur l'envahir.

— Ainsi, tu as autre chose de bizarre en plus des mugs idiots, dit-elle. Oh ! Alexa adorerait savoir ça.

— Mais tu vas garder mon secret, n'est-ce pas ?

Il l'embrassa, s'attardant quelques secondes.

— J'aurais accepté sans le baiser, mais c'était bien.

Elle s'appuya contre lui et l'embrassa de nouveau. Puis il se rendit dans la salle de projection, et elle le regarda s'en aller en poussant un soupir. Elle sortait avec un prince, et tout était différent, mais en cet instant, cet instant parfait, c'était simplement comme lors de leur première nuit. Ils étaient Calla et Kostas.

Quel que soit ce qui les attendrait, ils y feraient face ensemble.

8.

— Bonjour, Calla.

La voix de Kostas était douce tandis qu'il rangeait ses affaires dans le petit casier à côté du sien.

— Bonjour, Kostas.

Elle ne put s'empêcher de sourire largement. Ils avaient passé les dernières soirées à la Grotte, regardant de vieux films et des documentaires idiots. Au travail, ils restaient professionnels mais, si quelqu'un était entré dans le vestiaire à cet instant, elle supposait qu'il aurait deviné la vérité.

Elle était heureuse. Vraiment heureuse avec Kostas. Quoi qu'ils fassent, elle n'avait jamais l'impression qu'elle devait être plus que ce qu'elle était. Après des années de souffrance, c'était une joie d'être simplement elle-même. Et elle mesurait combien elle avait été malheureuse avec Liam.

— Tu as bien dormi ? demanda-t-il à voix basse.

Elle dormait mieux qu'auparavant, mais la nuit dernière elle s'était tournée et retournée dans son lit. Pas à cause de soucis. Quelle que soit l'heure à laquelle ils avaient fini à la Grotte, Kostas la raccompagnait jusqu'au départ de la piste, puis la regardait monter dans sa voiture. C'était gentil, mais elle désirait plus que ses baisers.

— Pas aussi bien que je l'aurais aimé, répondit-elle.

Il haussa un sourcil. Mais avant qu'elle puisse ajouter un commentaire suggestif, Alexa ouvrit la porte du vestiaire, l'air paniqué.

— Docteur Drakos !

Calla se tourna, oubliant toute idée de convaincre Kostas de passer enfin la nuit avec elle.

— Adrian a appelé. Myra est en travail. Elle a demandé

une naissance à la maison, mais il trouve que les contractions durent depuis trop longtemps. Je n'ai pas pu en savoir plus. Il est très irritable.

— C'est leur premier, dit Kostas, pinçant les lèvres. Nous devrions peut-être y aller. Calla et moi serons là pour l'accouchement à domicile, en tout cas. Je pourrai revenir à la clinique si nous avons une autre urgence.

Calla rouvrit le casier et attrapa le sac à dos qu'elle y avait jeté une minute plus tôt.

La journée fut longue. Quand ils arrivèrent, Myra en était à neuf heures de travail, ce qui n'était pas anormal pour une première naissance. Mais son mari était dans tous ses états. Alors qu'elle affirmait qu'il les avait appelés trop tôt, elle perdit soudain les eaux et Adrian eut un sourire triomphal. Mais il se garda bien de faire un commentaire. Sa femme était à cran. Il déclara qu'au moins elle n'était pas aussi coupante que sa mère, et ajouta :

— Ma belle-mère ne me trouve pas assez bien pour sa fille. Elle s'est un peu calmée maintenant, mais…

— Elle n'aurait été contente de personne, dit Myra.

— D'un prince, peut-être.

— Ioannis est pris, et le prince rebelle ici présent aurait passé encore de plus mauvais moments que toi. Titré ou non.

Elle s'empourpra en regardant Kostas.

— Sans vouloir vous offenser, docteur Drakos…

Calla ouvrit la bouche pour défendre Kostas, mais il balaya la remarque d'un revers de main.

— Vous ne m'avez pas offensé, Myra.

Il sourit aux deux futurs parents, mais Calla vit à la façon dont sa main tressautait qu'il avait été touché. En dépit de son absence et de ce qu'il avait réalisé depuis, la réputation qu'il s'était gagnée injustement dans sa jeunesse lui collait toujours à la peau.

— Le bain est-il prêt ? demanda Calla en espérant dissiper l'embarras qui s'était installé dans la pièce.

— Oui, par ici, dit Adrian qui fit signe à Kostas de le suivre.

Calla resta avec Myra, qui allait et venait en se massant le dos et en racontant l'histoire de son couple entre deux contractions. Le travail faisait parler ses patientes, souvent. C'était peut-être le désir de se délester d'un fardeau avant de mettre au monde une nouvelle vie, ou le besoin de se distraire pendant la longue attente.

La future mère essuya une larme.

— Peut-être que nous ne paraissons pas bien assortis, de l'extérieur. Moi mathématicienne et lui menuisier. Mais il est mon homme. C'est aussi simple que ça.

Kostas passa la tête dans la pièce pour annoncer que le bain allait être prêt. Ses yeux se portèrent brièvement sur Calla, et son cœur se gonfla d'émotion. Son homme. C'était peut-être aussi simple et aussi compliqué que ça. Adrian était fait pour Myra, et Kostas pour elle.

Elle sourit et accompagna sa patiente durant une autre contraction.

— Ça va ?

La voix de Calla fit sursauter Kostas tandis qu'ils rentraient à pied à la clinique, de nuit. Une camionnette était venue prendre leur matériel et leurs blouses sales.

— Bien sûr, répondit-il.

Il souhaita pouvoir lui prendre la main. Il enviait les autres couples qui rentraient chez eux ensemble, bras dessus bras dessous ou enlacés. Ils ne se rendaient pas compte de la chance qu'ils avaient.

Comme si elle avait lu dans son esprit, Calla tendit la main vers lui. Ce contact l'apaisa, puis il scruta la rue déserte et se dégagea. Tant qu'elle ne serait pas prête à venir se réfugier au palais, tant qu'il ne pourrait pas la protéger totalement, il ne voulait prendre aucun risque.

— Le bébé d'Adrian et de Myra est adorable, murmura-t-elle.

— Oui, cette petite fille est très belle. Et Adrian ne lui laissera jamais oublier qu'il nous a appelés à temps.

— Myra ne lui laissera jamais oublier, à lui, qu'elle en a encore eu pour six heures de travail.

Elle rit. Ce son le traversa de plaisir. Une Calla heureuse, une Calla en sécurité, était ce qui comptait le plus pour lui. La clinique apparut, et il ralentit le pas, ne voulant pas lui dire au revoir tout de suite.

— Si tu venais chez moi ? suggéra-t-elle. Nous pourrions faire un dîner très tardif.

Elle lui donna un coup de hanche, malicieuse.

Il avait un refus sur le bout de la langue. Il y avait mille raisons de dire non. Pour protéger Calla et leur enfant. Si quelqu'un le voyait entrer ou sortir de chez elle… Avant qu'il puisse dire quoi que ce soit, elle ajouta :

— Tu as faim, je le sais. Et il est presque minuit. Personne ne te verra, et tu pourras repartir de bonne heure avant que les gens soient levés. Ne dis pas non…

Elle lui prit les mains et le tira sur le chemin qui menait à son appartement.

— Rentre avec moi, Kostas.

Il voulait hésiter, réfléchir à tout, mais ses pieds semblaient dotés d'une volonté propre.

— Tu n'es pas le prince rebelle, Kostas, dit-elle en lui pressant la main, alors qu'ils marchaient ensemble. Je sais que tu t'inquiètes de ce qui se passera quand les gens sauront, pour nous. Tu n'es pas un stéréotype. Myra plaisantait.

— Oui, répondit-il d'une voix rauque.

— Mais les mots font toujours mal, déclara Calla en sortant la clé de son sac.

Il aurait aimé pouvoir dire que non. Il aurait aimé qu'après toutes ces années ce surnom ne le tracasse plus. Il aurait aimé avoir développé une carapace impénétrable. Mais ce n'était pas le cas.

La porte de l'appartement s'ouvrit. Il inspira et laissa glisser ses soucis.

— Cette nuit, ou ce qu'il en reste, je veux juste profiter de mon temps avec toi.

Il l'embrassa sur les lèvres. Elle s'appuya contre lui, son corps menu se moulant au sien. C'était là qu'il était heureux.

— Calla…

Il avait envie de coucher avec elle. De la soulever, de la porter jusqu'à sa chambre et de passer la nuit perdu dans ses bras. Mais ils avaient besoin de se nourrir.

La clinique n'était pas ouverte le dimanche, alors ils avaient un jour de congé. En supposant qu'aucune mère n'entrerait en travail, il avait toute la nuit. Et il s'assurerait d'être parti avant que le reste du monde ne se réveille.

— J'ai des restes dans le frigo, dit-elle en l'embrassant sur la joue. Nous pouvons les manger froids, et ensuite aller nous coucher.

L'intense chaleur qui émanait des yeux de Calla le brûla.

Après le repas, alors que Calla rinçait les assiettes devant l'évier, Kostas se glissa derrière elle et l'enlaça. Il posa les lèvres à la base de son cou et réprima avec peine un gémissement de désir tandis que son postérieur se frottait contre lui. Les semaines de besoin accumulé se bousculaient en lui. Mais il ne voulait rien précipiter.

Calla pivota entre ses bras et l'enlaça.

— Kostas…

Du bout des doigts, il dessina des cercles dans son dos. Elle leva la tête vers lui. Ses lèvres l'appelaient. Il fit courir sa bouche le long de sa mâchoire, puis il l'embrassa. Elle soupira et s'ouvrit à lui. Il posa les mains sur sa taille et la serra contre lui tandis que leurs langues dansaient. Ses sens suffoquaient, une chaleur intense le consumait.

Calla s'écarta et passa les doigts sur sa mâchoire.

— Tu viens au lit ?

— Montre-moi le chemin.

Ses yeux noisette brillèrent, et elle le prit par la main. Une fois dans la chambre, il alluma la lampe de chevet. Après des semaines de séparation, il voulait la voir. Il voulait voir ses réactions à ses caresses.

Il enleva sa chemise et la laissa tomber par terre. Calla passa les doigts sur sa peau, et il eut mal de la désirer à ce point.

— Calla…, dit-il comme une prière. Ma douce.

Il saisit ses joues dans ses mains et l'embrassa légèrement sur les lèvres avant de glisser les doigts sous son T-shirt. Il soupira quand ce dernier rejoignit sa chemise sur le plancher. Puis il posa une main sur son ventre et l'embrassa encore.

— Tu es parfaite.

Il voulait le lui répéter jusqu'à ce qu'elle n'en doute plus. Il défit le bouton de son jean et fit glisser le pantalon sur ses hanches. Puis il dégrafa son soutien-gorge et sourit en passant les pouces sur ses tétons.

— Mes seins sont sensibles, dit-elle.

— Tu me dis si je te fais mal, promis ?

Il sema des baisers sur sa poitrine, son corps réclamant à hauts cris qu'il la fasse sienne.

Elle le regarda, les pupilles dilatées de plaisir.

— Je voulais dire… que j'ai envie que tu me touches.

Elle lui prit la main et la guida jusqu'à ses seins, lui montrant comment elle voulait qu'il l'aime. C'était très érotique, et il adorait exaucer ses souhaits.

Il baissa la tête et suça chacun de ses tétons, puis il la guida doucement jusqu'au lit. Sa peau était satinée sous ses doigts. Il l'allongea, acheva rapidement de se dévêtir et la prit dans ses bras.

— Je te veux, Calla. Je te veux tellement. Mais je ne veux pas aller trop vite.

Elle l'embrassa et lui caressa la cuisse, sa main terriblement proche de son sexe. Le désir était à deux doigts de l'anéantir. Ils retrouvèrent rapidement les caresses de leur première nuit ensemble, Kostas pensant que conduire Calla au plaisir était une danse délicate qu'il adorait mener. Comme elle s'arquait contre lui, il passa longuement sa langue sur son corps magnifique, tout en taquinant son clitoris. Ses hanches bougeaient contre ses doigts.

— Kostas…, dit-elle d'une voix qui se brisa, tandis que son corps était parcouru d'un grand frisson.

Il se dit qu'il ne pourrait jamais rien savourer autant que d'entendre son nom sur ses lèvres alors qu'il l'amenait à l'orgasme.

— Kostas, j'ai besoin de toi… De toi tout entier.

— Calla !

Ils s'aimèrent passionnément jusqu'au moment où ils

s'effondrèrent l'un contre l'autre, ivres de plaisir. Kostas noua ses bras autour de Calla.

— Ne doute jamais que je te désire, ma douce. Tellement.

L'alarme que Kostas avait programmée se déclencha, et il s'étira, savourant la chaleur de Calla près de lui. Il se félicita d'avoir mis son téléphone sous son oreiller, pour ne pas la réveiller. Puis il jeta un regard noir à la nuit, dehors. Il n'avait pas envie de s'en aller.

Chacun d'eux appréciait la compagnie de l'autre. Il y avait entre eux de la passion. Cette connexion dépassait de loin ce que vivaient tant de couples royaux. À ce jour encore, les mariages arrangés dans l'aristocratie étaient plus communs qu'on ne voulait l'admettre. On n'en parlait pas, voilà tout.

Il avait pensé que Calla et lui seraient bien assortis. Mais c'était plus que ça. Il la voulait près de lui chaque nuit. Il passa une main sur sa hanche, puis sur son ventre, où l'on sentait une légère rondeur. Personne ne la remarquerait, mais elle indiquait à quel point leur vie allait changer.

Un sourire éclaira son visage tandis qu'il passait son pouce sur l'endroit où leur enfant se cachait. Et dansait peut-être pendant que ses parents se reposaient. Bientôt, Calla le sentirait, et dans quelques mois lui aussi.

Il était plein d'impatience.

Il lui embrassa la joue, et elle roula dans ses bras, appuyant la tête sur son épaule. Il regarda le réveil : 4 heures du matin. Il devrait partir bientôt, mais il pouvait encore la serrer pendant quelques minutes.

9.

— Kostas ? Kostas ? Kostas !

Calla dut l'appeler trois fois pour qu'il s'arrache à son rêve. Quand il ouvrit les yeux et battit des cils, elle arborait un grand sourire. Elle portait une vieille robe de chambre qui lui arrivait aux genoux. Elle n'avait pas serré la ceinture, et il pouvait voir qu'elle ne portait rien dessous.

C'était le genre de tenue que les amants de longue date portaient lorsqu'ils étaient complètement à l'aise l'un avec l'autre. Et qui n'était pas faite pour être sexy – même si tout ce que mettait Calla lui donnait l'eau à la bouche. Il voulut croire qu'elle l'avait enfilée parce qu'elle se sentait bien avec lui.

C'est la meilleure manière de commencer une matinée.

Cette pensée le frappa, et il s'assit sur le lit, regardant la fenêtre où le jour pointait sous le rideau.

— Je me suis rendormi.

— Oui. Je t'ai fait du vrai café. C'est un acte…

Il tendit l'oreille en la regardant. Une partie de lui souhaitait tant l'entendre dire que c'était un acte d'amour. Il n'avait jamais voulu cela d'une partenaire. Il s'était assuré qu'aucune femme ne tombe amoureuse de lui avant Calla. Mais là, il désirait que ce soit de l'amour. Parce que c'en était pour lui. Calla était son autre moitié. Il était peut-être lâche de sa part de vouloir qu'elle le dise la première, mais il avait l'impression que le monde vacillait tandis qu'il attendait qu'elle finisse sa phrase.

— Un acte de gentillesse, dit-elle avec un rire nerveux.

Il l'embrassa sur la joue, savourant ce moment intime. Il avait envie de crier qu'il l'aimait, qu'il voulait des millions d'autres moments comme celui-ci. Mais elle avait hésité, et il ne voulait pas la brusquer.

— Merci pour le café.

Calla s'assit près de lui sur le lit. Il passa un bras autour de sa taille, le cœur apaisé tandis qu'elle se laissait aller contre lui. Il pourrait rester éternellement ainsi, mais hélas le devoir l'appelait. Et il voulait aborder un sujet délicat avec elle.

— Tu connais bien tes voisins ?

— Tu veux dire, est-ce que je connais leurs emplois du temps, ou est-ce que je les connais assez pour qu'ils gardent le secret s'ils te voient ?

Il détesta son ton défensif, mais il le comprenait.

— Les deux, malheureusement.

— Et malheureusement, la réponse est la même pour les deux questions. Je n'ai jamais surveillé les allées et venues de Patrick et de ses garçons, qui sont adolescents. Quant à Isabella et Pietro, ils partent travailler en même temps que moi, mais je ne sais pas ce qu'ils font le week-end.

Elle marqua une pause, avant de reprendre :

— Pour ce qui est de garder des secrets, nous nous appelons par nos prénoms et nous disons bonjour, mais nous ne sommes ni des amis ni des confidents. Je ne pourrais certainement pas leur dire : « Ne vendez pas à la presse la plus grosse histoire que l'île ait connue depuis la naissance de la princesse. »

Leur histoire était bien plus croustillante, en effet. Et il doutait que l'on puisse la confier à quelqu'un d'autre qu'à Ioannis et Eleni.

Il resserra son bras autour d'elle et l'embrassa sur la tête.

— Je suis très bon pour sortir en douce d'un endroit. J'ai passé la majeure partie de ma vie à quitter des magasins, des restaurants ou des clubs par les sorties de derrière. La tête baissée, avec une casquette de base-ball. Tu sais, les trucs de célébrités.

Calla sourit, et il apprécia cette légèreté d'un moment.

— Je ne peux pas penser à toi comme à une célébrité. Je sais que tu es prince, mais pour moi tu es juste Kostas. Mon Kostas.

— C'est ce que je préfère être.

S'il n'avait pas de titre, elle le traiterait de la même façon. C'était le meilleur des cadeaux, et elle ne s'en rendait peut-être même pas compte.

— Tu pourrais passer la journée avec moi. Te tapir ici jusqu'à ce qu'il fasse de nouveau nuit. J'ai assez de restes pour jusqu'à demain matin.

— Ce serait le paradis. Mais tu le sais, le dimanche est le jour où mon frère nous réunit tous.

Elle effleura ses lèvres des siennes.

— Je comprends. Alors tu devrais partir. Plus tu restes ici, plus il se fait tard et plus tu risques…

Elle déglutit.

— Je te verrai demain matin à la clinique, dit Kostas. Nous pouvons nous parler par vidéo, ce soir ?

Elle hocha la tête et sourit, mais son sourire n'atteignit pas ses yeux.

— Nous pourrions rendre notre histoire publique ? suggéra-t-il alors sans réfléchir.

Mais il ne retirerait pas sa phrase. Il était prêt à annoncer au monde que Calla était enceinte, qu'ils allaient se marier. Et qu'on la verrait chaque jour à son côté.

Elle lui tapota le genou, l'embrassa sur la joue et se leva.

— J'aimerais prendre cette décision en fonction de ce que nous ressentons. Pas autrement.

— C'est juste, dit-il en espérant ne pas paraître trop déçu.

Lui aussi voulait décider en fonction de leurs sentiments, et il était déjà à l'aise avec ça. Mais il ne voulait pas la presser.

Sauf si elle et notre enfant sont pris sous les feux croisés de la presse.

Alors, il ferait n'importe quoi pour les protéger.

Un moment plus tard, il fut prêt à partir. Il ouvrit la porte et regarda dehors.

— La voie est libre, dit-il avant de se tourner pour l'embrasser une dernière fois.

— Au revoir, Kostas.

Il eut un grand sourire, adorant son air de contentement.

— Prince Kostas ?

Entendre son nom lui fit passer un frisson dans le dos. Il se tourna et vit un jeune homme qui tournait au coin du couloir et remettait son téléphone dans sa poche.

— Fermez la porte, Calla, ordonna-t-il en se dirigeant vers l'adolescent.

Il carra les épaules et prit son air princier.

— Je suis venu voir comment allait une sage-femme de la clinique. Nous avons eu un long accouchement, hier.

Il détestait ce mensonge, mais il aurait fait n'importe quoi pour protéger Calla et le bébé.

— Et l'embrasser ? dit le garçon en haussant un sourcil. Calla est gentille.

— Oui, confirma Kostas, en priant le ciel que ce soit assez pour qu'il se taise.

Il garda un ton royal, et espéra qu'il en obtiendrait quelque chose pour une fois dans sa vie.

— Ce serait dommage que quelque chose la blesse.

L'adolescent regarda par-dessus son épaule. Il se retourna et vit que Calla avait fermé la porte. Le petit voisin fronça les sourcils, visiblement déçu.

— Oui, ce serait dommage, dit-il en sortant ses clés de sa poche.

— Elle ne mérite pas ça, insista Kostas.

— Bonne journée, prince Kostas.

L'adolescent ouvrit sa porte et disparut à l'intérieur sans regarder en arrière. Le cœur de Kostas s'emballa. *Va-t-il dire quelque chose ? A-t-il pris une photo ?*

Son portable tinta, et il ne fut pas surpris de voir un texto de Calla.

Qu'a dit Nico ? La voiture de Patrick n'est pas sur le parking, mais je pourrai lui parler plus tard. Si tu penses que ça peut aider…

Il regarda le message une minute, ne sachant pas quoi répondre. Nico semblait d'accord pour ne pas faire de mal à Calla. Avec un peu de chance, il n'aurait pas pris de photo et garderait l'information pour lui. Cette fois. Il répondit :

Laissons les choses en l'état pour le moment. Si l'histoire sort, nous aviserons.

Il appuya sur « envoi », puis ajouta :

Ensemble. Nous aviserons ensemble.

LA SAGE-FEMME TENTE LE PRINCE !

Le gros titre ne surprit pas Calla. Nico semblait être un bon garçon, mais il avait eu un ragot croustillant entre les mains. Qu'il garde l'information secrète aurait été un miracle. Toutefois, ce n'était pas la façon dont elle aurait voulu que l'on découvre leur relation.

Kostas avait raison. Ils auraient dû la rendre publique, pour prendre la presse de vitesse. Mais elle n'avait pas voulu qu'il se sente piégé.

Elle était enceinte. Ils aimaient être ensemble. Elle soupira en rassemblant ses cheveux en chignon. C'était plus que ça. La veille, elle avait presque parlé d'un acte d'amour à propos du café. Cela pouvait paraître ridicule, mais elle n'avait pas regretté que Kostas se soit rendormi. Elle avait adoré qu'il reste toute la nuit.

Elle adorait dormir près de lui. Elle l'aimait…

Il y avait un point positif dans l'article paru en ligne : il ne parlait pas du prince rebelle ou du prince prodigue, ces termes que Kostas détestait. En fait, on la décrivait comme une sirène qui avait piégé un parangon de vertu. Que penserait l'île quand on apprendrait qu'elle était enceinte ?

Elle déglutit en ouvrant son tiroir à maquillage. C'était un problème pour plus tard. Ce jour-là, elle voulait sortir de chez elle et se rendre avec assurance à la clinique. Elle jeta un regard noir au tube de mascara. Elle se maquillait rarement au travail. Mais l'article avait aussi mentionné sa robe de chambre, usée et triste.

Pas assez bien pour un prince.

Cela n'avait pas été écrit noir sur blanc, mais tout le monde pouvait lire entre les lignes. Ses yeux se posèrent sur le peignoir accroché à la porte de la salle de bains. La couleur était passée, et elle l'avait raccommodé plusieurs fois, mais elle se sentait bien avec. Elle l'aimait bien. Et Kostas n'avait pas semblé le critiquer, la veille. Elle l'avait vu le regarder – ou plutôt regarder son décolleté. Ce matin-là avait été si parfait.

Et maintenant tout le monde savait.

Calla carra les épaules et se regarda dans le miroir. Elle posa une main sur son ventre et haussa le menton. Elle allait relever le premier d'une longue série de défis. Un sourire pointa aux coins de ses lèvres. Leur relation ne l'embarrassait pas. Et elle ne se cacherait pas comme si elle avait fait quelque chose de mal.

— Et vous ferez tout apporter ici pendant que nous serons à la clinique. Tout sauf le lit, la table et les chaises. Je veux que tout soit fait avant notre retour, ce soir.

Natalia hocha la tête et prit des notes sur la tablette dont elle ne se séparait jamais.

— Je vais voir dans quelle pièce entreposer les affaires.

Elle s'éloigna.

— Entreposer les affaires ?

Kostas se tourna et sourit à son frère.

— Oui. J'installe Calla au palais, aujourd'hui.

Ioannis hocha la tête.

— J'aime beaucoup Calla. Elle a été merveilleuse avec Eleni. Et je sais qu'elle t'attire. Mais l'installer au palais va donner l'impression que c'est sérieux, entre vous. Es-tu prêt à franchir ce pas ? Et elle ?

Eleni vint rejoindre son époux et acquiesça.

— Dois-je prévoir quelque chose pour Calla ou le bébé ?

La question de Natalia s'éleva dans le dos de Kostas, et il vit les yeux de sa belle-sœur s'élargir.

— Assurez-vous juste qu'il y ait du café décaféiné à la cuisine, marmonna-t-il.

— Et que personne ne nous dérange pendant un moment, ajouta le roi.

Kostas se passa une main dans les cheveux. Il aurait voulu annoncer la nouvelle à Ioannis et à Eleni en présence de Calla. Il sourit, cependant.

— Oui. Calla est enceinte. Elle accouchera dans un peu plus de sept mois.

— Félicitations. Mais tu aurais dû nous le dire plus tôt, dit son frère.

— Nous l'avons su la nuit où Zelia est née. Nous ne voulions pas lui voler la vedette. Et Calla souhaitait que nous nous fréquentions pendant un moment, pour être sûre que nous allions bien ensemble.

— En es-tu sûr ? demanda Eleni.

— Oui. J'en suis certain. Et j'ai besoin qu'elle vienne vivre au palais pour la protéger, Ioannis.

— Naturellement.

Le téléphone de Kostas sonna. C'était Alexa, qui lui annonçait qu'il y avait de nombreux journalistes devant la clinique.

— Calla est arrivée ?

— Non. Mais Kali se tient à l'entrée pour la guetter. Nous avons repoussé les rendez-vous non urgents.

— Bien. Je vais la chercher.

Calla venait à pied de son appartement. S'il faisait vite, il arriverait peut-être chez elle avant qu'elle sorte. Si la clinique était prise d'assaut, il imaginait ce que ce serait pour son immeuble.

Il regarda Ioannis, qui lui fit signe de partir.

— Vas-y. Je comprends.

Le trajet jusqu'à l'appartement de Calla lui sembla durer une éternité. Quand il arriva, le parking était bondé. Il se gara dans une rue adjacente, et affronta d'un air déterminé les commentaires et les questions, son masque royal bien en place.

Il frappa à la porte.

— Calla ! Calla !

Il y eut quelques flashs, mais il ne les regarda pas.

— Bonjour, Kostas, dit-elle, rayonnante, en lui prenant la main. Quelle façon de commencer la matinée !

— Tu sembles mieux le prendre que ce que je pensais, murmura-t-il, conscient des appareils photo qui crépitaient.

Elle hocha la tête.

— Se mettre en colère ou être contrariée ne change pas la

situation. En outre, je ne suis pas embarrassée d'être avec toi. Même si je devrais peut-être acheter une nouvelle robe de chambre.

Kostas lui enlaça la taille d'un bras. Il avait détesté les commentaires sur son peignoir.

— La tienne me plaît, dit-il.

— Tu es bien le seul, marmonna-t-elle.

— Non, tu l'aimes aussi.

Il la serra contre lui. Son monde avait changé, depuis ce matin. Et il continuerait à changer. Il fallait qu'elle puisse se raccrocher à de petites choses. Elle était assez bien pour lui telle qu'elle était. Maintenant, il devait autant qu'il le pourrait la protéger du monde de la royauté.

10.

L'intérieur de la clinique était presque silencieux. La majeure partie du bruit venait de la foule amassée dehors.

Calla souhaita avoir quelque chose à faire pour détourner son esprit de la situation bizarre qui avait lieu autour d'elle. Kostas profitait de l'absence de patientes pour se mettre à jour dans ses papiers. Alexa pivotait dans le fauteuil de la secrétaire qui était rentrée chez elle une heure auparavant. Et Calla faisait de son mieux pour ne pas arpenter la réception et ne pas regarder par la fenêtre.

Elle avait offert de retourner chez elle, mais Kostas s'y était fermement opposé. Il avait souligné qu'il ne servait à rien de diviser les journalistes et les curieux tant que le palais n'avait pas mis en place sa sécurité. Kostas disposait, lui, de deux gardes du corps qui se tenaient sur le parking et l'accompagnaient quand c'était nécessaire.

Les deux hommes avaient l'air d'être sortis d'un film et même leurs prénoms, Georgios et Christos, correspondaient à des personnages de cinéma. Mais ils avaient réussi à contrôler la meute qui se trouvait à l'extérieur.

Le téléphone sonna, et Alexa décrocha tout de suite.

— Pas de commentaire ! dit-elle, et elle raccrocha violemment.

Calla plaisanta un moment avec elle, puis le téléphone sonna de nouveau. Cette fois, ce fut différent.

— De combien sont espacées les contractions ?

Calla tendit l'oreille.

— De trois minutes ? C'est rapide. Non, c'est normal, Dimitra, mais il faut que vous veniez le plus tôt possible.

Le cœur de Calla s'accéléra. Dimitra était l'une de leurs patientes les plus âgées. Son mari et elle avaient essayé de concevoir pendant des années, avant qu'elle ne tombe enceinte à près de quarante-trois ans. Sa grossesse se passait très bien, mais elle était anxieuse.

— Vous essayez de fendre la foule, mais ils ne veulent pas vous laisser passer ? répéta Alexa.

Calla vit rouge. Sa patiente était en travail, et on ne la laissait pas accéder à la clinique ? Ce n'était pas possible !

Elle se rua vers la porte d'entrée. Des flashs crépitèrent et des questions fusèrent tandis qu'elle s'immisçait dans le chaos.

— Princesse !

Une main l'empoigna par le bras, et elle reconnut un des gardes du corps de Kostas.

— Je ne suis pas une princesse ! rétorqua-t-elle tandis que Christos haussait un sourcil.

— Princesse ? Cela veut-il dire que Kostas et vous allez vous marier ?

— Depuis combien de temps vous connaissez-vous ?

— Vous vous connaissiez à Seattle ?

Calla ignora les questions et chercha Dimitra du regard.

— J'ai une future mère en travail dans cette foule, dit-elle à Georgios. On ne la laisse pas passer. Aidez-moi.

L'homme hocha la tête et fit un signe à son collègue. Sans difficulté, ils ouvrirent un chemin à Calla. Elle appela Dimitra. Soudain, Christos annonça :

— Il y a une main levée sur la gauche. C'est une femme enceinte. Restez ici, princesse.

Calla ne le reprit pas. Ce n'était pas le moment. Georgios se posta à côté d'elle. Peu après, Christos revint, seul.

— Elle respire très fort et elle ne peut pas tenir debout.

— Emmenez-moi jusqu'à elle, vite !

La foule se fendit comme par magie. Dimitra était à genoux, le visage très rouge. Elle regarda Calla avec des yeux écarquillés, la lèvre tremblante.

— C'est si rapide ! Leo m'a laissée là. Il est quelque part dans tout ce monde. Il ne peut pas manquer ça !

Elle sanglota, avant d'être prise d'une autre contraction.

Calla se tourna vers la clinique. Elle était à un peu plus de deux cents mètres. Mais Dimitra n'était pas en état de marcher. Elle aperçut Leo un peu plus loin ; il essayait désespérément de rejoindre sa femme.

— Dimitra, vous n'accoucherez pas sur ce parking, je vous le promets, dit-elle d'un ton égal. Christos, il me faut un fauteuil roulant. Et que Kostas se prépare. La naissance ne va pas tarder.

— Entendu.

— Georgios ! Amenez cet homme jusqu'ici.

— Je ne vous quitterai pas, princesse.

Calla le saisit par le bras.

— Cet homme assistera à la naissance de son premier enfant ! C'est un ordre !

Elle le vit hésiter, puis Dimitra gémit :

— S'il vous plaît.

Alors il se résigna à aller chercher Leo.

Un moment plus tard, les deux futurs parents furent en sécurité à la clinique.

— Salle 1 ! cria Alexa.

— J'ai besoin de pousser ! se plaignit Dimitra. Mon Dieu, Calla, je ressens une telle pression !

— Kostas !

Il sortit de la salle d'accouchement et évalua rapidement la scène.

— Je pense que la tête du bébé est là, dit Calla.

Kostas se pencha et souleva la robe de Dimitra.

— Oui. Vous allez accoucher ici, Dimitra.

Au bout de deux poussées, Kostas put leur présenter avec un grand sourire leur petit garçon qui hurlait.

— Félicitations.

Calla sourit tandis que Kostas plaçait le bébé dans les bras de sa maman sans même couper le cordon. Tout était bien qui finissait bien.

— Et maintenant ? demanda Calla assise sur le bureau.

Elle bâilla en regardant la pendule. Kali était arrivée ; elle allait s'occuper de Dimitra et de son fils. Calla n'avait pas très envie de braver la foule, dehors, mais elle ne voulait pas non plus dormir à la clinique.

Kostas se leva et la prit dans ses bras. Il posa un baiser sur le sommet de sa tête et la serra contre lui.

— Nous rentrons à la maison.

— À la maison ? Tu veux de nouveau passer la nuit chez moi ? J'en serais très heureuse, bien sûr.

— Chez nous, Calla. Au palais.

Elle cligna des paupières. Le palais… Elle savait qu'ils finiraient par y vivre. Mais elle aurait du mal à s'y sentir chez elle. Toutefois, elle ne s'était pas sentie chez elle non plus dans son petit appartement – jusqu'à ce que Kostas y passe la nuit. C'était avec lui qu'elle se sentait chez elle. Et si c'était au palais, qu'il en soit ainsi.

— Il faut que je prenne des affaires, dit-elle.

— J'ai tout fait transférer au palais pendant que nous étions ici.

Elle s'écarta, et Kostas la lâcha. La pièce tourna autour d'elle tandis qu'elle s'efforçait de comprendre. Elle serra ses bras autour d'elle en regardant l'homme qui lui faisait face. L'homme qu'elle aimait et qui avait déménagé ses effets personnels sans le lui demander, sans lui en parler !

— Alors quand j'ai proposé de rentrer chez moi, ce matin…

— Ils enlevaient tes affaires. Oui, dit Kostas d'un ton ferme, s'exprimant comme le prince qu'il était.

Elle eut un rire sans joie.

— Et comment Nataïa a-t-elle su qu'emporter ?

— Ils ont tout pris, sauf les meubles.

— Mais la vaisselle et les couverts étaient loués aussi, et…

Elle relâcha son souffle et se laissa choir sur la chaise. Tout allait bien, se dit-elle. Tout allait bien.

Kostas se mit à genoux devant elle, ses yeux à la hauteur des siens.

— Je sais que c'est beaucoup à digérer. Mais je ferai tout pour te garder, ainsi que le bébé, en sécurité. Et tu es plus en sûreté avec moi au palais, Calla.

Elle hocha la tête. Elle laissait passer. Pour une fois. Mais elle voulait qu'il comprenne sa position.

— La prochaine fois, tu me préviendras. Je veux que nous fassions les choses ensemble. Comme une équipe.

Il l'embrassa sur la joue.

— Une équipe. J'aime ça, beaucoup.

— Bon.

Elle respira un peu plus facilement. Kostas posa les mains sur ses genoux.

— J'ai autre chose pour toi.

— Une bague ? lança-t-elle pour plaisanter.

Mais elle vit dans ses yeux qu'elle avait deviné juste.

— Kostas…

— Je sais que tu aurais voulu avoir plus de temps, Calla. Mais…

Il ouvrit l'écrin qu'il avait sorti de sa poche. Un énorme diamant qui scintillait était entouré d'émeraudes. C'était « géant ». La bague était splendide, mais à l'opposé de ce qu'elle aurait choisi. Elle était faite pour une personne royale, ce qu'elle n'était pas.

Et voilà qu'elle était assise en face d'un vrai prince. Un vrai conte de fées. Mais Cendrillon et son Prince charmant s'aimaient. Et si elle aimait Kostas, cette bague n'était pas une déclaration d'amour. C'était une protection. Elle était destinée aux autres, pas à elle.

— Calla ?

Elle leva les yeux pour croiser son regard.

— C'est une sacrée bague.

Il fit miroiter les pierres.

— Elle déclare officiellement que nous sommes fiancés.

Elle passa une main sur sa joue.

— Tu es sûr ?

Elle aurait dû demander : « Est-ce que tu m'aimes ? » C'était à cette question qu'elle voulait une réponse. Mais elle donnerait l'impression qu'elle quémandait quelque chose.

Un grand sourire illumina le visage de Kostas.

— Je suis certain !

Alors elle tendit le doigt pour qu'il lui passe la bague. Elle était fiancée – à un prince.

Non. Elle était fiancée à Kostas, et c'était mieux que n'importe quel rêve.

— Tu es prête ? demanda-t-il. Dès l'instant où nous sortirons avec cette bague à ton doigt, toute l'île saura que nous sommes fiancés.

Calla lui prit la main et inspira profondément.

— Je suis prête.

11.

— Bonjour, princesse.

Les paroles de Kostas l'enveloppèrent tandis qu'elle se tournait dans le lit massif. *Leur lit.* Il avait très bien dormi. Avoir Calla à côté de lui était la meilleure sensation au monde.

— Je ne suis pas une princesse. Pas encore.

Il lui caressa le flanc et l'embrassa.

— Si. C'est un terme que l'on associe aussi aux fiancées royales, à Palaio. Tu seras « Votre Altesse » quand nous serons mariés, mais hier tu es devenue une princesse.

Il lui leva la main, prenant plaisir à voir la grosse bague à son doigt. Personne ne douterait qu'il tenait à elle, en la voyant.

Un coup frappé à la porte les interrompit. Natalia et Angeliki, l'assistante de Calla, entrèrent.

— Navrées de vous déranger, mais il reste certains détails à régler avant l'événement de ce soir.

— L'événement ?

Calla sortit du lit, enfila sa robe de chambre sur son débardeur et son short, puis mit ses lunettes et écarta ses cheveux de son visage.

— Le roi et la reine donnent une petite réception pour annoncer vos fiançailles.

— Quels détails ? demanda Kostas, en voyant les deux femmes échanger un regard. Que disent les nouvelles, ce matin ?

Angeliki redressa les épaules.

— D'après les journaux, la princesse s'est montrée grossière avec un garde du corps et une femme enceinte, hier. Ils disent qu'elle donne déjà des ordres et se comporte en diva. Et qu'elle va causer votre perte. Le langage est moins châtié que ça.

Kostas prit une grande inspiration. Ce n'était pas juste. Eleni était la reine aimée, et ils donnaient à Calla l'autre rôle. Celui de la méchante intrigante. Sans souci de la vérité.

Calla rit. Les deux assistantes parurent aussi stupéfaites que Kostas. Elle applaudit et ouvrit la penderie.

— Nous avons réhabilité ton image, Kostas. Tu t'es entiché d'une diva, maintenant.

— Ce n'est pas drôle, ma douce. Tout cela signifie qu'ils veulent te donner le mauvais rôle. Et ce sera la même chose pour notre enfant. Nous devons répondre.

— Non.

Calla l'embrassa sur la joue. Elle avait pris un jean délavé et un T-shirt.

— Tu me vois comme la méchante ?

— Bien sûr que non.

— Et vous ? demanda-t-elle aux deux femmes, qui firent signe que non.

— Crois-tu qu'Alexa ou Kali, Ioannis ou Eleni me prendront pour une intrigante ?

— Non, marmonna Kostas. Mais nous ne pouvons pas laisser passer ça. Il faut qu'ils nous voient comme au-dessus de ces mensonges.

— Tu ne peux pas livrer toutes les batailles.

— Pour notre enfant, pour toi, si, je le peux.

— Bon. Si tu tiens à publier un démenti, fais-le. Mais je doute que cela règle quoi que ce soit.

Calla leva son jean.

— Je déteste faire ma diva, mais est-ce que par hasard Eleni aurait une gaine à me prêter ? J'aurais dû penser à en commander une, mais tout a été si…

Elle souffla et se força à sourire.

— Je n'aimerais pas que la presse prenne des photos de mon jean qui ne ferme plus. Et tire des conclusions qui seraient vraies, cette fois.

Elle prenait un ton plaisantin, mais Kostas percevait sa nervosité, qu'il comprenait.

— Nous trouverons quelque chose, dit Angeliki. Il faudra

aussi que vous choisissiez une robe pour ce soir. Rien dans votre penderie ne convient à la soirée.

Kostas vit Calla battre des cils et il lui prit la main.

— Angeliki veut dire que pour une réception royale il faut des tenues habillées. Tu n'en as pas apporté, ce qui se comprend.

Elle lui répondit par un sourire crispé.

— Bien sûr. Je n'avais pas assez de place dans ma valise pour une robe longue.

Il lui pressa la main avant de se retourner vers les assistantes.

— Je vais rédiger une réponse pour les médias, la donner au service de presse, puis j'irai voir Dimitra à la clinique.

— Je viens avec toi, dit Calla, l'air heureux.

Angeliki s'interposa aussitôt.

— Nous avons des choses à voir ici, princesse. Et c'est votre jour de repos, n'est-ce pas ?

— Oui.

Kostas l'attira à lui, et elle appuya la tête sur sa poitrine.

— Je sais que l'on te demande beaucoup, ma douce. Mais nous allons nous en sortir. C'est promis.

— Nous sommes une équipe.

— Oui.

Il l'embrassa de nouveau, puis la lâcha.

— Je suis impatient de voir la robe que tu choisiras pour ce soir. Tu seras parfaite. Tout le monde le pensera.

Calla leva les yeux au ciel.

— Je ne cherche pas à être parfaite, Kostas.

Elle l'embrassa sur la joue et laissa Angeliki l'entraîner.

— Du champagne ou des hors-d'œuvre, princesse ?

Calla chassa le serveur d'un signe de la main pour la centième fois au moins, pensa-t-elle. Le grand salon était plein de gens qui mangeaient et buvaient, mais elle ne pouvait rien avaler.

— Vous tenez le coup ? lui chuchota Eleni.

En théorie, c'était la soirée qui célébrait son futur mariage avec Kostas, mais elle n'avait rien choisi. Ni les fleurs, ni la nourriture, ni les boissons. Même sa robe était la seule de la garde-robe d'Eleni qui avait convenu à sa silhouette menue. Ce n'était pas ainsi qu'elle avait imaginé des fiançailles, mais elle ne se serait jamais attendue à se marier avec un prince.

Elle fit la moue et résista à l'envie de hausser les épaules, sachant que des centaines d'yeux étaient rivés sur elle.

— C'est un peu écrasant, répondit-elle en essayant d'arborer un sourire enjoué.

Eleni la prit par la main et l'entraîna vers une autre partie de la réception. La reine disait quelques mots à des personnes qu'elles croisaient, mettant tout le monde à l'aise. Calla avait vu Kostas le faire, aussi. Mais elle n'aimait pas ça.

Elle voulait être sincère, authentique. Elle ne voulait pas porter un masque royal. Elle voulait que les habitants de Palaio la voient comme elle était. Une sage-femme, une future maman, une épouse qui aimait son mari… même s'ils se disputaient de temps en temps. Le conte de fées ne l'intéressait pas. Elle voulait la vraie vie.

Kostas l'aperçut dans la foule, vit qu'elle était avec Eleni et hocha la tête.

— Il parle à l'une des chaînes de télévision, dit la reine.

— Il répète sans doute ce que le palais a décidé de dire à mon sujet. En essayant de me faire paraître parfaite. Pardon, Eleni.

— Ne vous excusez pas, Calla. C'est une épreuve, je sais.

Eleni lui fit signe de la suivre. Elles entrèrent dans un petit salon, et la reine lui pressa les mains.

— Êtes-vous sûre de ceci ?

Calla hésita. Elle avait envie de dire oui. Elle était sûre d'elle au sujet de Kostas. C'était le prince qui lui posait problème. Il affirmait qu'ils étaient une seule et même personne, mais ce n'était pas vrai. Le masque qu'il portait avec les autres, l'homme collet monté qui s'efforçait de prouver qu'il n'était pas le prince rebelle de sa jeunesse, c'était pénible à observer, pour elle.

Il méritait d'être qui il était vraiment, l'homme tendre et généreux, l'homme joueur qui aimait les mugs idiots, celui qui était rentré à Palaio pour faire en sorte que les habitants de l'île aient accès à un excellent obstétricien. Il se souciait de ce que ces gens pensaient de lui – et de ce qu'ils pensaient d'elle.

Et si la presse ne changeait jamais d'opinion sur elle ? Cela lui serait égal, à partir du moment où Kostas ne la traiterait pas différemment.

— Je ne sais pas, répondit-elle honnêtement, et elle vit Eleni baisser les yeux.

Il lui déplaisait de la décevoir, mais elle ne prétendrait pas que tout allait bien si ce n'était pas le cas. Elle s'était juré de ne plus le faire après Liam. C'était dur, mais elle tenait à sa propre vérité.

— Je l'…

Elle se reprit. Eleni avait sûrement compris qu'elle allait dire qu'elle aimait Kostas, mais il méritait de l'apprendre le premier.

— Un mariage de convenance… Ce n'est pas ainsi que j'envisageais les choses, avoua-t-elle.

— Calla, dit Eleni en soupirant. La vie est trop courte pour ne pas être certaine de votre place. Je pense que vous l'êtes, mais Kostas a préféré fuir plutôt que d'obliger l'île à l'accepter tel qu'il est. Il cherche l'approbation des gens, et il ne l'obtiendra peut-être jamais. Je n'ai pas la réponse à ça, mais je voulais que vous le sachiez.

Calla hocha la tête.

— Je le sais.

Elle savait qui elle était, ce qu'elle approuverait ou pas. Il lui restait à espérer que Kostas accepte cette personne, aussi. Et peut-être qu'il se coule dans sa vraie personnalité, tout le temps.

— Tu es là, dit Kostas avec un grand sourire alors qu'Eleni et elle quittaient le petit salon. Je pensais que tu te cachais peut-être. Cette soirée est lourde à supporter.

— Tu veux te cacher ? Nous pouvons disparaître quelques minutes, suggéra Calla.

— C'est notre soirée, Calla.

— Vraiment ? fit-elle en haussant un sourcil.

— Bien sûr.

Il désigna le grand salon, tandis qu'Eleni s'éloignait discrètement.

— Il y a même nos noms sur le gâteau.

— Un gâteau que nous n'avons pas choisi. Pas plus que la décoration ou la nourriture. C'est une réception pour les autres, ce n'est pas notre fête.

Kostas effleura ses lèvres des siennes.

— J'ai dit à Natalia et à Angeliki que tout devait être parfait. Afin que personne n'ait rien à redire.

C'était le nœud du problème. Il était terrifié par ce que l'on risquait de penser de lui.

— Kostas, les gens trouveront toujours quelque chose à redire. Nous sommes des personnages publics. Nous ne pouvons pas empêcher les langues de se délier. Tout ce que tu peux faire, c'est trouver le bonheur.

Avec moi. Elle n'osa pas prononcer ces mots dans le salon comble, mais elle les garda en elle.

— Je suis heureux, dit-il en l'étreignant.

Elle voulait le croire. Mais tandis que son regard sombre parcourait la foule, elle y lut le besoin d'approbation, le désir de contrôler leur histoire. Elle savait qu'il voulait la protéger, mais était-ce bien pour elle-même, en réalité ?

12.

Kostas se retourna dans le lit et toucha l'oreiller froid de Calla. Il s'assit, battant des cils en voyant la place vide à côté de lui, puis il se frotta les yeux, se leva et décida de la chercher.

Son estomac se contracta lorsqu'il trouva la salle de bains, le dressing et la cuisine vides. Le palais était immense, mais Calla était restée dans ses appartements, depuis son installation une semaine plus tôt. Il sentait que la vie royale l'irritait. Sa vie avait changé si vite. Elle affirmait qu'elle s'ajustait, mais cela devait être difficile.

Il semblait qu'une nouvelle histoire à sensation sortait chaque jour. Et chaque jour, il ripostait, corrigeant les récits. C'était sa mission d'assurer qu'elle soit traitée aussi justement que possible, même si elle lui disait qu'elle n'y accordait pas trop d'importance.

Il se passa une main dans les cheveux, debout dans la bibliothèque déserte. *Où pouvait-elle être ?* À la clinique ? S'il n'avait pas entendu un appel, Calla l'aurait sûrement réveillé… Sauf qu'ils s'étaient disputés à propos de la clinique, la veille au soir.

Enfin, elle avait surtout ignoré sa suggestion qu'elle réduise un peu ses horaires. Les journalistes ne campaient plus comme des vautours devant le bâtiment, mais ils l'assiégeaient encore trop à son gré. C'était l'endroit où elle était le plus facile à trouver.

Il avait déjà tâté le terrain pour engager une nouvelle sage-femme. Quand le bébé serait né, elle devrait lever un peu le pied. Et le Dr Bandi venait de commencer. Bientôt, il aurait un emploi de temps plus régulier. Il ne s'occuperait plus que de la moitié des patientes !

— La princesse est sur la plage.

Christos bâilla en rejoignant Kostas.

— Mais Antonio est avec elle, tout en gardant ses distances.

La plage ? Si tôt ?

Kostas hocha la tête et sortit pour trouver Calla.

Ses cheveux longs volaient dans la brise tandis qu'elle regardait la mer. Elle n'était pas dans l'eau, mais les vagues caressaient ses orteils. Il s'arrêta et la contempla.

Elle était délicieuse, la perfection faite femme. Elle paraissait détendue pour la première fois depuis que leur relation était publique. Elle était elle-même. Il sortit son portable et la prit en photo.

Puis il s'avança. Elle se retourna, et il vit son sourire s'évanouir. Cela lui déchira le cœur.

— Ne t'inquiète pas, Antonio n'est pas loin, dit-elle.

Elle prit une grande inspiration et s'approcha un peu plus de la mer.

— Calla, j'allais juste te demander si je pouvais me joindre à toi.

Elle ferma les yeux.

— Cela me plairait.

Passant derrière elle, il enlaça sa taille de ses deux bras et appuya sa tête sur la sienne. Durant quelques précieux instants, il se laissa aller. Profitant de ce moment avec Calla, oubliant les responsabilités qu'ils avaient.

— C'est agréable, murmura-t-elle en se tournant dans ses bras.

— Oui.

Il resserra son étreinte, puis abaissa sa bouche sur la sienne.

— J'ai toujours souhaité vivre près de la plage, dit-elle. M'éveiller et aller jouer dans la mer. Mes parents ne pouvaient pas se le permettre, mais j'en rêvais. Et maintenant…

Elle s'écarta, se rapprocha du bord et lui dédia un grand sourire. Puis elle se baissa, prit de l'eau dans ses mains et la lui jeta dessus. Elle était fraîche, mais pas froide. Kostas éclata de rire.

— Ah, c'est comme ça, princesse ?

Il courut vers elle, recueillit de l'eau dans ses mains et la déversa sur sa tête.

Elle gloussa et donna des coups de pied dans l'eau pour l'éclabousser. Il se tourna et reçut des giclées dans le dos, puis il se mit sur le côté.

— Attends ! dit-elle en levant la main.

— Tu veux déjà t'arrêter ?

— Je crois que le bébé a bougé. Je sais que c'est tôt…

Elle prit la main de Kostas et la posa sur son ventre. Son estomac gargouilla, et elle rit.

— Oh ! c'était plutôt la faim… Mais nous pouvons faire un moment comme si c'était vrai, non ?

Elle ferma les yeux, respirant profondément.

Ils ne sentaient pas le bébé, mais Kostas garda sa main au-dessus de leur enfant. Ces instants étaient précieux, et il voulait s'en imprégner. Au bout de quelques minutes, elle l'embrassa sur la joue.

— Je devrais probablement prendre un petit déjeuner.

— Probablement.

Kostas passa un bras autour de sa taille, et ils regagnèrent le palais.

— Ce moment était délicieux. Nous devrions prendre du temps pour ce genre de chose, dit-elle.

Il la serra contre lui.

— Pour jouer dans la mer ? Je serais d'accord.

Elle lui donna un coup de hanche.

— Tu sais ce que je veux dire. Pour être Calla et Kostas, pas le prince et la princesse.

— Nous sommes les deux, ma douce. Il faut t'y habituer.

Le plus tôt elle le comprendrait, le mieux ce serait.

— Vraiment ?

Elle posa la tête sur son épaule et demanda :

— Tu veux m'aider à enlever le sable sous la douche ?

Le désir brillait dans ses yeux, et il oublia ses soucis.

— Je pense que ce serait la meilleure manière de commencer la journée !

Calla reçut un texto d'Angeliki, et soupira en voyant le gros titre de l'article. Quelqu'un avait pris une photo de Kostas avec la main sur son ventre, ce matin-là. Au téléobjectif, sans doute.

Honnêtement, c'était une très belle photo. Une photo qu'elle mettrait sur la cheminée si elle avait été prise par un simple photographe. Mais ce n'était pas le cas. Et la légende était la raison du message d'Angeliki.

Le prince épouse la sage-femme parce qu'elle est enceinte !

C'était sa pire crainte imprimée noir sur blanc. Les deux assistantes travaillaient déjà avec le service des relations publiques pour publier une réponse. Angeliki lui avait donné dix minutes pour mettre Kostas au courant. Attendre n'était pas possible, et elle se dirigea vers le bureau en traînant les pieds.

Elle ouvrit la porte et déglutit lorsqu'il leva les yeux de ses papiers.

— Salut, ma douce. Tu es prête à rentrer à la maison ? Je sais que nous avons la soirée caritative d'Eleni, et je n'en ai pas pour longtemps.

— La grossesse est connue du grand public.

— Comment ça ?

Kostas se leva, et elle lui tendit le téléphone. Le silence s'étira tandis qu'il regardait l'article.

— C'est une excellente photo, dit-il en haussant les épaules et en lui rendant le portable.

— C'est ce que j'ai pensé aussi.

Calla battit des cils, surprise par sa réaction. Ne se souciait-il plus de ce que l'on disait de lui ? Ou d'elle ?

— Ça va ? demanda-t-elle.

Elle se mordit la lèvre lorsqu'il se rassit.

— Natalia et Angeliki ont déjà préparé un communiqué. Tu devrais le recevoir sans tarder par mail. Elles voulaient que je t'informe d'abord de la situation.

Kostas tapa encore quelques mots avant d'éteindre son ordinateur.

— Ce n'est pas la façon dont j'aurais annoncé la nouvelle, mais au moins ce gros titre est en grande partie vrai.

Calla en resta bouche bée.

— Tu trouves ?

Elle se sentait blessée et avait du mal à respirer. Elle l'aimait.

Elle avait transformé sa vie pour lui, abandonné le contrôle de maintes choses, en espérant qu'il l'aime aussi.

Était-elle juste une idiote ?

Non. Ce qu'ils partageaient était spécial. Elle n'en doutait pas. Mais cela ne voulait pas dire que c'était l'amour pour toujours.

— Alors ce gros titre est vrai ?

Sa voix trembla, mais elle refusait de craquer. Pas maintenant.

Il leva les yeux, et elle vit l'instant où il mesura ce qu'il avait dit. Il secoua la tête.

— Non. Non.

Il se passa une main dans les cheveux et se leva.

— Calla, je suis vraiment navré. Je ne voulais pas dire ça, pas vraiment. Je voulais seulement dire que de tous les gros titres celui-ci est le plus proche de la vérité. Aurais-tu accepté ma demande en mariage si tu n'avais pas été enceinte ?

Non. Elle se mordit la lèvre. C'était vrai, mais elle ne pouvait retenir ce qu'elle avait à dire.

— Tu ne m'as pas demandé de t'épouser. Tu as juste sorti une bague géante.

Elle noua ses mains sur son côté.

— Que sommes-nous en train de faire, Kostas ?

— Nous protégeons notre bébé.

Il fit une grimace.

— Non, ce n'est pas que ça, non plus.

— Je pense que si.

Elle battit des cils pour chasser ses larmes.

— Pouvons-nous rentrer chez nous ? demanda Kostas. Et en parler là-bas ? Loin des oreilles indiscrètes de la clinique.

— Tu ne te fies pas à nos collègues ?

— Je n'ai pas dit ça.

— Si.

— Calla, je voulais juste dire qu'au palais nous pouvons être nous-mêmes. Nous pouvons avoir cette discussion en privé.

— Dans un environnement contrôlé.

— Exactement.

Ce n'était pas la bonne réponse, mais il ne disait pas faux, non plus. Ici, c'était leur lieu de travail. Elle se mordit la lèvre en essayant de calmer les émotions qui la submergeaient.

— Je ne t'attends pas, dit-elle. Je te verrai au palais.

Avant qu'il puisse protester, elle leva une main.

— J'ai besoin de quelques minutes pour me ressaisir. Je serai prête pour la soirée caritative, et nous parlerons après.

Elle s'en alla.

— Calla ? demanda Alexa d'une voix douce. Vous allez bien ?

Elle avait tout entendu, mais ses yeux exprimaient la gentillesse, pas le plaisir de quelqu'un qui savourait un bon ragot.

Calla secoua la tête. Alexa la prit dans ses bras et la serra.

— Puis-je faire quelque chose ?

— Distraire mes agents de sécurité, répondit Calla avec un sanglot. J'ai besoin d'être seule quelques minutes.

— Je peux le faire.

— Je plaisantais !

— Pas moi.

Alexa lui adressa un clin d'œil et se dirigea vers l'entrée.

— Attendez deux minutes et sortez par l'issue de secours.

Calla acquiesça et suivit ses instructions.

Le soleil de fin d'après-midi lui caressa les joues lorsqu'elle regarda le ciel. Elle respirait mieux, mais ses larmes ne cessaient de couler. Sans réfléchir, elle emprunta le chemin qui menait à la Grotte et s'assit sur une grosse pierre. Elle ramena ses genoux contre elle et s'abandonna à tout le mal que les mots de Kostas lui avaient fait.

Même s'ils sont vrais ?

C'était le pire. Il avait raison. Ils seraient peut-être sortis ensemble sans sa grossesse ; elle voulait l'espérer. Mais sans le bébé, elle ne vivrait pas au palais, n'aurait pas cette énorme bague à son doigt. Et ils devaient protéger leur enfant. Mais elle, elle méritait un mari qui la voulait pour elle-même.

Son portable bourdonna. C'était Angeliki, et elle fut surprise de voir qu'une heure avait passé.

— Kostas est-il dans tous ses états ? demanda-t-elle.

— Vous avez échappé à votre équipe de sécurité, princesse.

Bien sûr, qu'il est dans tous ses états ! Si quoi que ce soit arrive au bébé…

Le bébé, évidemment !

— Je n'ai pas besoin d'un sermon, Angeliki. Je vais parfaitement bien et je ne suis pas très loin de la clinique.

— Quand la nouvelle sage-femme commencera, vous serez plus souvent au palais et il s'inquiétera moins.

— Quoi ? Que voulez-vous dire, la nouvelle sage-femme ?

— Eh bien… Il vaut peut-être mieux que ce soit Kostas qui vous parle de ce qui se passera quand vous serez mariés.

Et voilà. Les changements qu'elle avait craints dès qu'il lui avait passé la bague au doigt. Le contrôle, le désir qu'elle soit quelqu'un d'autre qu'elle-même. Elle n'était pas la princesse parfaite que Kostas s'acharnait à décrire dans ses communiqués. Et aucun d'eux ne disait qu'il l'aimait ou qu'il tenait à elle. Elle ferma les yeux face à la vérité. Il corrigeait les faits, mais ne mettait aucun sentiment dans ses réponses.

— Dites s'il vous plaît à Kostas que j'ai besoin d'un peu plus de temps, mais que je le verrai après la soirée.

Elle marmonna un au revoir et partit pour le palais. Elle espérait qu'Eleni lui pardonnerait, mais elle avait d'autres plans pour les heures à venir.

Kostas s'empressa de regagner sa chambre après le gala de charité. Calla n'était pas venue. Il poussa la porte avec force et se sentit soulagé en la voyant assise sur le lit. Elle était là ; elle ne risquait rien.

— Je vais publier un communiqué en réponse à l'article, dit-il. Je…

Calla leva une main.

— La clinique a-t-elle engagé une nouvelle sage-femme ?

Il cligna des paupières. Il ne s'était pas attendu à cette question. Il ouvrit et referma la bouche sans parvenir à parler.

— Une nouvelle sage-femme pour me remplacer ?

— Te remplacer n'est pas le terme exact.

Elle se leva et secoua la tête.

— Calla, une fois que notre enfant sera né, tes devoirs en tant que personne royale…

— Arrête ! Je ne suis pas juste une personne royale. Je suis une femme, et une sage-femme. J'aime mon travail.

Elle alla jusqu'à la penderie et sortit sa valise usée.

— Je voulais Kostas. L'homme amusant qui joue dans la mer avec moi. Qui regarde avec moi des documentaires idiots. Qui rit quand je m'assieds sur le comptoir. Pas celui qui est si effrayé de commettre une faute en public qu'il essaye de tout contrôler.

Juste ciel, elle avait passé la soirée à faire ses bagages.

Elle n'avait pas projeté de rester, de trouver un terrain d'entente.

— Nous trouverons un moyen de coopérer pour élever notre enfant, dit-elle avec un sanglot. Mais je ne vivrai pas sous un microscope, Kostas. *Ton* microscope.

Ces mots le touchèrent à vif. Il avait fait de son mieux pour qu'elle ne soit pas blessée, comme sa mère et Maria. Il avait seulement essayé de la protéger.

Elle passa près de lui. Il voulut dire quelque chose, mais resta sans voix alors que la femme qu'il aimait le quittait.

13.

— Le bébé et moi allons bien… Non, il n'est pas vrai que je retourne à Seattle.

L'île de Palaio était l'endroit où devrait vivre son enfant. Et elle y trouverait sa voie. En espérant qu'elle serait moins sous le feu des projecteurs une fois qu'elle aurait accouché. Elle sourit malgré sa douleur et adressa un signe de tête à la foule amassée devant chez elle.

Chez elle…

Elle ne se sentait pas chez elle dans l'appartement, qui était une coquille vide. On finirait de lui livrer ses affaires à la fin de la semaine. Elle noua les bras autour de sa taille, debout dans la salle de séjour. Elle avait réussi à traverser les trois derniers jours en mettant un pied devant l'autre. Et en s'assurant de ne travailler qu'avec le Dr Bandi.

Kostas n'avait pas essayé de la joindre. Elle se mordit l'intérieur de la joue, mais cela n'arrêta pas ses larmes. Elle avait pensé ce qu'elle avait dit. Mais elle aurait voulu qu'il l'empêche de partir, qu'il dise quelque chose…

Mais qu'y avait-il à dire ?

On frappa à sa porte, et une voix cria que c'était pour un blog. Elle ferma les yeux et se laissa glisser le long du mur. Elle ne répondrait pas – mais elle était bel et bien piégée.

Elle brûlait d'appeler Kostas, mais sa fierté l'en empêcha. Elle allait bien. Elle allait bien.

Si tu le répètes assez longtemps, est-ce que cela deviendra vrai ?

Natalia consulta sa tablette et commença à énumérer ce qui se passerait dans la journée. Kostas devait travailler à la clinique jusqu'à 16 heures, ce qui signifiait que Calla n'y serait pas.

Il ferma les yeux tandis que la douleur le traversait. Au cours des trois jours qui avaient suivi son départ, elle avait réussi à l'éviter.

— Il y a un concert ce week-end, au profit de…

Kostas agita la main.

— Un concert ne m'intéresse pas en ce moment.

Il parvenait à peine à faire ce qu'il devait faire. S'il avait pu prendre une semaine de congé, il l'aurait fait. Mais ses devoirs et responsabilités…

Ces mots lui parurent pleins d'amertume.

Son monde s'était écroulé quand Calla l'avait quitté. Mais il avait gardé en place son masque princier. Les photos prises de lui montraient un médecin qui contrôlait son existence, qui sortait de la clinique à l'heure dite. Alors qu'il était dévasté.

Cette image qu'il renvoyait n'était pas réelle. Le vrai Kostas, c'était celui qu'il était avec Calla. Il avait besoin de la voir.

— Prince Kostas, que faites-vous ici ?

— Je viens voir la femme que j'aime et lui demander pardon.

Il vit quelques têtes se relever vivement à cette déclaration. Il était étrangement libérateur de dire exactement ce qu'il voulait. Les journalistes lui lancèrent encore des questions tandis qu'il arrivait en haut de l'escalier. Il frappa à la porte de Calla, et son cœur se brisa lorsqu'elle répondit : « Pas de commentaire. » Quelques appareils photo le suivaient, mais pour la première fois de sa vie il s'en moquait. Il aimait Calla. Il voulait que tout le monde le sache, point final.

— C'est moi, Calla.

Il attendit, la tête appuyée contre la porte. Le silence s'étira.

— Pas de commentaire, répéta-t-elle, mais il entendit un sanglot.

— Bien. Je vais rester assis ici jusqu'à ce que nous parlions. Nous pouvons même parler à travers la porte, ma douce. Mais je ne capitulerai pas.

Il se laissa glisser à terre.

— Ils vont en faire toute une histoire, dit-elle.

— Peut-être, mais je m'en moque. Je t'aime, et c'est tout ce qui compte. J'en ai assez de me soucier des gros titres et des récits des journalistes.

Il y eut un déclic, et il ne put réprimer un grand sourire. Il se leva, ouvrit la porte et se glissa à l'intérieur. Il eut le souffle coupé lorsqu'il la vit assise par terre, des larmes ruisselant sur son visage.

— Calla.

Il se pencha vers elle.

— Je vais bien, Kostas. Ou ça va aller. Ne t'inquiète pas, je ne les laisserai pas me voir craquer. Je resterai parfaite.

Il essuya une larme, son cœur se brisant de la voir souffrir.

— Calla, je suis tellement désolé. Je n'ai pas besoin de perfection, chérie. J'ai juste besoin de toi.

Il lui prit les mains et fut heureux qu'elle le laisse les tenir.

— Je t'aime. J'aurais dû te le dire quand nous nous sommes disputés. Ou, mieux, quand je m'en suis rendu compte. J'aurais dû le crier au monde entier. Je n'ai pas de bonne excuse pour ne pas l'avoir fait. La peur. Le besoin de me protéger. Une vie à garder les choses pour moi.

Les yeux noisette de Calla s'éclairèrent tandis qu'elle le regardait.

— Tu m'aimes moi, pas celle que je pourrais être, et pas parce que j'attends ton enfant ?

— Rien que toi.

Il plaça une main sur le ventre de Calla.

— J'aime ce petit ou cette petite, aussi. Mais c'est pour sa mère que je suis ici. Je veux former une équipe avec toi, Calla. Pour de bon.

Elle posa les mains sur ses épaules.

— Je t'aime aussi.

Elle l'embrassa, puis s'écarta.

— Mais je te dois également des excuses. J'ai laissé les traumatismes de mon passé obscurcir mon présent. J'étais si inquiète de ne pas être assez bien pour toi. Je suis désolée.

— Oh ! Calla. Tu me suffiras toujours.

Il effleura ses lèvres des siennes.

— J'ai quelque chose pour toi.

Il eut un grand sourire en se mettant sur un genou.

— Calla Lewis, veux-tu m'épouser ?

Il ouvrit un écrin, et vit briller les yeux de Calla.

— Oh ! cette bague est magnifique. Oui, Kostas. Oui, je veux bien t'épouser.

Il glissa la bague à son doigt. Le diamant était plus petit, et encadré de deux saphirs. Elle était splendide, et il avait pensé à Calla en la voyant. Elle n'était peut-être pas grosse, et on la verrait moins bien que l'autre sur les photos, mais elle était pour elle. C'était tout ce qui comptait.

Il posa ses lèvres sur les siennes et se détendit lorsqu'elle se moula contre lui. Le monde était juste quand elle était dans ses bras.

Épilogue

Le téléphone de la clinique sonna pour la centième fois en une heure, et le Dr Bandi soupira. Ils devaient garder la ligne branchée pour le cas où une patiente aurait besoin d'eux, mais les appels ne venaient que de la presse. La réceptionniste avait reçu l'instruction de ne donner aucune information sur le bébé royal.

— Ils appellent plus maintenant que pour l'accouchement d'Eleni, marmonna Calla tandis que Kostas lui essuyait le front.

— C'est parce qu'ils t'aiment, ma douce, lui chuchota-t-il à l'oreille.

La déclaration d'amour de Kostas devant la porte de Calla avait changé le ton de la plupart des reportages. Ils ne bénéficieraient peut-être jamais de la même aura qu'Ioannis et Eleni, mais plus personne ne doutait qu'ils s'aimaient.

Une autre contraction arriva, et Calla serra très fort la main de son mari.

— Poussez, princesse.

— Alexa, si vous m'appelez encore une fois comme ça, je…

Calla grogna en se courbant. La contraction se dissipa, et elle posa de nouveau la tête contre Kostas, lâchant ses doigts.

— Désolée, pr…

Alexa s'interrompit quand Calla la fusilla du regard. Le Dr Bandi leva les yeux.

— Vous y êtes presque. Encore quelques poussées et ce sera fait.

— Encore quelques poussées ! Vous ne cessez de dire ça, se plaignit Calla.

Elle prit une grande inspiration quand une nouvelle contraction arriva.

— Tu y es, chérie, dit Kostas en l'embrassant sur la joue, pendant qu'elle poussait et lui broyait les doigts.

La pression diminua, et Calla soupira.

— Il ou elle a plein de cheveux ! Une dernière poussée, Calla, demanda l'obstétricienne.

Calla obéit et laissa échapper un sanglot quand le Dr Bandi posa sur sa poitrine sa fille qui glapissait.

— Elle est presque parfaite, chuchota Kostas en posant un baiser sur le haut de sa tête.

— *Presque parfaite ?* s'indigna Calla en faisant une grimace.

« Presque parfaite » était devenue une plaisanterie récurrente entre eux, ces derniers mois. Calla n'aimait pas le terme « parfaite », mais elle acceptait « presque parfaite ». Et Kostas utilisait cette expression aussi souvent que possible.

— Tu préférerais parfaite ? C'est beaucoup dire pour un nouveau-né qui n'a pas encore été nettoyé, mais…

— Elle est presque parfaite.

Calla ferma les yeux en savourant les premières minutes de la vie de leur fille. Ils étaient une famille de trois, désormais.

Sa petite famille presque parfaite.

BLANCHE

HARLEQUIN

Une famille pour Carly, de Louisa George - N°1658

Après avoir surmonté une perte douloureuse, Carly est enfin prête à quitter la splendide île Rawhiti, Nouvelle-Zélande, où elle a autrefois été heureuse. Mais l'arrivée d'Owen Cooper, le nouveau médecin local, remet en question ses projets. Cet homme, papa d'un adorable petit garçon, pourrait-il redonner de l'éclat à son existence ? Devant les battements précipités de son cœur, elle a soudain envie de le croire…

L'amant d'une île, d'Amy Ruttan

L'aventure. Voilà ce que le Dr Josephine York est venue trouver sur Fogo, une île au large d'une autre île. Grisée par sa nouvelle vie, elle s'offre une nuit de passion dans les bras de Henrik, un ambulancier qu'elle vient de rencontrer. Mais la réalité la rattrape de plein fouet quand elle se découvre enceinte. Certes, Josephine a toujours voulu être maman, mais jamais elle n'avait imaginé partager ce rêve avec l'amant d'un soir…

Retrouvailles dans le Montana, de Dianne Drake - N°1659

SÉRIE : SINCLAIR HOSPITAL - 1/2

Caleb n'en revient pas. Leanne Sinclair, la femme qui l'a trahi au lycée, est sa nouvelle collègue à la clinique de Marrell. Alors qu'une fureur soudaine lui donne envie de tourner les talons, Caleb résiste. Il a emménagé dans le Montana pour le bien de son fils, Matthew, et il n'est pas question pour lui d'abandonner sa nouvelle vie pour cette femme surgie du passé…

Le plus troublant des baisers, de Dianne Drake

SÉRIE : SINCLAIR HOSPITAL - 2/2

Sauveteuse d'urgence en montagne, Carrie ne craint rien. Pourtant, lorsque Jack Hanson – son séduisant patron – lui donne un baiser aussi fougueux qu'inattendu, c'est une peur viscérale qui l'envahit. Celle de s'attacher à un homme qui fuit toute relation alors qu'elle a tant besoin de stabilité dans sa vie…

Leur mission : sauver des vies.
Leur destin : trouver l'amour.

HARLEQUIN
www.harlequin.fr

BLANCHE

Au bras du Dr Sheridan, de Karin Baine - N°1660

La Reine des glaces. Mollie n'ignore rien du surnom dont l'a affublée l'arrogant Dr Ben Sheridan. Mais, quand ils se retrouvent partenaires d'un concours de danse à but caritatif, elle n'a aucune bonne raison de refuser. Il ne reste qu'à espérer que Mollie réussira à maîtriser, durant leurs longues séances d'entraînement, le trouble que Ben éveille en elle…

Trois semaines pour lui résister, de Becky Wicks

Écrire la biographie de Ryan Tobias dont elle suit les aventures télévisées est un rêve absolu pour Madeline. Mais le rêve tourne au cauchemar lorsqu'elle apprend qu'ils vont devoir cohabiter dans la jungle durant plusieurs semaines. Comme si cette perspective n'était pas assez effrayante en soi, Ryan cherche à la séduire dès leur première rencontre…

HARLEQUIN

Leur mission : sauver des vies.
Leur destin : trouver l'amour.

HARLEQUIN
www.harlequin.fr

Harlequin® est une marque déposée du groupe HarperCollins France – 83/85, Bd Vincent Auriol – 75646 Paris cedex 13. SA au capital de 1 149 680€ – R.C. Paris. Siret 31867159100069/APE5811Z.